Un amour d'escroc

Terri Herrington

Un amour d'escroc

Traduit de l'américain
par Béatrice Pierre

Éditions J'ai lu

Titre original :

WINNER TAKE ALL
Published by arrangement with HarperCollins*Publishers* Inc.

1

Logan Brisco avait le sourire angélique d'un homme de Dieu, l'assurance d'un brillant businessman, la discrétion d'un espion et le charisme d'un meneur d'hommes. Personne dans la ville de Serenity, au Texas, ne savait d'où ni dans quel dessein il était venu, mais les allusions qu'il jetait négligemment laissaient entendre qu'il s'agissait d'une mission capitale.

Dès l'instant où il était descendu du train, avec son costume à mille dollars et ses chaussures italiennes, portant d'une main une valise et de l'autre un sac, saluant chacun d'un bonjour affable et d'un sourire charmeur, il était devenu le sujet de toutes les conversations. Deux jours plus tard, lorsque Larry Milford, le livreur d'UPS qui assurait la liaison quotidienne entre Serenity et Odessa, apporta plusieurs gros cartons marqués «fragile» et adressés à «Brisco, c/o Welcome Inn», les commentaires se déchaînèrent.

Pour certains, c'était un inspecteur des impôts chargé d'enquêter sur les fabricants d'alcool clandestins qui sévissaient dans le comté. D'autres le crurent agent des Renseignements venu enquêter sur les extraterrestres qui auraient à quatorze reprises kidnappé Sarah Jenkins. Des clients de Slade Hampton, le coiffeur pour hommes, virent en lui un producteur de cinéma en quête de nouveaux talents pour son prochain film. Et les habituées du salon Ondulations et Teintures se persuadèrent qu'il était un milliardaire à la recherche d'une épouse.

Bref, Logan Brisco avait tous les habitants de Serenity à ses pieds, et c'était exactement ce qu'il voulait.

Durant trois semaines, il entretint cette image mystérieuse sans rien révéler de ses intentions. Il bavardait avec tous, prenait ses repas au restaurant, se liait avec les hommes, flirtait avec les femmes. Lorsque les suppositions furent à leur comble et qu'il sentit la ville mûre à point, Logan Brisco s'apprêta à frapper.

Ce coup-là, se dit-il, *pourrait bien être le plus gros de ma carrière.*

Le premier pas consisterait à tenir une conférence, du genre de celles où les gens arrivent pleins aux as et d'où ils repartent les poches vides et la tête pleine de rêves. Ce en quoi il était passé maître. Echanger des rêves contre de l'argent.

Comme si la nature était de mèche avec lui, la pluie qui depuis une semaine tombait sans interruption cessa brusquement. Sous un soleil radieux, Serenity émergea de la torpeur et les fermiers des alentours se précipitèrent en ville — laquelle se résumait à quatre rues bordées de magasins, bureaux et restaurants. Le jour idéal pour toucher un maximum de monde.

Sa première étape fut l'imprimerie Peabody où il avait demandé à Julia, la fille du maître des lieux, de préparer mille prospectus.

— Je ne peux entreprendre de dépenses sans l'accord préalable de mes patrons, lui glissa-t-il sur le ton de la confidence. Pouvez-vous m'envoyer la facture au Welcome Inn?

La ravissante jeune fille jeta un coup d'œil autour d'elle pour vérifier si son père ne se tenait pas à proximité.

— C'est qu'en principe nous ne faisons pas crédit, Mr Brisco.

— Appelez-moi Logan, je vous en prie, susurra-t-il à son oreille en se penchant sur le comptoir.

— Logan, répéta-t-elle docilement, les joues embrasées. Je veux dire... vous n'avez qu'à faire un chèque qu'ils vous rembourseront.

— Je suis en train de me faire ouvrir un compte à Serenity, expliqua-t-il avec un regard enjôleur. En fait, je m'en suis occupé hier mais je ne peux pas l'utiliser tant que mon agence de Dallas n'aura pas effectué un virement. Bon, si je vous donne un chèque et si vous attendez un peu avant de le mettre à la banque, c'est exactement la même chose que si vous m'accordiez un crédit de quelques jours, non ?

— Heu, oui, il me semble, dit-elle.

Il eut un instant d'hésitation comme s'il avait perdu le fil de ses pensées.

— En tout cas, on sait faire de jolies filles à Serenity.

Julia gloussa nerveusement.

— Oh, pardon, fit Logan, je me suis égaré.

— Ce n'est pas grave.

— Donc... que préférez-vous ? Un chèque postdaté ou attendre un peu ?

Tandis qu'elle se concentrait pour résoudre le problème, il reprit, un ton plus bas :

— A propos, viendrez-vous à la Salle des Fêtes, ce soir ?

— Je pense que oui.

— Bien. C'est ce que j'espérais.

Tout émue, elle lui tendit la boîte remplie de prospectus.

— C'est d'accord, Logan, je vous fais confiance, vous ne me paraissez pas du genre à le faire regretter.

Souriant, il répondit :

— Regardez ces yeux, Julia. Dites-moi si vous n'y lisez pas une honnêteté sans faille.

— C'est bien ce que je vois, admit-elle, très émue.

— Alors tout va bien.

Il se redressa et jeta un coup d'œil sur les papiers.

— Ils ont bonne allure.

Julia s'éclaircit la gorge.

— Heu... je voulais vous demander... sur quel projet travaillez-vous ? J'ai tout lu mais ce n'est pas précisé.

Il posa un doigt sur sa bouche en lui décochant un sourire complice.

— Je ne peux rien dire tant que je n'en ai pas parlé aux habitants de cette ville, Julia. Ce ne serait pas correct de vous mettre au courant avant les autres.

— Oh, mais je sais tenir ma langue, promit-elle. Prudence est mon second prénom. Des milliers de secrets passent par cette boutique et je n'en ai jamais rien dit, des hommes politiques, des pasteurs, des tas de gens différents, tout le monde ici sait qu'on peut me faire confiance.

Avec un petit rire, il lança :

— Venez de bonne heure et vous entendrez tout ce que vous voulez savoir. Et n'oubliez pas de m'envoyer votre facture !

Après un dernier clin d'œil, il planta là la jeune fille déçue et tourna les talons.

La lumière claire du soleil de mai se réfléchissait sur le carton blanc de la boîte. Il ne devrait pas être trop difficile de les distribuer tous d'ici ce soir, se dit-il. Et la conférence à la Salle des Fêtes était une idée de génie. Des centaines de personnes s'y réunissaient chaque samedi soir.

De l'autre côté de la rue, la quincaillerie avait l'air inhabituellement pleine de clients. Autant de proies qu'il harponnerait aisément, se dit-il en s'apprêtant à la rejoindre.

Une voiture l'obligea à s'arrêter ; il allait traverser lorsqu'il entendit une Harley rugir, rompant le calme ambiant. Les roues de l'engin traversant une flaque d'eau projetèrent de la boue qui éclaboussa son pantalon.

— Hé là !

Le motard parut ne pas l'avoir entendu. D'ailleurs, découvrit-il aussitôt, c'était une motarde. Elle transportait derrière elle un petit garçon, des cheveux d'un blond très clair s'échappaient du casque et adoucissaient son allure d'Ange de l'Enfer. Les passants la saluaient, l'air plus contents de la voir qu'agacés par son irruption bruyante.

Un peu plus loin, elle se gara le long du trottoir. Logan tenta de ravaler sa colère ; étrangler la première femme qui osait lui rebrousser le poil ne ferait que ruiner son image soigneusement cultivée. C'était un accident, se dit-il. Un accident dont sans aucun doute elle s'excuserait volontiers.

Il la rejoignit au moment où elle mit pied à terre.

— Excusez-moi de vous aborder mais vous avez taché mon pantalon.

En ôtant son casque — ce qui libéra une masse dorée —, la jeune femme le dévisagea avec curiosité puis examina l'objet du délit.

— Ah oui, effectivement. Avec cette pluie qu'on a eue, la rue est couverte de flaques. Jason et moi, on a les jambes toutes crottées. N'est-ce pas, chéri ?

Elle disait vrai mais son fils et elle semblaient accepter la chose avec la plus grande placidité. Il regarda le petit garçon se glisser au sol puis reporta son regard sur la mère. Fine et menue, elle n'avait pas un gabarit à manier une Harley, encore moins à la chevaucher.

— C'est mon seul pantalon élégant, bougonna-t-il.

Elle haussa les épaules.

— Alors vous auriez dû faire plus attention.

— Moi ! s'exclama-t-il, en plongeant son regard dans les grands yeux verts pleins d'innocence. Mais c'est votre faute !

Elle examina attentivement l'auréole boueuse.

— Je suis sûre qu'avec un peu d'eau ça partira très bien, mais surtout ne la laissez pas sécher. Un peu de boue n'a jamais fait de mal à personne. Pas vrai, Jason?

— Oui. C'est pas difficile à enlever, moi j'arrête pas de me salir.

L'enfant ne paraissait pas avoir plus de sept ans, il leva un pied, puis l'autre, pour montrer l'état de ses chaussures.

— Dites donc, c'est vous le type qui fait du cinéma?

Les sourcils froncés, Logan hocha la tête.

— Oui. Je veux dire, non. Où as-tu pris cette idée?

— C'est ce que tout le monde dit.

Logan décida de réfréner sa colère et lui adressa un sourire charmeur.

— Oui, évidemment. J'ai dû me montrer un peu trop secret. Je m'appelle Logan Brisco.

Il tendit une main vers la jeune femme qui la refusa en croisant les bras. Celle du petit garçon étant offerte, il s'en empara et la secoua avec énergie.

— Moi, c'est Jason Sullivan. Et voilà ma maman.

— Mrs Sullivan, fit Logan en s'inclinant.

Il guetta en vain une lueur d'amabilité sur son visage. D'ordinaire, les femmes ne s'embarrassaient pas de formalités et le priaient rapidement d'user de leur prénom, mais celle-ci semblait plutôt coriace.

— Eh bien, ce soir la curiosité générale sera satisfaite et chacun saura ce que je suis venu faire ici. A six heures, à la Salle des Fêtes. J'espère vous y voir tous les deux. En attendant... je vais vous donner quelques prospectus à distribuer, si ça ne vous ennuie pas.

L'enfant s'empara de la liasse qu'il leur tendait.

— Moi aussi, je peux venir? s'écria le gamin.

— Bien sûr. Ça concerne tout le monde.

— Qu'est-ce qui concerne tout le monde? demanda la jeune femme.

Elle se décida à prendre une feuille et la parcourut.

— Ça n'indique pas le sujet de votre réunion.

Logan posa une main sur son épaule, il approcha les lèvres de son oreille et murmura d'un ton de conspirateur:

— Je veux vous aider à réaliser vos rêves.

Elle se dégagea d'un geste brusque.

— Ils se sont déjà réalisés.

Voilà quelque chose de nouveau, se dit-il en s'écartant. Personne ne lui avait jamais répondu ça.

— Alors laissez-moi vous expliquer comment en tirer le meilleur parti possible, répliqua-t-il d'une voix suave. Laissez-moi vous montrer comment optimiser votre potentiel et minimiser vos risques, comment bâtir une fortune, comment mettre votre signature sur le monde et y laisser votre empreinte.

Au lieu de l'émerveillement que suscitait d'ordinaire son discours, une expression de plus en plus renfrognée assombrit son visage.

— Laissez-moi vous prévenir, monsieur. Personne ici ne sera dupe de cette comédie, il suffira d'une voix pour dénoncer vos manigances, et c'est moi qui vais m'en charger.

Il affecta un air offensé.

— Encore faudrait-il qu'il y ait des manigances.

Son sourire glacial montrait clairement qu'elle n'en doutait pas une seconde.

— Je sais qui vous êtes, dit-elle. Je l'ai compris dès que j'ai entendu une de mes voisines devenir dithyrambique en parlant d'un inconnu qui venait de débarquer. Vous n'êtes qu'un escroc à la petite semaine et vous vous êtes jeté sur notre communauté pour lui extorquer le peu qu'elle possède. Nous avons assez de problèmes comme ça et je ne vous laisserai pas faire.

Pas question de la laisser partir avec cette idée, pensa-t-il en la voyant faire demi-tour.

— Vous êtes rudement sûre de vous!

— Exact.

— Et si vous vous trompiez? Et si vous laissiez passer l'occasion de vous enrichir plus que vous ne l'avez jamais imaginé?

— Je ne me trompe jamais.

Elle envoya son casque derrière son épaule et s'éloigna sans se retourner.

Elle marchait avec désinvolture, manifestement peu soucieuse de savoir quel effet elle produisait. Sans être du genre à avoir besoin d'admirateurs, elle n'en manquait sûrement pas. Elle jeta un coup d'œil derrière elle pour s'assurer qu'il la regardait et jeta les prospectus dans une poubelle.

Il esquissa un sourire. Tout cela allait être encore plus amusant qu'il ne l'avait prévu. Il était même possible qu'il prolonge son séjour, histoire de relever le défi lancé par cette petite bonne femme qui n'avait pas jugé utile de lui révéler son nom.

Les clientes du salon Ondulations et Teintures se mirent à se trémousser lorsque Logan fit son apparition. L'odeur de la laque et de l'eau oxygénée le prit à la gorge et il retint difficilement une quinte de toux.

— Bonjour mesdames, claironna-t-il avec son sourire désarmant.

Des roucoulements de bienvenue lui répondirent et une demi-douzaine d'entre elles minaudèrent sous leur échafaudage de rouleaux, bâtonnets et mèches effilochées, comme si leur beauté momentanément cachée était encore perceptible. A l'autre bout de la pièce, Julia Peabody était assise devant une rangée de séchoirs sous lesquels cinq femmes l'écoutaient, bouche bée. *Parfait*.

12

— Bonjour Mr Brisco! s'exclama Lahoma Kirtland de l'évier où elle teignait les cheveux de Mildred Smith.

Lâchant sa cliente, elle leva ses mains aux gants tachés de teinture et se rua vers lui.

— Je vous en prie, chère amie. Mr Brisco, c'était mon papa. Moi, ce n'est que Logan.

L'air très ému, il promena son regard autour de lui.

— En me baladant en ville, je me demandais où étaient passées les jolies femmes. Et voilà que je les trouve toutes ici.

Elles gloussèrent en échangeant des regards enchantés.

— Quelle joie de vous voir! s'exclama Lahoma. Justement nous parlions de vous. N'est-ce pas, mesdames?

— Vraiment? Vous n'en disiez pas trop de mal, j'espère.

Il se retourna vers la porte ouverte sur la pièce réservée aux séchoirs et lança:

— Julia chérie. N'êtes-vous pas en train de trahir mes secrets?

L'air confuse, l'interpellée s'avança vers lui.

— Je me contentais d'annoncer votre conférence. Tout le monde est très excité.

— Bon, bon, fit-il en sortant une liasse de prospectus. J'espère que vous en parlerez à vos amis, et aux amis de vos amis, à vos ennemis, à vos amants et...

Des petits fous rires fusèrent pendant qu'il déposait un papier sur chaque main tendue.

— Dites bien à tous que cette réunion risque d'être la plus importante de leur existence. Dans quelques années, vous vous rappellerez comment vos vies ont changé à partir du jour où Logan Brisco a débarqué chez vous.

Une porte s'ouvrit et se referma brutalement, laissant passer l'inconnue aux cheveux blonds. Tirant son enfant derrière elle, elle traversa la salle à grands pas, grimpa l'escalier et se rua vers l'endroit où travaillait habituellement Lahoma. Cramponné à sa mère comme à une bouée de sauvetage, le petit garçon riait de bon cœur en la suppliant de s'arrêter.

S'apercevant que Lahoma n'était pas à sa place habituelle, elle pivota brutalement.

— Lahoma! hurla-t-elle pour couvrir les cris de son fils, est-ce que tu as le temps de couper les cheveux de Jason? Slade a trop de monde chez lui.

— Bien sûr, dès que j'en aurai terminé avec ma cliente... en attendant, si tu lisais un de ces prospectus?

A ce moment-là, elle aperçut Logan. Il arborait un sourire triomphant comme si leur rencontre était le fruit d'un complot soigneusement préparé. Elle lâcha son fils, souffla pour écarter les mèches qui tombaient sur ses yeux et s'approcha de la coiffeuse qui lui tendait un papier entre deux doigts humides de teinture rouge.

— J'en ai déjà eu un, répondit-elle. Et je l'ai rangé là où il le méritait.

Toujours souriant, Logan lança d'une voix sonore :

— Mesdames, si vous êtes d'accord pour en distribuer autour de vous, je vais vous en donner d'autres.

— Je vais en prendre, fit une voix sous un séchoir.

La femme que Lahoma avait oubliée, la tête dans l'évier, glapit :

— Moi aussi.

— Qui d'autre? claironna Logan. Vous ne le regretterez pas. Tous ceux que vous persuaderez de venir vous en seront reconnaissants à jamais.

— Vendu! s'écria la jeune femme blonde avec un regard brillant, donnez-les-moi tous, en cinq minutes, je vais vous en débarrasser.

Avec un petit rire, il les cacha derrière son dos.

— J'en doute. D'ailleurs, vous devez attendre qu'on coupe les cheveux de votre petit garçon et cet endroit est plein de jolies jeunes femmes qui ne demandent pas mieux que d'aider un pauvre homme.

— Oh, flûte, fit-elle en entraînant son fils. Viens, Jason, allons-nous-en.

— Tu ne veux plus que je lui coupe les cheveux ? cria Lahoma.

— Je crois que je vais attendre que Slade ait un moment. L'atmosphère est un peu trop lourde à mon goût, ici. Lahoma, tu devrais t'occuper de Mildred avant que la teinture ne lui ronge le crâne.

La porte se referma avec un claquement sonore.

— Ô mon Dieu, je l'ai oubliée ! s'écria la jeune femme consternée.

Elle courut à la mezzanine où Mildred l'attendait, le front dégoulinant de gouttelettes rouges. Elle lui empoigna la tête et entreprit de la rincer abondamment.

Logan regardait à travers les carreaux la jeune femme blonde s'éloigner à grands pas.

— J'ai l'impression qu'elle ne m'aime pas beaucoup.

— Mais si, mais si, protesta la coiffeuse. Foraine s'entend bien avec tout le monde. Bien sûr, elle a un comportement auquel il faut s'habituer mais elle nous a apporté une bouffée d'air frais.

— Foraine ? répéta-t-il. En voilà un drôle de nom.

— Elle est fille de forains et a passé son enfance et sa jeunesse dans les foires, expliqua Lahoma.

Pendant que les doigts énergiques de la coiffeuse pétrissaient son crâne, d'un souffle à peine plus fort qu'un gémissement, Mildred ajouta :

— Foraine Sullivan. Elle est venue s'installer ici après avoir épousé Abe, le fils de Betsy.

— Elle n'est pas née à Serenity ?

— Foraine ? gloussa Lahoma. Grands dieux, non. Mais elle nous a apporté un peu de couleur et de vie.

Malheureusement, Abe ne vaut rien. Il a pris le large un an après leur mariage. Depuis, on n'a plus eu de ses nouvelles.

— Et elle est restée ?

— Bien sûr. Elle fait partie de la communauté maintenant. Nous l'aimons tous, y compris moi, bien qu'elle n'ait jamais besoin de se faire coiffer, ajouta-t-elle en riant.

La mine réjouie, Logan salua les dames et ressortit. Cent mètres plus loin, il découvrit Foraine et son fils installés sur un banc devant la boutique du coiffeur pour hommes. Il se dirigea lentement vers eux.

Il essaya d'évaluer son âge ; sans doute moins de vingt-cinq ans : son fils en avait bien six... peut-être sept. Mariée enfant, mère adolescente. Ce qui ne collait pas, c'était son côté perspicace, son expression de maturité, son absence d'innocence, toutes choses qui ne viennent d'ordinaire qu'avec l'âge.

Je ferais mieux de l'éviter, se dit-il. C'était la première des règles de Montague : ne jamais s'intéresser à une femme — surtout si elle vous tient tête. Ce pouvait être fatal. Pourtant, il lui parut impossible de ne pas l'affronter encore une fois... juste une dernière.

— Je vous ai vu sortir de l'imprimerie, dit-elle quand il l'eut rejointe. Je parie que vous n'avez pas payé Julia.

Il prit l'air étonné.

— Bien sûr que si.

Avec un petit rire, elle ramena son pied sous elle.

— Non, vous ne l'avez pas fait. Vous l'avez persuadée de vous faire crédit.

— Maman ! protesta le petit garçon.

— Et le Welcome Inn n'a sûrement pas encore vu la couleur de votre argent.

Logan posa son paquet à côté d'elle.

— Comment savez-vous où je me suis installé ?

— Je suis géniale, répondit-elle avec un large sourire. En outre, c'est le seul motel de la ville. Alors comment allez-vous embobiner les hommes ? Vous ne pouvez pas flirter avec eux comme avec les dames. Mais il vous reste les flatteries, n'est-ce pas ? Ecouter leurs problèmes. Semer quelques idées dans leurs têtes. Au bout de trois semaines, vous devez en savoir assez sur eux pour ne plus rien ignorer de leurs points faibles ?

Le sourire de Logan s'effaça ; délibérément, il appuya sa chaussure boueuse sur le banc et se pencha vers la jeune femme.

— Je ne connais pas les vôtres.

— C'est parce que je n'en ai pas.

Sa repartie l'enchanta. Il se demandait en quoi elle se distinguait des femmes qu'habituellement il enjôlait aisément. Etait-ce son regard imperturbable qui ne se laissait pas troubler par le sien ? Ou bien parce qu'elle avait repéré ses intentions ou croyait l'avoir fait et était bien déterminée à ne pas le laisser s'en tirer à bon compte ?

Une voix appela Jason ; elle fit signe à son fils d'y aller.

— Dis-lui de bien dégager tes oreilles, et je veux pouvoir apercevoir tes sourcils.

— Oh, m'man !

— File !

L'enfant parti, elle fixa Logan avec un air d'impatience, comme si elle attendait qu'il lui explique la raison de sa présence et surtout pourquoi il avait osé poser son pied boueux à côté d'elle.

— Ecoutez, fit-il, je ne sais pas ce que vous avez contre moi mais je ne vous ai rien fait. Ma seule intention est de rendre service aux citoyens de cette ville.

— Service ? l'interrompit-elle en riant. Splendide ! Si vous avez débarqué ici, c'est parce que vous avez entendu dire qu'on y trouvait un peu d'argent. Que le boom pétrolier des années cinquante avait enrichi les habitants. Mais les puits se sont taris et l'agriculture perd de l'argent ; la ville est devenue vulnérable, et chacun attend un sauveur pour l'aider à s'enrichir rapidement, voilà la vérité.

— C'est pour cette raison que vous êtes ici, Foraine ?

Elle ne demanda pas comment il connaissait son prénom.

— Les raisons qui m'ont conduite ici ne vous regardent pas.

— Peut-être que si, répliqua-t-il. Peut-être que vous vous sentez menacée. C'est peut-être vous l'arnaqueuse, et vous avez peur que je ne brouille vos cartes. Vous savez ce qu'on dit. On ne peut pas filouter un arnaqueur.

— Bien dit, jeta-t-elle en se levant, avant de s'éloigner. Et on ne peut pas non plus rouler la fille d'un arnaqueur. Ici, on va vous couper l'herbe sous le pied, Brisco.

Logan ne sut pas s'il devait entendre cela comme une menace ou un simple avertissement mais en tout cas jamais il ne s'était senti aussi excité.

Il ramassa ses papiers et s'éloigna. Une chose était sûre : non seulement la ville de Serenity allait l'enrichir mais en plus il allait s'amuser comme un fou, grâce à un petit feu d'artifice qui se prénommait Foraine.

2

Jason sauta de la camionnette avant qu'elle se soit complètement arrêtée. En souriant, Foraine le vit rejoindre ses amis, lesquels accouraient en masse vers la Salle des Fêtes. Ce Logan savait y faire, admit-elle en coupant le moteur. Il avait mis la ville en ébullition et, d'après ce qu'elle avait pu entendre, d'ici une heure ou deux il leur vendrait la Roumanie. Le fait qu'elle ne soit pas à vendre ne traverserait la tête de personne, et c'était cela qui l'avait poussée à venir.

Elle se félicita de ne pas avoir pris sa moto. Mieux valait rester discrète. Résolution qui ne l'empêcha pas de claquer la portière derrière elle.

— Hé, Foraine ! appela Paul Dillard qui venait de se garer de l'autre côté de la rue.

Elle fit un signe de la main et attendit que la rejoigne celui qui, depuis qu'Abe l'avait amenée à Serenity, avait toujours gardé un œil sur elle.

— Oh, non, pas vous, Paul ! s'exclama-t-elle. Vous n'allez pas gober le baratin de cet individu, vous aussi !

— Ça ne coûte rien d'écouter.

— Oui, eh bien, ne lui donnez pas un sou ce soir, d'accord ? Quoi qu'il vous propose, ne lui donnez rien.

— Si vous êtes aussi sacrément convaincue qu'il ne nous apporte rien de bon, pourquoi êtes-vous là ?

— Pour qu'il y ait au moins une personne saine d'esprit. Je crains d'être la seule ici à avoir compris à quelle sorte de personnage nous avons affaire.

— Vous, en tout cas, vous appartenez au genre soupçonneux, remarqua Paul en ouvrant la porte du bâtiment.

— Il y a une différence entre être soupçonneux et avoir un peu de jugeote. J'ai vu pas mal de choses, Paul, et les magouilles, je les repère au premier coup d'œil.

— Ecoutez d'abord ce qu'il a à dire. Peut-être serez-vous agréablement surprise.

En pénétrant dans la salle bondée, Foraine croisa le regard de Logan qui lui décocha aussitôt un sourire séducteur. Elle hocha la tête.

— J'en doute, Paul. Rien de ce qu'il pourra raconter ne me surprendra.

Elle se faufila entre tous ces gens qu'au cours des sept dernières années elle avait appris à bien connaître. Leur nombre la stupéfia. L'office du dimanche n'en rassemblait pas autant, ni le pique-nique du Quatre Juillet, ni la parade de Noël. Et jamais depuis qu'elle était parmi eux elle n'avait entendu un tel brouhaha excité.

Ailleurs, oui. Chez les gogos qui fréquentaient les fêtes foraines.

Elle reconnut la ferveur que son père et sa mère parvenaient à inspirer grâce à leurs petites magouilles, et Foraine y avait même tenu son rôle. Elle avait participé aux vols, joué la comédie et créé des diversions pour permettre à une main de s'insérer dans les poches. Et plus la foule s'excitait, quelle que soit la grosseur du piège, plus l'enfant se disait que décidément tous ces imbéciles méritaient bien d'y tomber.

Mais pas les habitants de Serenity.

On lui proposa une chaise mais elle préférait rester debout. Assise, elle se sentirait dominée et plus vulnérable. Et quand Logan Brisco était dans les parages, mieux valait garder son assurance et son énergie.

L'homme qui avait réussi à les attirer, le personnage mystérieux qui suscitait tant de suppositions et de commentaires, monta sur l'estrade. Son regard erra longuement sur l'assistance puis un sourire charmeur éclaira son visage qui arbora un air d'absolue innocence.

— Eh bien, je n'avais pas imaginé qu'il y avait autant de personnes intelligentes à Serenity ! s'exclama-t-il d'une voix enjouée.

Ses yeux s'attardèrent sur Foraine pendant que de légers applaudissements s'élevaient. Elle devina ses pensées. Il devait croire qu'elle avait cédé à la curiosité et qu'il l'avait gagnée à sa cause, il la rangeait parmi les pigeons rassemblés devant lui. Mais il apprendrait bientôt de quel bois elle était faite. S'il essayait de rouler ces braves gens, ça allait barder.

— Mesdames, messieurs, commença-t-il avec un léger accent du Midwest, je vous remercie d'être là. Et je vous promets que vous ne le regretterez pas. Au cours de ces trois semaines, je me suis attaché à beaucoup d'entre vous. Je citerai, entre autres, Slade, le meilleur coiffeur de ce côté du Mississippi ; et Bonnie, qui fait la meilleure tarte au citron que j'aie jamais goûtée ; Mildred et Tommy, les quincailliers ; et les Sheaffer, qui tiennent le bureau de poste... Je pourrais continuer comme ça un bon bout de temps mais je me contenterai d'avouer que je n'ai jamais vu de ville plus chaleureuse et, en raison de ces liens personnels, je veux vous faire un cadeau.

Et voilà, nous y sommes, se dit Foraine, l'estomac noué. *En avant la musique.*

Logan reprit :

— Beaucoup se sont demandé pourquoi j'étais aussi discret. J'admets que vous avez le droit d'être curieux. La vérité est que je représente quelques-unes des plus grandes banques du Texas, ainsi que des sociétés dont je n'ai pas encore le droit de révéler le nom. Il s'agit d'énormes entreprises de haute technologie qui ont beaucoup d'argent à investir. Depuis plusieurs mois je sillonne les zones rurales de l'Etat, pour trouver le meilleur emplacement afin de leur permettre de réaliser un superbe projet et, même si elle n'est pas en tête de liste, Serenity présente un nombre d'avantages non négligeables. Il y a une quantité énorme de terrains en friche à l'ouest de la ville. Des hectares et des hectares inutilisés.

Il s'inclina légèrement et, comme pour nouer des contacts personnels, il s'arrêta sur quelques visages tendus vers lui. Il était bon. Foraine dut l'admettre et une vague nausée l'envahit. Trop bon.

— Je suis un homme d'affaires et, d'ordinaire, lorsqu'il s'agit de prendre une décision importante, je fais taire mes sentiments. Mais aujourd'hui je connais bien les habitants de Serenity, et j'avoue que je n'ai pas envie de chercher plus loin.

Des applaudissements éclatèrent. Atterrée, Foraine promena son regard autour d'elle. Il ne leur avait même pas dit ce qu'il voulait que déjà ils lui donnaient leur accord sans réserve. Elle croisa les bras et attendit la suite.

— Il y a des personnes à Serenity qui, sans l'avoir mérité, ont perdu leurs fermes. Elles appartiennent aux banques à présent et, pour nourrir leur famille, d'excellents agriculteurs doivent aller jusqu'à Odessa pour travailler en usine. Ceux d'entre vous qui ont eu plus de chance, en louant leurs terres aux compagnies pétrolières, sont en train de découvrir les restrictions. Vos puits se tarissent et l'argent ne rentre plus aussi facilement. Pour vous tous, du haut en bas de l'échelle, agriculteurs, ouvriers d'usine, entrepreneurs, employés de bureau, secrétaires et propriétaires de terrains pétrolifères, il est temps de trouver une solution qui rende à votre ville sa prospérité.

Un tonnerre d'applaudissements accueillit son discours. Il se présentait comme leur sauveur et, quoi qu'il dise, ils le croiraient sur parole.

— Voici de quoi il s'agit, poursuivit Logan en scrutant la foule. Des investisseurs veulent construire un parc de loisirs de plusieurs millions de dollars au Texas. A côté, Astro World sera réduit à l'état de foire régionale et Six Flags n'aura plus qu'à mettre la clef sous le paillasson. L'endroit que nous allons choisir va... si vous me pardonnez l'expression... dégouliner de fric. Le tourisme va se développer. Ceux qui possèdent une entreprise verront leurs bénéfices augmenter de cinq cents pour cent, si ce n'est pas plus, et des milliers d'emplois seront créés... Je pourrais continuer comme ça un bon moment... Nous voulons avant tout faire participer la communauté. Investissez, et vous obtiendrez un pourcentage sur les bénéfices. Peu importe la somme que vous pourrez mettre, vous toucherez la part qui y correspond. Et, mesdames et messieurs, je crois sincèrement qu'il faudrait être stupide ou inconscient pour laisser passer une pareille opportunité. Il est tout simplement impossible de perdre un *cent* dans cette affaire.

Bien joué, se dit Foraine tandis qu'un rugissement approbateur s'élevait autour d'elle, *parfait. Il va ramasser l'argent dès ce soir, et demain à l'aube il sautera dans le premier train en partance.*

En voyant l'excitation et la fièvre sur les visages qui l'entouraient, la rage l'envahit. Sans réfléchir plus longtemps, elle se fraya un chemin vers les premiers rangs. Les applaudissements se calmèrent. Elle bondit à côté de Logan, empoigna le pied du micro et cria :

— Attendez une minute ! J'ai quelque chose à vous dire !

Pour la première fois, Logan parut effrayé ; cela ne dura qu'une demi-seconde et il reprit immédiatement son air enjoué.

— Je vous en prie, dit-il d'un ton affable. Il s'agit d'une entreprise importante qui mérite qu'on en discute. Foraine, à vous la parole.

Avec un grand geste de la main, il céda la place à la jeune femme.

— Tout d'abord, commença-t-elle, je crois que nous devrions réfléchir à ce qui se passe ici. Un phénomène bien étrange, vraiment : cela fait trois semaines que cet homme est parmi nous, nous ne savons rien de lui, et pourtant la plupart d'entre vous sont en train de sortir leur chéquier. A mon avis, ça n'est pas cohérent.

Des protestations bourdonnèrent. Elle leva une main pour réclamer le silence.

— Ensuite, s'il existe réellement un projet sérieux avec des investisseurs sérieux, est-ce que nous *voulons* qu'un parc de loisirs abîme Serenity ? Je suis restée ici pour la paix et la stabilité que cette ville m'offrait et je l'aime telle qu'elle est. Si nous devions installer ce parc, rien ne serait plus comme avant. Nous serons envahis de touristes, de voyous et de voleurs. Les délits augmenteront et la qualité de la vie s'en ressentira gravement. Sommes-nous prêts à brader notre jolie petite cité ?

Slade Hampton, une des têtes pensantes de la communauté bien qu'il n'exerçât aucune fonction officielle, s'avança, suivi de son fidèle chien Jack.

— Foraine, nous avons des problèmes. Nous avons besoin de nouveaux projets. Ce pourrait bien être la réponse à nos prières.

— Si Logan Brisco est cette réponse-là, alors moi, je suis la fille de Mère Teresa. Ecoutez-moi. Je sais de quoi je parle.

— Excusez-moi, fit Logan en lui coupant la parole. N'allez pas croire que les règlements du parc vous seront imposés. Au contraire, c'est le conseil municipal qui les édictera. Si vous vous rangez à nos côtés, ce sera à vous d'établir les règles, les interdits, les autorisations. Vous pourrez très bien vous protéger des retombées indésirables ; il suffira de vous réunir et de réfléchir. Par exemple, vous pourrez exiger que les hôtels soient construits à l'extérieur, de même que les boutiques de cadeaux, les parkings, les restaurants. On peut aussi dévier la circulation. Mesdames, messieurs, tout sera fait selon votre désir. Certains d'entre vous feront partie du comité d'organisation. Ce projet sera votre enfant.

— Combien faut-il investir, Logan ? lança une voix au fond de la salle.

— Plus vous pouvez, mieux c'est, répondit-il. Mais aucune somme n'est négligeable. Je prendrai note de chaque *cent* investi et chacun recevra ses dividendes en fonction de sa mise. Si nous trouvons suffisamment de fonds sur place, nous ne serons pas obligés de proposer des actions ailleurs. Ce qui impliquera des bénéfices plus importants pour vous.

Sidérée, Foraine regardait ses amis et voisins s'agiter fébrilement. Des couples se consultaient sur la somme à inscrire ; d'autres griffonnaient déjà des chiffres et détachaient leur chèque comme si en étant les premiers ils gagneraient plus.

— Est-ce qu'on a le temps d'aller jusqu'au guichet en bas de la rue pour retirer de l'argent ? cria une autre voix.

— Bien sûr, répondit Logan. Je vais rester ici toute la soirée, enfin, si les joueurs de bingo me permettent d'occuper une table.

B.C. Jenkins, le maître du jeu de bingo, fit signe que cela ne posait pas de problème. Foraine reprit le micro.

— Attendez une minute ! S'il vous plaît, attendez.

Le brouhaha s'éteignit et elle dut affronter des regards irrités.

— Regardez-vous ! Pourquoi cette hâte ? On reconnaît un arnaqueur à ce qu'il exige l'argent sur-le-champ. Croyez-moi. Si ce type était régulier, il vous laisserait le temps de réfléchir, de vérifier ses lettres de créance, celles de ses investisseurs — dont, entre parenthèses, il n'a pas donné le nom. Et s'il ne vous accorde pas ce délai et qu'il vous refuse ces informations, alors dites adieu à vos économies car vous ne les reverrez pas.

Quelques personnes hochèrent la tête en murmurant leur approbation. Foraine se tourna vers Logan. Le regard qu'il fixait sur elle ne portait plus trace d'enjouement. Elle bousillait son affaire, et ça ne lui plaisait pas du tout.

Lèvres serrées, il laissa errer ses yeux sur la foule. Le sourire revint lentement sur son visage — performance qui méritait un oscar, jugea Foraine.

— Vous savez, mesdames et messieurs, elle a raison. C'est une grande décision, peut-être la plus grande de votre vie. Vous devez y réfléchir. Dieu sait que je ne veux pas que vous ayez ensuite des regrets. La vérité est que je n'ai pas encore l'accord de mes mandants pour installer le parc à Serenity. C'est le nombre d'investisseurs que j'aurai réunis qui fera basculer la décision en votre faveur. Mais il n'est pas nécessaire de se précipiter. Attendez jusqu'à demain.

Des rires nerveux parcoururent la foule. Étonnée par ce revirement inattendu, Foraine fixa Brisco.

— Je vais rester au Welcome Inn et je vais y attendre la visite de chacun de vous. Je ne suis pas ici pour vous voler. Je ne veux pas de l'argent destiné à l'épicier et encore moins de celui mis de côté pour payer les études de vos enfants. Je ne veux pas que vous investissiez au-delà de vos moyens. Réfléchissez tranquillement et si vous voulez être partie prenante d'une entreprise qui fera la prospérité de votre famille et des générations à venir, alors nous en discuterons posément, en tête à tête. Ce soir, je ne veux pas un dollar.

Il remit le micro sur son support et adressa à Foraine un sourire narquois.

— Je vous accorde le premier rendez-vous ?

— Je suis très impressionnée, affirma-t-elle en croisant les bras. Mais je ne suis pas dupe. Je vous combattrai pied à pied.

— J'ai hâte de voir ça, riposta-t-il. Vous faire changer d'avis sera le but principal de mon séjour.

— Après celui de bouleverser ma ville, dit-elle en quittant l'estrade. Méfiez-vous, Brisco. Aucun de vos faits et gestes ne m'échappera.

Lorsque Logan pénétra dans sa chambre, il eut la sensation d'entrer dans une glacière, car il avait laissé l'air conditionné pour lutter contre l'odeur de moisi qui régnait dans la pièce. Par habitude, il verrouilla la porte derrière lui et laissa tomber sa serviette sur le lit. Puis il alluma son ordinateur. Après quelques manipulations, l'information qu'il cherchait apparut sur l'écran. S'affalant sur le lit, il examina les lieux d'un air désemparé.

Depuis presque toujours il était un habitué des motels, sauf lorsqu'une gentille petite dame l'accueillait le temps de son séjour, il aurait dû s'y accoutumer. Et pourtant, chaque fois qu'il pénétrait dans ce genre de pièce, elle lui paraissait toujours aussi désespérément vide. Sentiments stériles, et même néfastes, se reprocha-t-il aussitôt, Montague ne l'aurait pas accepté.

Tout comme il n'aurait pas apprécié ce qui s'était passé ce soir-là. Lui aurait sauté dans le premier train qui se présentait. Qu'une seule personne se dresse sur son chemin et il en déduisait que son plan avait fait long feu. Susciter ce genre d'attention ou rester plus longtemps que nécessaire était dange-

27

reux. Céder à Foraine et prolonger son séjour alors que la situation tournait à son désavantage jamais Montague n'aurait approuvé. Et sans doute aurait-il eu raison.

Logan s'étira lentement en fermant les yeux.

— Tu as raison, mon vieux. Mais je ne suis pas toi. Je ne l'ai jamais été.

Parmi les règles que lui avait enseignées son mentor, l'une particulièrement lui avait souvent sauvé la mise : suivre son instinct. Et ce soir il lui disait de rester à Serenity, et de relever le défi que lui lançait Foraine Sullivan.

Il n'avait pas aimé qu'elle le traite d'arnaqueur à la petite semaine et de menteur ; et surtout qu'elle émette des doutes sur son honnêteté. Même si tous les soupçons de la jeune femme étaient justifiés.

Ce n'était pas comme faire du mal à quelqu'un. Ainsi que Montague le disait toujours, on ne peut pas rouler un honnête homme. Logan se considérait comme une sorte de professeur... un professeur spécialisé dans les dures leçons de la vie. Il valait mieux que ce soit lui qui roule les braves gens plutôt qu'un criminel sans pitié qui laisserait ses victimes dans l'incapacité de s'en remettre.

Les escroqueries de Logan étaient toujours propres et nettes. Il arrivait, pressait le citron et s'en allait. Fin de l'histoire. Ni attachements, ni regrets, ni conséquences graves.

Pour cela, il avait déjà payé il y avait bien longtemps.

3

C'est en devenant, à l'âge de trois ans, pupille de l'Etat de l'Iowa que Logan Brisco avait reçu sa première leçon. Il n'avait pas connu son père et personne ne lui expliqua que sa mère était morte dans un stupide accident de voiture. Chaque nuit, après s'être allongé dans un lit qui n'était pas le sien, dans une maison étrangère, il restait éveillé des heures durant, se rappelant les histoires que sa maman lui racontait avant d'éteindre la lumière, les prières qu'elle lui apprenait, les chansons qu'elle fredonnait en le savonnant dans la baignoire, les rires dont son ancienne existence avait été remplie. Jamais elle ne l'avait laissé, sauf chez la nourrice lorsqu'elle partait travailler, et jamais il n'avait douté qu'elle reviendrait un jour.

A quatre ans, il avait oublié son visage. A cinq, il cessa de la chercher. A six, il apprit à la maudire pour l'avoir abandonné et, à sept, ses souvenirs s'étaient enfoncés au fond de son cœur. Il n'espérait plus rien et s'était résigné à ce que ses questions restent sans réponse.

Mais à huit ans, il avait bien compris que personne ne voulait de lui et que pour les familles qui l'hébergèrent successivement, il ne représentait qu'un fardeau indésirable. Et encore, autant que pouvait le comprendre un aussi jeune enfant, que le fait d'avoir un toit au-dessus de la tête était avant tout une question d'argent : l'Etat payait des individus pour le loger et le nourrir.

C'est cette année-là que, se retrouvant seul dans le bureau de l'assistante sociale, il feuilleta son dossier pour trouver les réponses aux questions qui le tourmentaient depuis sa petite enfance, et ce qu'il découvrit le bouleversa.

Sur la première page, il était mentionné que sa mère était décédée.

La rage et le désespoir l'envahirent. Dans ce petit bureau sinistre, il apprit aussi que pendant cinq longues années, l'Etat avait vainement cherché une famille — n'importe laquelle — qui voulût bien l'adopter. Son dossier le décrivait comme un enfant précoce, coléreux et posant d'incessants problèmes. Même s'il ne comprenait pas exactement la signification de ce qu'il lisait, il devina que la manière dont on le décrivait ne jouait pas en sa faveur.

Sa vivacité devenait de l'obstination et de l'insolence, sa curiosité le conduisait souvent à un petit séjour dans un sous-sol ou un grenier, et l'amena même, en une cruelle occasion, dans un placard à balais où on le laissa moisir trente-six heures. Lorsque sa troisième mère nourricière le priva de repas toute une journée pour ce qu'elle considérait comme une insolence, il subtilisa un dollar dans son sac, escalada la fenêtre de la salle de bains et courut à l'épicerie du coin pour s'offrir un sachet de chips et un Coca-Cola.

Personne ne l'aurait jamais appris si l'épicier, inquiet de voir un enfant dehors à une heure aussi tardive, n'avait cru indispensable de rapporter l'incident au chef de famille. Le châtiment fut tel que l'enfant souffrit d'une commotion cérébrale, et qu'il fallut lui trouver une nouvelle maison.

En grandissant, Logan apprit à utiliser toutes les ressources de son intelligence pour survivre. Il avait compris que sa vie était différente de celle des autres enfants de son âge, et que s'il ne prenait pas ce qu'eux considéraient comme un dû, il n'aurait jamais rien.

Mais se servir lui attira plus d'ennuis qu'il n'en méritait et le fit rejeter de partout. A dix ans, il avait renoncé à être adopté et il ne compta plus que sur sa force et son intelligence pour se tirer des ennuis. A cause de sa taille élevée, on le croyait plus âgé qu'il n'était en réalité et cette différence s'accrut encore au fil des années.

Il avait douze ans et mesurait 1,75 m lorsqu'on l'envoya chez les Miller qui accueilaient des enfants pour augmenter leurs maigres revenus. Evelyn Miller était une petite femme au teint pâle et au visage perpétuellement renfrogné ; se délectant de son statut de martyre, elle ne manquait aucune occasion de se plaindre de son existence misérable. Son mari, Scotty, était un ancien militaire au langage ordurier ; son dos délabré l'empêchait de travailler mais pas de passer des heures courbé sur une table de jeu ou un billard.

D'ailleurs, ce n'était pas une coïncidence si les Miller habitaient juste à côté d'un tripot. Logan découvrit rapidement que Scotty y passait toutes ses soirées, à boire avec ses copains, à perdre de l'argent ou parfois à en gagner. Logan était fasciné par cette atmosphère et, plus le temps passait, plus la tentation de rejoindre Scotty se faisait irrésistible. Mais si l'Etat découvrait que ce maudit gamin passait son temps dans un endroit pareil, fulminait Evelyn Miller, on leur retirerait les enfants et alors, finis, les chèques dont ils avaient tant besoin.

Aussi, le soir, Logan attendait qu'Evelyn Miller ait fini d'arpenter lourdement le plancher en grommelant des citations de la Bible et, lorsqu'elle criait aux cinq enfants de dégager le chemin et d'aller se coucher, Logan était toujours le premier à obéir. Dès que les lumières étaient éteintes, il sautait par la fenêtre et se glissait jusqu'à la salle de jeu.

En matière de malhonnêteté, il se montra brillant élève et assimila très vite la technique de Scotty : il repérait chaque nouveau venu, se ruait sur lui et le défiait aux dés, aux cartes ou au billard. Scotty s'arrangeait pour perdre la première partie ; enchanté, son adversaire s'apprêtait à le plumer, alors il proposait la revanche et, en un tournemain, il ramassait la mise.

Logan s'initia aux différents jeux et se découvrit un don qui valait bien celui de Scotty. Ce dernier avait un talent et de l'adresse mais, pour rouler l'adversaire, Logan était bien meilleur. Si beaucoup sous-estimaient le talent de l'homme, ils se méfiaient moins d'un gamin imberbe.

Il consacra désormais ses après-midi aux tripots, attirant des adversaires dans des parties qu'il commençait par perdre avant de renverser la vapeur. Lorsqu'il eut écumé tous les bouges de la ville, qu'il ne lui resta plus grand-chose à en tirer, surtout qu'on l'y reconnaissait à peine entré, il jugea qu'il était temps de déménager vers de plus verts pâturages. D'ailleurs, plus rien ne l'obligeait à dépendre des Miller et de l'État de l'Iowa. Il avait quatorze ans, les poches pleines et une vocation lucrative.

Ensuite l'adolescent, d'une ville à l'autre, écuma les salles de jeu. Peu habitués à perdre autant d'argent avec un adversaire aussi jeune, les joueurs se mettaient souvent en colère et Logan devint un champion des fuites précipitées par la fenêtre des toilettes ou la sortie de secours, des courses éperdues dans une ruelle, poursuivi par des perdants armés de queues de billard.

Une nuit, alors que, traqué par deux individus ulcérés, il s'enfuyait d'un établissement mi-bowling mi-tripot, une voiture s'arrêta brutalement à sa hauteur et un homme en ouvrant la portière cria :

— Monte, fiston !

Plutôt que de se faire rouer de coups, Logan bondit à l'intérieur sans hésitation. La voiture démarra en trombe, sous les menaces et les injures des deux victimes.

Le souffle court, il jeta un coup d'œil sur son sauveur et reconnut immédiatement l'homme qui, assis entre le bowling et les tables de jeu, l'avait longuement observé. La pipe entre les dents, le regard froid, il avait l'air du type à qui on ne la fait pas : son regard insistant avait mis l'adolescent mal à l'aise. Vêtu d'un costume trois-pièces, coiffé d'un chapeau melon noir, il arborait une moustache en guidon de bicyclette et une chaîne de montre barrait sa poitrine. Il ressemblait à ces banquiers du dix-neuvième siècle présentés dans certains films dont Logan était un spectateur assidu.

— Je ne sais pas qui vous êtes, monsieur, dit-il, hors d'haleine, mais vous m'avez sauvé la vie. Je vous remercie.

— Il te reste encore deux ou trois choses à apprendre, mon garçon, répondit l'homme avec un fort accent anglais. Ta technique est excellente mais ton style a besoin d'être travaillé. Et ta manière de prendre le large laisse encore à désirer. Quel âge as-tu ?

— Dix-neuf ans, répondit-il avec aplomb. J'aurai vingt ans le mois prochain.

— Tu veux dire douze ans.

— Non ! protesta le garçon. Quatorze.

L'homme sourit.

— Ça me paraît plus vraisemblable, dit-il en tendant la main. Je m'appelle Montague Shelton. Et toi ?

Logan eut d'abord la tentation de mentir puis jugea cette précaution superflue. Cet homme en savait déjà beaucoup trop sur lui.

— Logan Brisco.

— Logan Brisco, répéta l'inconnu en roulant le nom dans sa bouche. On dirait un nom de cow-boy.

Vous autres, Américains, vous aimez les cow-boys, n'est-ce pas? Les hors-la-loi, les coupe-jarrets et ce genre d'individus légendaires.

Logan haussa les épaules.

— C'est comme ça que je m'appelle, voilà tout.

— Où sont tes parents?

— Ils sont morts.

— Comme c'est commode, dit Montague. Les fugueurs sont toujours orphelins.

— Je ne suis pas un fugueur, protesta Logan qui se sentait de plus en plus mal à l'aise. Je ne mens pas. Mes parents sont vraiment morts. On m'a placé dans des tas de familles nourricières mais maintenant il est temps que je me débrouille tout seul. De toute façon, l'Etat allait se débarrasser de moi.

— Je ne connais rien à vos lois américaines, dit Montague dont la voix distinguée mais bourrue sembla s'adoucir, mais je suis bien sûr qu'ils ne jettent pas à la rue les enfants de quatorze ans.

— Oui, peut-être, mais je suis plutôt mûr pour mon âge et je peux me débrouiller seul.

— En écumant les tripots? Oui, je peux comprendre pourquoi ils s'apprêtaient à se débarrasser de toi.

— Vous allez me ramener ou quoi?

— Pourquoi pas?

— Parce que je me sauverai encore. Chez les Miller, je ne suis pas chez moi. D'ailleurs, ils n'ont sûrement pas encore signalé mon absence. Quand l'assistante sociale fera son rapport et qu'ils ne recevront plus d'argent, ils seront fous furieux mais à part ça, pour eux mon départ n'a aucune importance.

— Ils te battaient?

Logan faillit rire.

— Scotty? Non. Il m'engueulait mais il avait mal au dos. Il aurait eu trop peur que je lui rende coup pour coup. Et Mrs Miller n'arrêtait pas de me crier

34

dessus mais elle n'aurait pas osé lever la main sur un garçon plus grand qu'elle.

— Où vas-tu dormir ce soir ? demanda l'homme.

— Je ne sais pas. J'ai de l'argent. Je peux me payer une chambre de motel mais il m'arrive de coucher dans une voiture, un appentis ou autre chose.

Montague lui jeta un coup d'œil.

— C'est ton jour de chance, jeune homme. Il se trouve que j'ai une chambre dans un motel. Si tu veux utiliser le deuxième lit, tu es le bienvenu.

Logan n'avait pas l'habitude qu'on lui fasse des cadeaux, et cette générosité inattendue éveilla ses soupçons.

— Pourquoi ? Qu'est-ce que ça vous rapportera ?

— De la compagnie, répondit-il. Et peut-être un associé. Nous verrons cela demain matin.

Bien qu'il ne comprît pas les motifs de cette attitude, Logan renonça à interroger l'étrange personnage. Une bonne nuit de sommeil ne se refusait pas, et si l'homme avait d'autres intentions, Logan se sentait assez fort pour se défendre. Montague avait beau être grand, il était vieux, au moins cinquante ans.

A part les ronflements de l'Anglais qu'il trouva supportables comparés à ceux de Scotty Miller, Logan apprécia le bon lit, les draps propres et la salle de bains. Le lendemain matin, Montague proposa :

— Jeune homme, que dirais-tu de passer de la petite monnaie à du vrai argent ?

Logan haussa les épaules.

— Pourquoi pas ?

Montague coinça son monocle et, se caressant la moustache d'un air songeur, tourna autour de lui en l'examinant soigneusement.

— Tu as des capacités, petit. Avec d'autres vêtements, une bonne coupe de cheveux et les attitudes adéquates, on pourrait te donner une vingtaine d'années, et même un peu plus.

Il retira son monocle et, en l'essuyant sur le revers de sa veste, poursuivit :

— Ce n'est pas que je n'aime pas les gamins, comprends-moi bien. Simplement, il n'y a pas de place pour eux dans mon organisation. Mais pour un associé, si.

— Quelle organisation ?

— Je suis un homme d'affaires. Il me faut un adjoint, quelqu'un de chic et d'élégant en complet-veston, capable de flairer l'argent et doué pour le rafler.

— Je n'ai pas de costume.

— Nous t'en trouverons un. Si tu restes avec moi, tu porteras les plus beaux vêtements, tu mangeras la nourriture la plus raffinée et tu dormiras dans les meilleurs hôtels. Je ferai de toi un homme riche. Cela t'intéresse-t-il ?

— Ouais, fit Logan. De toute façon, je n'ai rien de mieux à faire pour le moment.

— Parfait. Demain, nous irons à Saint Louis et nous t'habillerons de pied en cap. Nous en profiterons pour t'obtenir un nouvel extrait de naissance avec quelques années de plus, et peut-être que nous y ajouterons un permis de conduire. Tu sais conduire ?

Bien qu'il n'eût jamais mis les mains sur un volant, Logan acquiesça. Il s'inquiéterait de ce détail plus tard.

Ils chargèrent dans la voiture les possessions de l'Anglais qui consistaient en un ordinateur, une imprimante et plusieurs boîtes remplies de feuilles de différentes tailles et couleurs.

— D'où ça vient, tout ça ? demanda Logan. Ça doit valoir une fortune. Vous êtes imprimeur ?

— Je l'ai été, répondit Montague et, en la matière, je me considère comme un expert. Ces machines me sont très utiles pour travailler. Il faut les manipuler avec le plus grand soin. Sans elles, mes affaires seraient compromises.

A peine assis dans la voiture, Logan s'enquit de la suite du programme :

— Nous allons à Saint Louis ?

— Après un bref arrêt au bowling. Je traitais une affaire quand je t'ai ramassé hier soir. Il faut que je la termine.

Inquiet, l'adolescent se demanda si ses victimes de la veille seraient là mais, vu l'heure matinale, cela lui parut improbable et il décida de courir le risque. Ils s'arrêtèrent près de la porte.

— Es-tu un homme d'honneur ? demanda Montague.

— Heu… Je pense que oui.

— Si tu dois voyager avec moi, il vaut mieux. Honneur et loyauté. J'attends de toi que tu me soutiennes dans toutes les circonstances et je ferai de même en ce qui te concerne. Cela te convient ?

Logan hocha la tête.

— J'imagine que oui.

— N'imagine pas, jeune homme. Sois catégorique. Tu dois savoir ce que tu veux et comment l'obtenir. Dans ce genre d'activité, l'indécision est fatale.

— Ce boulot, c'est dans quel domaine, déjà ?

— L'argent, répondit Montague en glissant les clefs de la voiture dans sa poche. On y va. Tu es mon assistant, tu me donnes un coup de main mais c'est moi qui parle.

L'homme entra avec détermination dans le bowling et se dirigea droit vers un guichet automatique. Il mit son monocle, tapota quelques chiffres, se retourna comme s'il cherchait une présence puis traversa la pièce vers le bureau d'accueil. Logan resta prudemment en arrière.

— Bonjour, monsieur. Sydney Moore, de la First Federal Bank de Des Moines. Nous avons installé cet appareil hier soir mais nous avons déjà reçu plusieurs plaintes. Je viens de le vérifier et apparemment, il ne marche pas correctement.

— Oui, il a avalé un paquet de cartes. Comptes insuffisants, que ça disait. Si ça n'était arrivé qu'une ou deux fois, j'y aurais cru, mais ça m'étonnerait que toutes les personnes qui ont essayé de retirer de l'argent aient été dans le rouge. Surtout qu'on était vendredi, le jour de la paye.

— Hmmmm, fit Montague en caressant sa moustache. Je vais devoir l'emporter, mais nous allons faire notre possible pour le remplacer aujourd'hui même.

— Comme vous voulez. Mais nous nous en sommes très bien passés jusqu'à maintenant, répondit-il.

— Surtout, dites bien à vos clients que les cartes leur seront renvoyées par le premier courrier.

Hochant la tête, l'employé se tourna vers un habitué qui réclamait une paire de chaussures de bowling. Montague s'approcha tranquillement de Logan.

— Bon, mon garçon, allons-y, on va l'emporter.

— Où donc ?

— Dans mon coffre.

— Mais ça doit peser une tonne, et il est encastré dans le mur ?

Avec un clin d'œil, Montague débrancha l'appareil et le décrocha.

— Ça ne pèse pas plus qu'un petit ordinateur, tu vas m'aider et faire comme s'il était très lourd.

En simulant de douloureux efforts, ils le transportèrent jusqu'à la voiture et le glissèrent à l'intérieur du coffre. Avant d'en rabattre la porte, Montague ouvrit un compartiment situé derrière la machine et en retira deux douzaines de cartes et une feuille de papier imprimée.

En sortant du parking, il tendit le tout à l'adolescent.

— Tu vois, mon garçon, avoir une carte ne sert à rien si tu n'en as pas le code. Mon ami ici présent, dit-il en tapotant affectueusement derrière lui le guichet automatique, a pris soin de régler ce problème. Cherche les numéros de compte et trouve les codes correspondants. Tout est marqué sur la liste. Ensuite, range les cartes dans le bon ordre.

Logan fit ce qui lui était demandé.

— Il faut que nous nous dépêchions, ajouta Montague. On est dimanche et les banques sont fermées mais quand même, ce serait stupide de courir un risque inutile.

— Nous dépêcher de faire quoi ?

Montague arrêta sa voiture près d'un établissement bancaire. Stupéfait, Logan le vit remplacer son chapeau melon par une casquette de base-ball. Des lunettes de soleil, une moustache et une barbe noires complétèrent la transformation.

— Tiens, mets ça, dit-il en jetant une perruque au jeune garçon. A cause de la caméra, pour éviter d'être identifiés.

Un peu agacé, Logan obéit. Montague démarra et roula jusqu'au distributeur de billets.

— Première carte, ordonna-t-il.

Logan la lui tendit.

— Code ?

— Trois-deux-neuf-cinq.

Montague glissa la carte à l'intérieur et tapa les chiffres. L'ordinateur s'enquit de la somme qu'il voulait retirer. Sous le regard éberlué de Logan, les doigts de Montague réclamèrent deux cent cinquante dollars. Souffle coupé, le garçon regarda les billets jaillir de la machine.

— La suivante, fit Montague.

Ils recommencèrent la manœuvre et obtinrent la même somme.

Ce matin-là, ils visitèrent dix banques et ponctionnèrent une vingtaine de comptes de deux cent cinquante dollars chacun. Lorsqu'ils rejoignirent l'autoroute de Saint Louis, ils avaient en poche cinq mille dollars.

— Vous faites ça tout le temps ? demanda Logan.

— Pas du tout, répondit Montague avec fierté. J'ai beaucoup d'autres activités. Grâce à mes connaissances en informatique et en imprimerie, partout où je vais, les gens me donnent quasiment leur argent. N'écoute pas les crétins qui prétendent que l'instruction est inutile. Plus tu en sauras, plus loin tu iras.

Pour la première fois, Logan crut à cette allégation qu'on lui avait serinée maintes et maintes fois durant son enfance. Et lorsque l'homme lui donna mille dollars, il décida d'apprendre tout ce que Montague savait, et plus s'il le pouvait.

Les mois suivants, Logan accompagna partout son mentor ; éberlué, il le vit arborer un uniforme de pilote de la compagnie Delta, parader dans les aéroports, présenter de faux chèques à différents comptoirs et recevoir en échange de la monnaie sonnante et trébuchante. Après quoi, ils prenaient une chambre dans un hôtel fréquenté par le personnel de la compagnie, payaient avec un énième chèque contrefait. Certains venaient directement du compte de Delta, d'autres portaient le nom de Lawrence Cartland, mais tous sortaient de l'imprimante de Montague.

D'autres fois, ils revêtaient des uniformes de gardiens de banque, revolver compris — mais vide, car Montague proclamait fièrement que les escrocs en col blanc ne devaient pas être armés. Ainsi déguisé, l'un des deux cadenassait le coffre d'un aéroport d'un air très sérieux ; ensuite il entreprenait de collecter les recettes des magasins installés dans le bâtiment en expliquant que, plusieurs cambriolages ayant eu lieu, il était chargé de ramasser l'argent de leurs caisses.

Pendant cette année-là, l'essentiel du travail de Logan fut d'observer. Montague lui fournit un faux extrait de naissance et un vrai permis de conduire ; c'était à lui de se mettre au volant en cas de fuite précipitée, d'aider Montague à trimballer son matériel et les sacs contenant le butin et, lorsque c'était nécessaire, de créer une diversion. Il apprit à utiliser l'imprimante presque aussi habilement que l'Anglais et fut bientôt capable de contrefaire les documents les plus détaillés.

Mais leur spécialité était la contrefaçon de chèques, avec des procédés tellement élaborés qu'ils pouvaient faire le tour de toutes les banques du pays et revenir à leur point de départ avant qu'on ne s'aperçoive qu'ils étaient faux. Et alors, les deux lascars étaient déjà loin.

C'étaient des délits inoffensifs, prétendait solennellement Montague, ils ne faisaient de mal à personne. Les victimes étaient des compagnies d'aviation, des entreprises, des banques. Dans les rares cas où ils s'attaquaient à des particuliers, par exemple quand ils retiraient de l'argent des guichets automatiques, ils se cantonnaient à un minimum acceptable.

Un jour où, traqué par la police, Montague cherchait désespérément à s'échapper, il avait réussi à convaincre un inconnu rencontré dans le bar de l'aéroport d'échanger cinq cents dollars contre un chèque ; il était faux mais, ensuite, Montague avait envoyé à son débiteur la somme prêtée plus les intérêts.

Il avait un sens de l'honneur très strict et très personnel et, lorsque Logan fut assez habile pour tendre ses propres pièges, les «commandements» de son ami restèrent gravés dans son esprit.

Le premier : «Ne fais de mal à personne.» En hommes d'honneur, ils ne ponctionnaient que ceux qui en avaient les moyens ou qui étaient assurés. Mais juste après venait son contraire : «On ne peut pas rouler un honnête homme.» Cette règle permettait-elle d'enfreindre la première au cas où les circonstances l'exigeaient ? Logan n'avait jamais élucidé la question.

Puis venait : «Ne t'attarde nulle part.» Ils devaient toujours se comporter comme si les agents fédéraux étaient à leurs trousses; un jour pouvait faire la différence entre la liberté et des années d'incarcération.

La troisième règle de Montague était impérative: «Ce qu'on appelle la conscience est mauvaise conseillère. Ne l'écoute pas.» Dans ce genre de travail, il n'y avait pas de place pour les états d'âme et les rares fois où Logan se fit des reproches, Montague lui signifia clairement qu'il ne le supporterait pas.

En quatrième lieu, Montague précisait: «Ne te laisse jamais prendre en photo, sauf pour fabriquer de faux papiers d'identité.»

«Ne tombe pas amoureux», disait le cinquième commandement. Dès qu'une femme vous plaisait vraiment il fallait quitter la ville. Dans cette «carrière», rien n'était plus dangereux, soutenait Montague, que les dégâts mentaux et intellectuels qu'une amourette pouvait causer. On se mettait à courir des risques inutiles et à commettre de grossières erreurs qui réduisaient vos efforts à néant.

Sixièmement: «Ne couche pas avec une femme vulnérable.» Montague aimait les femmes, et pas une seconde il ne conseillait la chasteté. Mais il recommandait de se limiter à celles qui ne souffriraient pas d'un abandon précipité.

La septième règle disait: «Voyage léger.» L'accumulation pouvait être fatale. Il fallait pouvoir laisser sans regret les choses — et les gens — derrière soi.

Et, en huitième position, Montague proclamait: «On peut te pardonner n'importe quel délit du moment que tu l'as commis avec élégance.» Il avait jeté blue-jeans, T-shirts et chaussures de tennis et avait équipé Logan d'une garde-robe digne d'un héritier Kennedy. Ils devaient s'habiller de manière raffinée, se comporter avec classe et, si la ville offrait un choix de restaurants et d'hôtels, choisir les meilleurs.

— Les gens croiront que tu es tel que tu leur

apparais, mon garçon. Ta vie est une feuille blanche et tu dois te fabriquer un passé et un avenir aussi magnifiques que tu les désires.

Muni de ces recommandations, Logan monta sa première arnaque à l'âge de quinze ans. Se faisant passer pour un homme de vingt et un ans, ce que sa taille d'un mètre quatre-vingts rendait crédible, dans un hôtel des impôts il présenta des formulaires W 2 et plusieurs reçus contrefaits pour se faire rembourser les trop-perçus. La somme calculée, il demanda à retirer immédiatement son argent. Lorsqu'il ressortit, il avait deux mille dollars en poche. Quand Montague réitéra l'opération, il en retira près du double.

Monter une arnaque, séduire un pigeon cela devint bientôt une drogue pour Logan, qui rapidement eut de plus en plus d'idées nouvelles. Pour les mettre au point, il passait des heures à étudier soigneusement la société visée ; il téléphonait, interrogeait des spécialistes en cherchant la façon la plus lucrative de procéder.

Montague était visiblement satisfait de ses progrès et, Logan devenu adulte, leur amitié se consolida. Le jeune homme en vint à considérer son mentor comme le père qu'il n'avait jamais eu. Du fait que pendant de longs mois il ne lui avait pas été d'un grand secours, Logan conclut que Montague avait d'abord cherché à combler sa solitude. Leur amitié avait été nécessaire à chacun d'eux.

Logan prit peu à peu l'habitude de passer ses soirées avec de splendides créatures ; ce pouvait être des hôtesses de l'air ou des entraîneuses travaillant dans les discothèques. Il se présentait comme pilote de ligne ou avocat renommé et, dans tous les cas, il claquait son argent comme s'il était inépuisable. Pour son anniversaire — le premier qu'on lui ait jamais fêté —, Montague lui offrit un uniforme de pilote, réalisé par le tailleur exclusif de la compagnie Delta et probablement payé par la société. Dans ses travaux d'approche, Logan ne s'habillait plus qu'en pilote. Personne ne remarquait son visage quasiment imberbe. Les femmes le recherchaient, ce qui le poussait à endosser cet uniforme à chaque occasion.

Montague, lui, n'avait pas besoin de ce genre d'artifices. En uniforme ou costume trois- pièces, il semblait condamné au succès. Comme il aimait à le répéter, les femmes préfèrent les hommes qui ont de la classe.

Mais il fallait parfois plus que de la classe pour trouver la sortie de secours.

Pour Logan, l'époque des fuites par la fenêtre de la salle de bains n'était pas entièrement révolue mais cette fois, s'il était pris, ce ne serait pas une raclée qu'il récolterait mais un séjour en prison, perspective beaucoup plus dramatique.

Plus luxueuse était son existence et plus il lui fallait d'argent pour épater ses conquêtes. Il se mit à réfléchir à de plus grandes entreprises, du genre : ramasser tout l'argent disponible d'une ville avant de prendre le large.

L'idée l'illumina un dimanche après-midi pendant qu'il regardait à la télévision un documentaire sur une promotion immobilière.

— C'est ça ! s'écria-t-il.

Montague, qui somnolait dans un bain mousseux, ouvrit les yeux.

— J'ai manqué quelque chose ?

— Des conférences, dit Logan. Il faut que nous organisions des meetings. Tu vois ce que je veux dire ? Des réunions sur l'immobilier, ou les investissements... Il faut proposer un programme censé enrichir et les gens en quête d'une bonne affaire afflueront. Nous organiserons des réunions en faisant miroiter des bénéfices énormes pour ceux qui désireront investir dans notre projet, et nous les travaillerons pour qu'ils le fassent immédiatement.

Ensuite nous leur expliquerons que nous devons regagner un chantier situé quelque part au Brésil ou en Alaska, et promettrons de revenir sous peu avec leurs actions signées, timbrées, tout à fait en règle. Avant qu'ils n'aient eu le temps de réagir, nous aurons déjà tiré l'argent.

— Des conférences, répéta Montague d'un air intéressé. Mon garçon, j'ai l'impression que tu as trouvé là l'idée du siècle.

Ils réalisèrent leur première escroquerie immobilière à Picayune, une petite ville du Mississippi située près du golfe du Mexique ; les habitants se ruèrent en masse, chéquier à la main, prêts à réaliser la meilleure opération de leur vie.

Ni l'un ni l'autre ne manquait de charme. Montague apportait une touche d'intégrité et de légalité rassurante tandis que Logan débordait d'un enthousiasme contagieux. A eux deux, la victoire était assurée. Cette nuit-là, ils vendirent un terrain brésilien sur lequel devait être construite une villégiature très recherchée par les gens riches de l'hémisphère Sud ; ils repartirent avec cinquante mille dollars en poche.

— Encore quelques coups de ce genre et nous pourrons nous retirer rapidement de cette existence immorale, déclara Montague joyeusement en regroupant les billets de même valeur pour les ranger en liasses dans une valise.

Logan éclata de rire.

— Toi, prendre ta retraite ? Qu'est-ce que tu ferais ?

— J'achèterais un ranch dans le Sud-Ouest, répondit Montague sans la moindre hésitation, je me trouverais une gentille petite épouse et j'élèverais des chevaux.

— Je ne te vois pas gentleman-farmer, Montague, protesta Logan. Je te vois plutôt piquer le château et le titre d'un prince. Fergie et Di sont libres à présent, tu sais.

— Ce n'est pas ma tasse de thé. Quand j'arrêterai, ça sera pour vivre paisiblement. J'abandonnerai tout derrière moi en espérant que les chiens ne retrouveront pas ma trace.

Mais ils se rapprochaient, accumulant les munitions pour le jour où ils les rattraperaient. Ce qui les obligeait à se déplacer sans arrêt et à rester sur leurs gardes. Malgré le danger et les conséquences possibles, jamais Logan n'avait été aussi heureux.

Mais cette époque bénie allait bientôt se terminer. Le jour où Logan eut dix-neuf ans, juste avant qu'ils ne montent la plus grande escroquerie de sa carrière, Montague s'écroula, victime d'une crise cardiaque. Il mourut avant d'arriver à l'hôpital.

Logan enterra son ami dans la ville qu'ils s'apprêtaient à dépouiller et repartit seul dans la nuit, sans destination précise.

Il ne put retenir ses larmes. C'était la première fois, car là où il avait passé ses années d'enfance, pleurer était interdit. Mais cette nuit-là, alors qu'il roulait, sans but ni attaches, il sanglota comme un bébé. Il s'était senti adulte, avait été traité comme un adulte et payé en adulte, il se sentait aussi désespéré qu'un enfant. Abandonné encore une fois.

Il vécut quelque temps de l'argent que Montague et lui avaient accumulé, et qu'ils avaient entreposé dans différents coffres de villes du Sud. Quelques mois plus tard, son chagrin s'étant un peu atténué, il se remit à dresser des plans. Mais malgré tous ses efforts, aucun de ceux qui lui passèrent par la tête n'aboutit.

Peut-être fallait-il voir dans ces échecs une sorte de sursis, se dit-il. L'occasion de recommencer de zéro. Pourquoi ne pas essayer de travailler pour de vrai ? Ou acquérir de l'instruction ? Ou les deux, dans le bon ordre, comme tout le monde ?

Il se fabriqua un diplôme de fin d'études secondaires à l'aide de l'ordinateur de Montague et s'inscrivit dans une petite université de Virginie. En matière principale, il choisit le marketing, car son mentor lui avait appris à tirer parti de ses avantages naturels, sa belle figure et ses talents pour ensorceler autrui. Il pouvait vendre n'importe quoi, persuader n'importe qui et, la supercherie découverte, personne n'arrivait vraiment à lui en vouloir. En travaillant un minimum, il convainquit ses professeurs qu'il était un génie en matière de commerce et il termina sa formation gratifié de notes excellentes et d'un diplôme supérieur, son premier certificat authentique.

Il fut engagé comme vendeur dans une société qui fabriquait des ordinateurs et gagna d'énormes commissions ; jamais ses employeurs n'avaient eu un aussi bon élément. Sans économiser ses efforts, il analysait de façon approfondie aussi bien la clientèle visée que les produits qu'il proposait, et ne négligeait aucune technique de vente.

Il s'aperçut rapidement que son patron le roulait et en conclut que les arnaqueurs sévissaient partout, même dans les entreprises ayant pignon sur rue. Dans ce cas, décida-t-il, autant procéder à la façon de Montague. Les tracasseries seraient moindres et l'enrichissement plus rapide.

Il revint non sans plaisir à ses premières amours et se remit à voyager de ville en ville. Après avoir soigneusement étudié les habitudes et les faiblesses des gens, il montait des escroqueries très élaborées pour dépouiller les plus gourmands de leurs économies. Le vieil axiome de Montague : « On ne peut pas voler un honnête homme » restait inscrit en lettres de feu dans sa mémoire et, en dix ans d'activité, il ne se fit jamais prendre.

Lorsque ses investigations l'amenèrent au Texas, il s'intéressa à Serenity ; un reste de fortune due au boom pétrolier et de grandes étendues de terres en friche autour de la ville attirèrent son attention. Préparer le terrain demanderait trois semaines ; ensuite il frapperait un grand coup en tenant un meeting, puis il ramasserait dans la foulée tout l'argent immédiatement disponible et quitterait la ville avant de laisser à quiconque le temps de la réflexion.

Les trois semaines étaient écoulées, les travaux d'approche s'achevaient gentiment lorsqu'il rencontra Foraine Sullivan et découvrit en elle un adversaire à sa mesure. Pour Logan, le succès tenait tout autant à l'argent en jeu qu'à l'envergure du défi. Tant pis si cela était contraire aux règles de son vieil ami, il allait rester pour relever celui-là.

4

D'ordinaire, lorsque Jason Sullivan rentrait de l'école, il arborait toujours une mine mystérieuse, mais ce jour-là, son sourire n'avait rien de réservé ; le visage radieux, il bondit dans la maison, jeta son sac sur le sol et courut à la recherche de sa mère.

— M'man ! M'man ! On va être riches ! Tu m'entends ?

Foraine rejoignit son fils et l'attrapa par le bras.

— Comment ?

— Ce type. Logan Brisco. Il est venu à l'école aujourd'hui.

Il se dégagea et courut dans sa chambre.

— Il va nous donner des laissez-passer gratuits. Il y aura peut-être un show télévisé. On va devenir des stars !

Il saisit son cochon-tirelire et le secoua ; le contenu se répandit sur la commode.

— Des laissez-passer ? Pour aller où ? De quoi parles-tu ?

— C'est à condition qu'on participe, dit-il sans cesser de secouer son cochon. Je vais lui donner tout ce que j'ai, m'man ! A ton avis, j'ai combien ?

— Calme-toi !

Elle le força à se retourner vers elle.

— Parle clairement. Logan Brisco est venu à l'école aujourd'hui ?

— Oui. Et il dit qu'il va nous réunir pour nous expliquer tout au sujet du parc et pour qu'on lui donne des idées, si on en a. Et si on pousse nos parents à investir, nous aussi, on sera actionnaires!

Foraine lâcha son fils qui retourna compter sa monnaie.

— Jason, c'est un escroc. Un voleur. Il ne faut rien lui donner.

— M'man! Tout le monde croit ce qu'il dit, sauf toi.

— Résultat: tout le monde va se faire dépouiller, Jason.

— Ah oui? s'exclama-t-il. Alors pourquoi ne l'a-t-il pas fait l'autre soir? Avant que tu t'en mêles, des tas de gens étaient prêts à lui donner leur argent. Si c'était un escroc, il l'aurait pris sans attendre. Mais non! Il a voulu qu'ils y réfléchissent d'abord.

— C'est ce qu'il vous a dit?

— Bien sûr. Et après qu'il nous a parlé, quand tous les autres retournaient en classe, il est venu vers moi et m'a appelé par mon nom! C'est un chic type. Je l'aime bien.

Tout en parlant, Jason avait repris ses comptes et rassemblait les pièces par piles de dix. Foraine saisit sa main.

— Jason, je ne veux plus que tu lui adresses la parole, tu m'entends? Et il n'est pas question que tu lui donnes un sou!

— Mais, m'man!

— Un point, c'est tout.

Elle tendit son grand T-shirt en fourre-tout, ramassa les pièces à l'intérieur et se dirigea vers le salon.

— Mais, m'man! C'est pas juste! C'est à moi!

— C'est toujours le tien, Jason, dit-elle en les versant dans une grande coupe. Tu peux continuer à économiser pour le kart dont tu as envie. Je ne vais pas te le prendre. Mais lui non plus.

Elle feuilleta l'annuaire et tira le téléphone vers elle.

— Qui appelles-tu?

— L'école. Je vais dire à Mr Anderson qu'il doit empêcher cet homme de s'approcher de vous. C'est un vulgaire voleur et il n'a pas sa place dans l'enceinte de l'établissement.

— Mais, m'man! Les gens vont te détester si tu continues à lui mettre des bâtons dans les roues! M'man, s'il te plaît! Tu ne veux pas qu'on ait un parc?

— Il n'y aura pas de parc, répondit-elle. Tu n'entends pas ce que je te dis? C'est une escroquerie! Et lui, c'est un voleur!

Sarah Jenkins, la secrétaire de l'école, décrocha. Foraine respira un grand coup avant de se lancer.

— Sarah, c'est Foraine Sullivan à l'appareil. Estce que Mr Anderson est là?

— Oui, il est là, ma chère Foraine. Mais avant de vous le passer, laissez-moi vous dire que je suis sûre que vous n'aviez que de bonnes intentions hier soir au sujet de ce Mr Brisco, mais vous vous trompez. J'en suis sûre. J'ai des intuitions comme ça, vous savez. C'est comme une sensation très forte, une conviction intime qui en général ne me trompe pas. Je sens les choses et je devine les pensées des gens comme si je lisais dans leur tête. Il est bien possible que la dernière fois que j'ai été enlevée par les extraterrestres ils en aient profité pour me donner certains dons psychiques.

Foraine décida d'éviter le sujet scabreux des rapts subis par Sarah. Histoire que gobaient aussi sans barguigner les habitants de Serenity.

— Alors comment se fait-il que vous n'ayez pas encore gagné à la loterie, Sarah?

La femme poussa un soupir.

— Je n'ai jamais prétendu tout savoir.

— Et combien d'escrocs avez-vous rencontrés dans votre vie?

— Eh bien, aucun, sans doute. Mais je suis sûre que je saurais...

— Moi, j'en ai connu des douzaines, coupa Foraine. Je connais leur technique, leurs sourires, leur démarche, tous les petits trucs du métier. Je sais qu'ils promettent la lune et je sais aussi comment ils s'y prennent pour emporter la conviction de leurs victimes.

— Ce n'est pas parce que vos parents sont des tricheurs que tout le monde l'est.

— Mes parents ne sont pas des tricheurs, répliqua Foraine, piquée au vif. Je parle de tous ceux que j'ai connus lorsque j'étais enfant. Je me suis installée ici parce que ici les gens sont bons et honnêtes, même un peu naïfs. Je ne laisserai pas cet individu vous rouler, ni personne d'autre. Maintenant, puis-je parler à Mr Anderson, s'il vous plaît?

Tout en marmonnant, la secrétaire transféra l'appel.

— Allô?

A la voix du principal, Sarah déduisit qu'il était d'excellente humeur. La promesse d'une fortune rapide produisait souvent cet effet-là.

— Mr Anderson, Foraine Sullivan à l'appareil. J'ai cru comprendre que vous avez autorisé Logan Brisco à laver le cerveau de nos enfants cet après-midi. Mon fils est rentré à la maison prêt à donner toutes ses économies, ainsi que les miennes.

— Allons, allons, gloussa Mr Anderson. En le laissant faire, je n'ai voulu offenser personne mais Mr Brisco est venu me voir ce matin et il m'a expliqué qu'il voulait impliquer les élèves dans son projet en mettant sur pied des ateliers de réflexion et j'ai pensé qu'il serait très fructueux pour eux d'être consultés et considérés comme partie prenante.

— C'est un menteur, Mr Anderson. Je ne veux pas qu'il s'approche de mon fils.

— Allons, Foraine. Vous exagérez. Moi-même, je tiens à investir dans cette entreprise, et vous n'allez pas m'en empêcher. Les bonnes occasions se font rares de nos jours et, lorsqu'elles surgissent, il serait stupide de ne pas les saisir.

— C'est incroyable ! Serenity a tout pour elle. C'est la ville la plus douce, la plus propre et la plus paisible que j'aie jamais vue, et j'en ai vu beaucoup. Mr Anderson, même si ce projet de parc est réel, et je suis sûre que non, ne voyez-vous pas combien notre ville en souffrirait ?

— Quelques changements ne seraient pas inutiles, dit-il. Les fermiers qui ont perdu leurs terres sont au bord de l'indigence, une des deux usines a fermé ses portes et le pétrole est épuisé. Mr Brisco nous apporte l'espoir. Et il ne nous demande qu'une petite coopération.

— Et beaucoup d'argent.

— Il n'est pas obligé de construire ce parc ici, Foraine. Si nous lui compliquons trop la tâche, il ira voir ailleurs. En ce qui me concerne, Mr Brisco peut s'adresser aux enfants *ou* aux adultes dans cette école chaque fois qu'il le désire. Et j'ai l'intention d'être l'un de ses premiers actionnaires ! Hugh Berkstrom lui-même a déposé des fonds ce matin ; il ne l'aurait pas fait s'il avait eu le moindre doute.

— Oh, non ! gémit Foraine.

Il se trompait sûrement. Hugh était l'homme le plus fortuné de la ville, et elle lui aurait cru plus de bon sens que cela.

— Pourquoi aucun d'entre vous ne m'écoute-t-il ? Vous savez tous d'où je viens. Vous savez comment j'ai été élevée.

Elle respira profondément et reprit :

— Ecoutez, Mr Anderson, faites juste une supposition. Imaginez… imaginez une minute seulement que j'aie raison, et que Logan soit un escroc. Que se passera-t-il s'il vous embobine tous, y compris les enfants, et nous plante là après avoir vidé nos poches ? Nous serons ruinés. Nous ne pourrons jamais nous en remettre. Ne voyez-vous pas quel risque nous courons ?

— Et s'il était honnête ? répliqua Anderson. Imaginez qu'il en ait assez de nous et de nos tergiversations, qu'il s'adresse à d'autres et qu'un beau jour nous apprenions qu'une cité voisine s'offre un parc de loisirs et que tous ses habitants sont en train de faire fortune. Hein ? Qu'en dites-vous ?

— Il nous resterait une jolie petite ville, une population saine et paisible, et nos économies.

— Cela ne me suffit pas, répondit Anderson. Et cela ne suffit pas à la plupart d'entre nous. S'il vous plaît, ne vous mêlez plus de cela.

Frustrée, Foraine raccrocha et s'affala sur le canapé. Son fils réapparut et traversa le salon d'un pas rapide, un sac sur le dos.

— Où vas-tu ?

— Chez Nathan.

— Qu'est-ce qu'il y a dans ton sac ?

Il lui jeta un regard innocent qui ne fit qu'accentuer les soupçons de sa mère.

— Quel sac ?

— Celui qui est sur ton dos.

Elle se leva et le lui reprit.

— Ça pèse bien trente kilos, dit-elle en l'ouvrant. Quelle surprise ! De l'argent. Ne dirait-on pas celui que je t'ai retiré ?

Elle jeta un coup d'œil dans la coupe et se frappa le front.

— Et voilà qu'elle est vide ! N'est-ce pas extraordinaire ?

— M'man ! A cause de toi, je ne serai ni riche ni célèbre ! Je veux seulement être dans le coup.

— Il faudra d'abord que tu me passes sur le corps.

— Eh bien, c'est ce qui arrivera quand tout le monde t'aura lynchée.

Elle posa le sac sur le réfrigérateur.

— Je dois sortir quelques minutes. Toi, tu restes chez Nathan jusqu'à mon retour.

— M'man, tu vas lui faire des ennuis ?

— Exactement, dit-elle en ramassant ses clefs. Logan Brisco va comprendre à qui il a affaire.

Foraine gara sa Harley devant le motel et se recoiffa vaguement de la main. Elle détestait porter le casque et ne le mettait que lorsqu'elle emmenait son fils. Pour cela elle était arrêtée au moins une fois par semaine ; on lui donnait un avertissement mais jusqu'à présent elle n'avait jamais été verbalisée. La vérité était que la moitié des policiers avaient le béguin pour elle et que l'autre moitié la considéraient comme une petite sœur.

A part cette histoire de casque, Foraine ne cherchait jamais à profiter de la situation. C'était agréable de savoir qu'autant de chics types l'entouraient. Si Abe Sullivan ne l'avait pas dégoûtée de l'amour, elle aurait pu arriver à s'intéresser sérieusement à l'un d'entre eux.

Elle entra dans le bureau de «Doc» Carraway — ainsi nommé non parce qu'il était docteur mais parce qu'il avait échoué aux examens d'une école de médecine sud-américaine, avant d'opter pour l'hôtellerie.

— Hé, Doc, s'écria-t-elle, en s'accoudant au comptoir, quelle est la chambre de Logan Brisco ?

Doc leva les yeux sur elle en se lissant les cheveux.

— Heu… il est à la 210. Je ne devrais pas vous le dire, en fait, mais comme les gens n'arrêtent pas de défiler chez lui, je suppose que ce n'est pas un secret.

Le visage de Foraine s'assombrit.

— Ne me dites pas qu'ils lui ont apporté leur argent.

— S'ils sont malins, si. Hugh Berkstrom est arrivé à sept heures et demie tapantes.

— Je suis au courant, dit-elle. Je le croyais plus futé que ça.

— Eh bien, je vais vous dire une chose. Ce n'est pas en tirant à pile ou face que Hugh a fait fortune. Si l'homme le plus riche de la ville accorde sa confiance à Logan Brisco, alors, à mon avis, il n'y a pas de meilleur placement. Et quelques-uns des types qui sont venus ici voulaient faire affaire avec lui pour installer des boutiques et des restaurants à l'intérieur du parc.

— Doc, il n'y aura pas de parc.

Il se contenta de sourire.

— Nous verrons bien.

Avec un soupir d'exaspération, elle s'écarta et contourna la cage d'escalier. Arrivée devant la chambre 210, elle frappa fermement à la porte.

Logan ouvrit. Il portait un pantalon bien repassé et une chemise blanche aux manches retroussées. C'était la première fois qu'elle le voyait sans veste.

Il lui adressa un large sourire de bienvenue, comme s'il l'attendait.

— Eh bien, eh bien...

— Il faut que nous parlions, dit-elle en forçant le passage.

En apercevant ses beaux-parents, Betsy et J.R. Sullivan, elle se figea sur place.

— Oh, non, pas vous! s'écria-t-elle, le cœur serré.

— Ne commence pas, Foraine, dit J.R. pour couper court à ses reproches. Nous sommes assez grands pour savoir ce que nous faisons.

Betsy jeta un coup d'œil nerveux sur Logan.

— Foraine, je t'en prie!

Pour la première fois depuis bien longtemps, la jeune femme sentit des larmes brûler ses paupières. Mais elle ne pleurerait pas devant cet homme. Ce serait lui donner prise sur elle.

— Regardez-moi, Betsy, dit-elle d'une voix qui tremblait légèrement. Vous me connaissez mieux que

56

quiconque ici. Est-ce que vous m'avez déjà vue m'emporter sans raison ? M'avez-vous déjà entendue raconter des balivernes ?

— Non, bien sûr que non, répondit sa belle-mère.

J.R. leva sur elle un regard las.

— Chérie, tu ne peux pas soupçonner chaque nouveau venu, simplement à cause de ton passé.

— Ne pas en tirer de leçons serait vraiment stupide, non ?

Logan s'interposa et, à son expression amusée, elle comprit que la situation l'enchantait.

— Je crois comprendre que vous vous connaissez ?

— C'est notre belle-fille, expliqua Betsy. Bon, nous allons partir maintenant. Chérie, nous reparlerons de tout ça plus tard.

Serrant les dents, Foraine fusilla Logan du regard. Ses beaux-parents sortirent en refermant la porte derrière eux.

— Ce n'est pas la prison que vous méritez mais la mort.

Son sourire s'élargit.

— Vous êtes venue vous joindre à nous ?

— Non, gronda-t-elle. Je suis ici pour vous interdire de vous approcher de mon fils. Rouler des adultes est ignoble mais de jeunes enfants...

— Excusez-moi...

Il s'assit devant la table et ouvrit un carnet.

— Ça ne vous ennuie pas si je prends quelques notes ? Je dois inscrire chaque personne jusqu'au moindre sou pour distribuer les dividendes en fonction des mises de chacun.

— Arrêtez ce cinéma !

Elle lui arracha le carnet pour le consulter. Le nombre des participants lui coupa le souffle.

— Joli travail, dit-elle. Ça a l'air presque vrai.

L'air content de lui, il hocha la tête.

— Vous êtes résolue à me faire passer pour un menteur, n'est-ce pas ?

— Non, répliqua-t-elle en s'appuyant sur la table. Je suis décidée à vous faire décamper. Mais pas avant d'avoir rendu tout ce que vous avez pris. Combien avez-vous ramassé aujourd'hui, Logan ? Dix mille dollars ? Vingt mille ?

Il croisa les bras et prit un air accablé.

— Pourquoi êtes-vous aussi hostile ?

— Parce que vous appelez ça de l'hostilité ? Oh, non, je n'en suis pas encore là. Vous n'avez pas encore eu vraiment affaire à moi !

Il se laissa tomber sur le lit et tapota la place à côté de lui.

— Asseyez-vous.

— Et puis quoi encore ! s'exclama-t-elle avec un petit rire.

— Si nous devons avoir une conversation sérieuse, je préfère que vous soyez assise.

— Je me fiche bien de vos préférences, riposta-t-elle. Ce n'est pas pour un gentil petit papotage que je suis ici.

— Non, vous voulez me montrer combien vous êtes coriace.

Il se releva et s'appuya contre le mur.

— Et pourquoi votre mari n'est-il pas avec vous ? Pourquoi vous laisse-t-il guerroyer toute seule ?

— Brisco, je suis sûre que vous êtes au courant de tout ce qu'il y a à connaître sur moi. Dans cette ville, je représente votre plus gros obstacle. Vous avez sans aucun doute cuisiné chaque personne rencontrée à mon sujet, à son insu. Vous savez parfaitement que je suis divorcée.

Logan sourit. C'était vrai. A tous ceux qu'il avait reçus, il avait extorqué des renseignements sur la jeune femme.

— Cela explique pourquoi votre fils est aussi fragile. On sent qu'il a besoin qu'un homme s'intéresse à lui. J'ai remarqué ça tout de suite.

— Ça ne m'étonne pas. C'est votre boulot de repérer les points faibles. Et vous vous dites que Jason est le mien. Mais ça ne marchera pas. Si vous restez là jusqu'à ce que vous les ayez dépouillés complètement, je vous ferai regretter d'avoir vu le jour.

Elle commençait à l'agacer. Il lui jeta un regard noir.

— Et si j'étais régulier? Si vous vous trompiez?

Elle lui fit face, bien décidée à percer tous ses mensonges à jour.

— J'ai assisté à plus d'escroqueries que vous ne pouvez l'imaginer. J'ai même participé à quelques-unes d'entre elles. Je sais de quoi je parle.

— Ah? Tout s'explique, dit-il. Vous voulez votre part. Que nous joignions nos compétences. En constatant nos points communs, vous...

— Nous ne nous ressemblons en rien, l'interrompit-elle sèchement. Aujourd'hui, je me suis fait une existence honorable. Grâce à cette ville. Et, bon Dieu, je me battrai de toutes mes forces pour vous empêcher de la ruiner!

Devant l'expression grave qu'il afficha un bref instant elle crut l'avoir ébranlé, mais il respira profondément et jeta:

— Vous êtes sacrément belle quand vous prenez cet air-là. Vous le saviez?

Il s'attendait qu'elle explose, au lieu de quoi un sourire se dessina sur ses lèvres. Lentement, elle avança d'un pas dansant jusqu'à ce que ses seins effleurent sa poitrine.

— Evidemment que je le sais, dit-elle. Profitez-en bien car jamais plus vous ne vous retrouverez aussi près de moi.

Les yeux de Logan brillèrent.

— On parie là-dessus?

— Vous aimez perdre?

— Cent dollars qu'avant la fin du mois vous serez dans mon lit.

— Tiens donc!

L'air excité, il lança :

— Le gagnant rafle la mise.

Elle le dévisagea, jaugeant la fatuité qu'elle allait abattre. Ce serait amusant. Rafler la mise ! Vraiment ! Il ne doutait de rien.

La main sur la poignée de la porte, elle se retourna et ajouta :

— Je sais crocheter les serrures, Brisco. Si vous vous approchez encore de Jason, je vous châtrerai pendant votre sommeil. A moins que quelqu'un ne m'ait devancée.

En souriant, Logan la suivit des yeux pendant qu'elle quittait la pièce, puis il se campa devant la fenêtre et la regarda dévaler les marches, traverser la chaussée et s'installer sur sa moto avec une assurance parfaitement appropriée au pilotage d'un tel monstre.

Avec un gloussement, il reprit son carnet et chercha les pages sur lesquelles il avait noté les informations glanées sur Foraine — pages qui fort heureusement lui avaient échappé —, dossier très complet dont il était fier. Il avait appris beaucoup de choses sur son compte, plus qu'il ne l'avait espéré, et, comme elle l'avait deviné, à l'insu de ses informateurs qui, sans s'en apercevoir, lui avaient livré des renseignements très utiles.

Des années plus tôt, Montague lui avait inculqué que ce qui sépare l'arnaqueur à succès de celui qui se retrouve derrière les barreaux était l'étude approfondie de la cible visée autant que du produit à écouler.

Le résultat de ses recherches l'avait conduit à Serenity. Il avait soigneusement épluché l'ouest du Texas, s'était renseigné sur les fermes reprises par les banques, sur les quelques heureux que le pétrole avait enrichis et sur la population en général, dont la grande majorité avait toujours vécu sur place.

Il lui fallait une ville qui, après avoir connu la

prospérité, était sur son déclin, qui serait heureuse qu'on la fasse un peu rêver, mais elle devait posséder encore quelques ressources. Il s'était aussi penché sur tout ce qui concernait l'implantation et la construction des parcs de loisirs, afin de pouvoir en parler avec intelligence et répondre sans bafouiller aux questions les plus inattendues.

Ensuite, il avait étudié chaque habitant, repérant les cibles les plus faciles, ceux qui étaient le plus fortunés, les entrepreneurs et les meneurs, et ceux qui avaient le moins à perdre.

Et aujourd'hui, c'était Foraine Sullivan qu'il passait au crible.

Il tira une chaise, s'installa devant sa table et relut les informations recueillies, de sa naissance à ce jour. Elles étaient tout à fait surprenantes et il ne pouvait s'empêcher de se trouver certaines affinités avec la jeune femme. Qu'elle l'accepte ou non, ils avaient beaucoup de points communs.

Foraine avait pratiqué l'arnaque jusqu'à l'âge de dix-sept ans. Un talent inné. Selon Lahoma — qu'il avait sondée le matin même — elle avait été élevée par des forains qui vivaient, entre autres activités, de petites escroqueries. Un autre lui avait raconté qu'elle était née dans une roulotte à mi-chemin entre Shreveport et Monroe, en Louisiane. On lui avait donné un prénom en rapport avec le style de vie de ses parents et elle avait été éduquée à suivre leurs traces.

Les habitants de Serenity lui avaient fait du passé de Foraine des récits détaillés et colorés; depuis sept ans, elle s'amusait à les ahurir avec les histoires de son enfance. Ses beaux-parents lui avaient parlé de Ruth, la femme obèse qui s'était occupée de son instruction et dont le quotient intellectuel était celui d'un génie; le mur de sa roulotte était tapissé d'ordinateurs et chaque matin, elle accueillait la petite fille pour lui fourrer dans la tête plus de connaissances qu'elle ne pourrait en glaner nulle part ailleurs.

De Blue Simpson, il avait appris comment ses parents, au lieu de la laisser jouer en toute innocence et veiller à son éducation, lui avaient appris différents tours de cartes et jeux truqués et comment, au moment crucial, elle était chargée de créer une diversion. Et grâce à Eloise Trellis, dont le défunt mari avait lancé Foraine dans sa carrière actuelle, il imaginait très bien la petite fille déambulant seule entre les stands pendant que son père vidait quelques poches et que sa mère devinait l'âge et le poids des gogos abasourdis.

Il lui manquait quelques détails mais sa propre enfance lui donnait de quoi combler ces lacunes. Sans effort, il vit une petite fille aux cheveux blond-blanc, aux yeux immenses et cernés par des couchers trop tardifs et une nourriture peu appropriée, enviant les familles heureuses dont les enfants menaient des vies normales : ils allaient en classe, chantaient dans une chorale et avaient des amis. Il savait ce qu'elle avait dû ressentir car lui aussi avait nourri des espoirs vains jusqu'à ce que l'âge l'endurcisse.

Il renversa la tête en arrière et se frotta les yeux. Dans les heures les plus cafardeuses, s'était-elle inventé une existence et des parents normaux qui allaient à l'église, invitaient des amis autour d'un barbecue et jouaient au ballon avec leurs enfants ?

Dieu sait que lui en avait rêvé.

Il s'octroya une bouffée de compassion sur son propre sort, luxe auquel il cédait rarement, et, l'espace d'un instant, il fut à nouveau un petit enfant abandonné qui attendait sa mère en se demandant ce qui pouvait la retarder autant. Pendant quelques secondes, il connut intimement cette petite fille qui devait errer dans les allées en cherchant à repérer une famille qui lui donnerait un nom, une maison, un jardin et dont elle serait l'enfant chérie.

Il parcourut le reste des notes. Tout n'y était pas encore. Il manquait l'épisode de sa fuite et de son arrivée à Serenity. Mais il les connaissait. Les beaux-parents de Foraine, qui aimaient la jeune femme comme leur propre fille, lui avaient raconté, comme pour s'excuser de son comportement, tout ce qu'il désirait savoir.

Elle avait dix-sept ans, lorsque les forains arrivèrent à Serenity, et elle y fit la connaissance d'Abe Sullivan. C'était un beau garçon, élégant, et excellent baratineur. Au bout d'une semaine d'idylle, elle s'installa chez lui et, lorsque les forains démontèrent leurs installations, elle informa ses parents qu'elle ne repartait pas avec eux.

Selon Betsy et J.R., ce n'était qu'une enfant, mais Logan en doutait. On ne restait pas longtemps innocent dans ce genre de milieu. Il la soupçonnait d'avoir été beaucoup plus mûre que son âge ne pouvait le laisser supposer et son mariage s'expliquait autant par la fascination suscitée par la délicieuse petite ville que par l'homme qu'elle avait épousé. Elle s'était sans doute dit que dans un endroit aussi paisible, elle pourrait avoir la maison et la vie dont elle avait tant rêvé. Assez mûre pour savoir ce qu'elle voulait mais trop jeune pour comprendre que ce genre d'espérances ne se réalisait pas souvent.

Sept ans plus tard, l'expérience avait dû lui en apprendre un peu plus sur la vie et la bonté — ou l'absence de bonté — du monde. Selon le père d'Abe, que ce récit tourmentait visiblement mais qui s'y sentait contraint pour excuser la «grossièreté» de Foraine, son fils lui avait surtout appris que l'herbe était toujours plus verte dans le champ d'à côté. Abe buvait beaucoup, ne parvenait pas à garder un travail régulier ; il restait dehors une bonne partie de la nuit et, à côté de lui, les plus grossiers s'exprimaient comme des enfants de chœur. Logan s'étonna que deux personnes aussi gentilles et correctes aient pu avoir un fils aussi horrible.

— Il n'y a rien de pire que de trop aimer un enfant, commenta Betsy, les yeux pleins de larmes. Nous l'avons gâté, pourri. Nous nous le reprochons amèrement. C'est pourquoi nous avons tout de suite adopté Foraine. Nous nous sentions responsables de ce qui lui était arrivé.

La suite de l'histoire vint de Julia Peabody, qui l'avait entendu raconter d'un séchoir à l'autre, au salon Ondulations et Teintures : le jour même où le médecin lui avait confirmé sa grossesse, Foraine avait surpris son mari dans les bras d'une autre. Elle avait aussitôt décidé de le quitter. Abe s'était gaussé d'elle, en claironnant à ses copains de bistrot combien il était content d'en être débarrassé. Une semaine plus tard, il quittait Serenity, s'engageait dans l'armée, et depuis on n'avait plus eu de ses nouvelles.

Curieusement, Foraine n'avait pas envisagé de reprendre son ancienne vie ; au contraire, elle était restée chez les Sullivan jusqu'à la naissance de son fils. Sans doute avait-elle trouvé là le premier vrai amour qu'elle eût jamais connu. La ville aussi l'avait soutenue, ce qui était surprenant de la part d'une communauté peu habituée à accueillir des étrangers. Mais tous ceux qu'il avait interrogés avaient affirmé éprouver une grande affection pour la jeune femme, même s'ils en parlaient sur un ton amusé.

Elle avait un tempérament un peu sauvage, pas du tout conventionnel, disaient-ils, et une liberté de pensée qui les ravissait. Elle était un peu ce que chacun d'entre eux aurait aimé être s'il l'avait osé. Et qu'elle ait insulté et accusé Logan en public les avait décidés à venir s'excuser à sa place. Elle n'avait pas eu l'intention de se montrer grossière, plaidèrent-ils. Son seul défaut était d'être très soupçonneuse, et cela à cause de tout ce qu'elle avait vécu. C'était quelqu'un de passionné qui péchait parfois par excès de zèle, et ils l'aimaient sincèrement.

Il y avait là quelque chose — qu'il ne pouvait nommer — qu'il enviait. Peut-être était-ce le fait que Foraine était vraiment chez elle ici, alors que lui continuait à courir derrière la fortune. Un jour cette course s'arrêterait, fortune ou pas, mais aucune communauté ne lui ouvrirait les bras.

5

Les Sullivan l'attendaient, assis sous le porche de sa maison. Foraine arrêta sa moto, coupa le moteur et leur lança :

— Vous faites une erreur terrible.

— Foraine, chérie, tu n'as pas à t'inquiéter ! s'écria sa belle-mère. Nous ne lui avons donné que ce que nous pouvons nous permettre.

J.R. se leva de son fauteuil.

— Tous ici ont peur que tu dissuades Logan d'installer ce parc sur notre commune. Il faut que tu te calmes, Foraine. Serenity a besoin de ce projet.

En soupirant, elle mit pied à terre et s'installa sur la plus haute marche, le dos appuyé contre un pilier.

— Vous ne comprenez pas. Il présente toutes les caractéristiques d'un chevalier d'industrie. Pourquoi ne m'écoutez-vous pas, bon sang ?

— Qu'est-ce que c'est qu'un chevalier d'industrie ? s'inquiéta J.R. avec une grimace de perplexité.

— Un escroc. Un aigrefin. Un arnaqueur. J.R., si de grandes entreprises envisageaient de construire ici un complexe de la taille de Six Flags, ne croyez-vous pas que nous en aurions entendu parler, par le gouverneur, les députés, les banquiers ? Ne croyez-vous pas que d'autres villes seraient entrées en compétition ? Ne croyez-vous pas qu'une procédure légale serait en cours ?

— On n'en est qu'au début, répliqua J.R. Tout ça viendra plus tard. Pour le moment, Logan se contente de repérer le meilleur emplacement. Une fois qu'il aura fait son choix, le gouverneur interviendra.

Foraine ferma les yeux.

— Je ne comprends pas comment quelqu'un d'aussi naïf que vous a pu élever une canaille comme votre fils.

— Foraine !

— Pardon, Betsy ! s'écria-t-elle en se relevant. Je ne voulais pas dire ça. Mais je suis tellement déçue. Entrez, je vais appeler Jason pour lui dire de rentrer.

— Tu donnes ton cours, ce soir ?

— Bien sûr. Ce n'est pas parce qu'un criminel s'apprête à ruiner ma ville que je vais abandonner mes élèves.

J.R. hocha la tête d'un air fatigué.

— Pour l'amour de Dieu, arrête.

Il prit la télécommande du téléviseur et se laissa tomber dans son fauteuil préféré, celui que Foraine avait acheté spécialement pour lui.

Elle resta immobile un instant et le regarda. Il zappait d'une série à une autre pour revenir à la première. Betsy s'activait déjà dans la cuisine et, aussi à l'aise que chez elle, mettait en route la cafetière.

Foraine les aimait de tout son cœur, et c'était pour cela qu'elle ne pouvait pas rester les bras ballants pendant qu'un escroc les dévalisait. Un sentiment d'impuissance l'accablait ; elle chercha quel autre argument avancer pour les convaincre d'être plus prudents. Mais c'était déjà trop tard.

— Et que se passera-t-il si c'est un criminel ? demanda-t-elle doucement. Je ne sais pas combien vous avez donné, mais qu'arrivera-t-il à chacun de vous si tout cela n'est qu'une vaste entourloupe ?

Ils la regardèrent et restèrent muets. Incapables de répondre ou agacés par son insistance ? Elle saisit les clefs de sa camionnette, les glissa dans sa poche et se dirigea vers la porte.

— Ça m'a pris dix-sept ans pour découvrir cet endroit, et maintenant que j'y habite, j'ai très envie de le protéger. Je ne sais pas comment je réagirais si je le perdais.

Sa voix se brisa.

— Peut-être que je combats cet homme par égoïsme. Pour me protéger... et pour Jason aussi.

Betsy la serra contre elle avec une tendresse que sa mère ne lui avait jamais accordée.

— Chérie... nous comprenons ton comportement et nous ne pouvons pas te le reprocher. Mais ça ne veut pas dire que nous t'approuvions.

— Il ne me reste plus qu'à vous fournir des preuves, dit-elle. Pouvez-vous appeler Jason et lui demander de rentrer? Le numéro est sur le réfrigérateur. Je serai de retour vers huit heures.

Puis, par peur de perdre le contrôle de ses émotions, elle sortit en hâte.

Elle roulait depuis quelques minutes lorsque les larmes affluèrent; elle les essuya rapidement. Tout allait s'arranger. Elle démasquerait Logan avant qu'il n'ait fait trop de dégâts. A condition qu'il ne prenne pas le large immédiatement.

Elle inspira profondément pour se calmer et s'engagea sur la route qui menait au petit aéroport qu'elle possédait à la sortie de Serenity. L'Ecole d'aviation texane était à la fois sa contribution à la communauté, son gagne-pain et sa manière d'assouvir son besoin de liberté.

Cela ne lui avait pas été facile de s'installer dans cette petite ville, d'en devenir membre à part entière, de gagner la confiance et l'affection de tous. En fait, il y avait eu beaucoup de hochements de tête lorsque Abe Sullivan l'avait installée chez lui et présentée comme sa femme. En partie parce qu'elle n'était qu'une enfant et que tous savaient qu'Abe ne valait pas grand-chose mais aussi, et cela, elle ne l'avait pas complètement oublié, à cause de son passé mouvementé. Elle avait tenu à s'attirer leur sympathie, de Jed, le gardien de l'usine, jusqu'au maire, Mr Norman, ému par sa ressemblance avec sa fille qui vivait en Californie.

Elle s'était sentie partagée entre le désir puissant de mener enfin une vie normale, paisible, décente et son tempérament aventureux. Alors, elle avait choisi d'apprendre à piloter. Ainsi, elle pouvait, tout en gardant une maison bien à elle, assouvir ses instincts nomades.

Pour gagner sa vie et financer ses leçons, elle se fit embaucher par l'unique banque de la ville.

Derrière le guichet, elle fit peu à peu la connaissance de tous les habitants de Serenity et se sentit bientôt intégrée au sein de leur communauté. Lorsqu'elle eut obtenu son brevet de pilote, Wendell Trellis, le propriétaire du minuscule aérodrome qui effectuait des livraisons aériennes à travers l'Etat, lui offrit un poste de pilote, beaucoup mieux payé que son travail à la banque, ce qui lui permit, trois ans plus tard, de quitter les Sullivan.

Elle n'avait pas oublié son émotion le jour où elle avait montré à son petit garçon la vieille maison qu'elle venait d'acheter, la première de sa vie. Deux chambres, une grande cuisine et un salon. Plus un garage et un petit jardin entouré d'une barrière blanche.

En découvrant le pneu qui servait de balançoire, Jason avait sauté de joie, mais il était trop jeune pour comprendre combien la demeure avait d'importance pour sa mère. Une nouvelle vie commençait : elle n'était plus une petite fille esseulée mais une bonne mère, capable de rendre son fils heureux.

Voler d'un coin à l'autre de l'Etat et aider Wendell à gérer la petite compagnie l'avait comblée. Puis la racheter lorsqu'il avait pris sa retraite avait été un grand bonheur. La banque lui avait prêté l'argent nécessaire sans hésiter, et cela l'avait rendue très fière. Autre sujet de satisfaction : ses classes de pilotage étaient toujours complètes et les demandes de livraisons affluaient. Les gens de cette ville avaient besoin d'elle et l'aimaient bien. Jamais elle ne s'était sentie aussi contente d'elle.

Elle s'arrêta devant le hangar et attrapa sa serviette. Il y avait déjà une voiture, une Mercedes argentée aux vitres teintées. Jess Stevens avait-il remplacé sa Plymouth Belvedere ? L'idée que ce vieux fermier à la retraite puisse lâcher un sou sans y être contraint la fit rire. La Mercedes appartenait peut-être à Cass ou à Jacob Jordan, mais d'ordinaire ils préféraient les voitures de sport. Et elle ne pouvait pas non plus appartenir à Bro Gillian ou à Wayne Cash, car pour rien au monde ils n'auraient acheté une marque étrangère. Ses élèves étant écartés, elle sortit de la camionnette avec une vague appréhension.

La portière de la Mercedes s'ouvrit sur Logan Brisco.

— Qu'est-ce que vous faites là ?

Il fit quelques pas vers elle, son sourire exaspérant sur les lèvres.

— Je voulais voir vos installations. Il est possible que j'aie besoin de vos services.

— Pour quel genre de livraisons ? Des valises pleines de billets de banque ?

— Non, dit-il en riant, une banque de Dallas s'occupe de tout cela : contrats, chèques, salaires et tout le bazar.

— Ne vous fatiguez pas, Brisco.

Elle entra dans le bâtiment et posa son sac sur le bureau.

— Inutile de continuer à me baratiner. Comment avez-vous appris que je travaille ici ?

— Tout le monde le sait. Aujourd'hui, on m'a

bien donné dix versions de votre vie passée et présente.

— Parfait. Dans ce cas, vous avez compris qu'il n'est pas facile de me duper.

— Je m'en doutais bien.

— Et que je ne suis pas femme à renoncer.

— Je l'avais deviné.

Il se laissa tomber sur une chaise.

— Dites-moi, Foraine, que faut-il que je fasse pour que vous m'accordiez une trêve ?

— Que vous montiez dans le premier train en partance — mais les poches vides.

— Non, fit-il en s'esclaffant comme si elle venait de proférer une excellente plaisanterie. Je parlais de mon séjour ici.

Elle inclina la tête et fit mine de réfléchir profondément.

— Voyons, voyons... Que l'Atlantide jaillisse de l'océan, que le triangle des Bermudes recrache Amelia Earhart, qu'on découvre Jimmy Hoffa sur une île paradisiaque en compagnie d'Elvis...

— D'accord, j'ai compris, dit-il sans cesser de sourire. Il nous suffirait peut-être de faire un peu mieux connaissance. Depuis combien de temps fuyez-vous les hommes ?

Ce fut au tour de Foraine d'éclater de rire.

— Les hommes, j'en fréquente beaucoup et ils ne me font pas peur. Mais me lier d'amitié avec vous est aussi improbable que les scénarios que je viens d'évoquer.

Il affecta un air chagrin dont elle ne fut pas dupe.

— Foraine, même si j'étais arrivé vêtu en clergyman et brandissant une bible, vous n'auriez pas eu confiance en moi.

— Vous avez raison. Mon père s'est fait passer pour un prêtre et il a ramassé trois mille dollars en une soirée consacrée à «guérir» de pauvres gens.

La petite fille paralysée qu'il a fait marcher, c'était moi et, à force d'incantations bruyantes, ma mère a recouvré la vue. Je ne suis pas facile à rouler, Brisco.

Logan afficha une expression consternée.

— Et c'est *moi* que vous traitez de canaille ? Votre père était un prince en la matière ! Et si c'est ce genre de spectacles qui ont bercé votre enfance, je ne peux vous reprocher d'être paranoïaque.

— Je ne suis pas paranoïaque, Brisco. Je suis réaliste. Et mon père n'était pas une canaille. C'était un homme qui tentait désespérément de nourrir sa famille. Quelle est votre excuse à vous ?

— Allons, Foraine ! C'est honteux de vendre de faux miracles à ceux qui souffrent. Arrêtez de vous raconter des histoires. S'il a fait cela, c'est par cupidité.

Le visage de la jeune femme s'empourpra et une moue furieuse se dessina sur ses lèvres.

— Faites attention, Logan, jeta-t-elle, je pourrais croire que vous parlez d'expérience. Où voulez-vous en venir, en fait ? Vous êtes meilleur que mon père ? Vos escroqueries sont plus propres ?

Elle avait touché un point sensible. Il garda le silence quelques secondes et reprit d'une voix paisible, presque convaincante :

— Foraine, je comprends que je ne peux pas vous persuader de me faire confiance mais je veux vraiment venir en aide à votre ville. Elle en a besoin. Et vous aussi, vous avez besoin de croire en quelque chose.

— Si c'est ce que vous pensez, alors vous avez perdu votre temps en posant des questions sur moi. Je crois en un certain nombre de choses. Je crois en Dieu, je crois en cette ville et je crois en la gentillesse et en l'intégrité que j'ai trouvées ici. Je crois aussi mon instinct.

— Il ne vous a jamais trompée ?

— Non. Jamais.

Il avança vers elle, le visage grave.

— Faites une enquête sur moi. Demandez une copie de mon diplôme universitaire. Interrogez mes professeurs. Je suis diplômé en marketing de l'Etat de Virginie. Consultez mon employeur, A & T Marketing, à Marietta, en Géorgie.

Une expression de doute se dessina sur le visage de la jeune femme. Il était rare qu'un arnaqueur possède des pièces officielles, encore plus qu'il cite le nom d'une entreprise où il avait été employé. Elle attrapa un carnet et nota les deux références puis, levant les yeux sur lui, rétorqua :

— Je les appellerai dès demain. Quelle autre société vous a employé ?

— Aucune ; en quittant A & T, je me suis mis à mon propre compte. Je passe des contrats avec des entreprises et des banques pour mettre sur pied différents projets.

— Alors donnez-moi le nom des banquiers qui s'intéressent à celui-ci.

— Je ne peux pas faire ça, répondit-il avec un sourire navré. On n'en est qu'à l'étape initiale. Si vous leur demandez des explications, ils se méfieront et laisseront tomber. Mon boulot est de persuader chacune des parties, y compris les investisseurs, du bienfondé des programmes à réaliser.

Elle laissa tomber son crayon.

— Qu'est-ce que j'espérais ?

Avec un soupir, il passa une main dans sa tignasse noire et quelques épis se hérissèrent.

— Bon, par pure curiosité, une question : si vous me connaissiez depuis toujours, si vous étiez convaincue de mon honnêteté, vous vous opposeriez quand même à cette installation ?

— Bien sûr.

— C'est ce que je pensais, fit-il en hochant la tête. Pourquoi ?

— Je vous l'ai dit. Je ne veux pas voir ma ville dévastée par un flot de touristes, de criminels et de forains.

— Les touristes, je comprends. Mais qu'est-ce qui vous fait croire que des criminels et des forains débarqueront ?

— Parce que c'est inéluctable.

En entendant le ronronnement d'un moteur, elle jeta un coup d'œil par la fenêtre. Ses élèves, Cass et Jacob, venaient d'arriver.

— Les voleurs viendront pour dépouiller les touristes et, à votre avis, qui fera respecter la loi ? Les forains ?

— Alors, travaillez avec moi, répliqua-t-il. On peut installer un poste de police à l'intérieur et dévier la circulation. Les hôtels peuvent être construits en dehors de la ville, ainsi que les parkings, les boutiques, les cafés, ainsi personne n'aura de raison d'y entrer. Foraine, si ça marche, l'activité de votre aéroport va se développer considérablement. Nous aurons besoin d'une plus grande piste, de locaux plus vastes, d'un personnel plus nombreux. Mes investisseurs pourront financer cette expansion.

Cass et Jacob approchant du bâtiment, elle baissa la voix.

— C'est comme ça que vous ferrez le poisson, Brisco ? En y mettant une petite touche personnelle ? En racontant à chacun comment, s'il se dépêche de vider ses poches dans les vôtres, il va se réveiller un beau matin riche comme Crésus ? Bon sang, Brisco, vous perdez votre temps dans ce métier ! Avec de pareils talents, vous auriez pu briguer la présidence des Etats-Unis.

Pourquoi diable ne l'écoutait-elle pas ? Il se sentit sincèrement offensé.

Foraine vit un autre élève se diriger vers la salle de classe.

74

— Eh bien, merci pour cette charmante conversation, cher Mr Brisco, mais j'ai un cours à donner.

Il resta immobile.

— Vous m'avez entendue ?

— Où dois-je signer ? demanda-t-il brusquement.

Elle béa d'ahurissement.

— Signer pour quoi ?

— Pour des cours. Je veux apprendre à piloter.

Le rire de Foraine jaillit et se répandit jusque dans la salle de classe adjacente.

— Vous plaisantez ?

— Pourquoi plaisanterais-je ? J'aurai besoin de savoir piloter lorsque le parc sortira de terre.

— Ma classe est pleine.

— Vous pouvez bien y glisser une personne supplémentaire.

— Je ne veux pas de vous ici.

— C'est bien ce que j'ai compris, dit-il avec un petit sourire, mais réfléchissez une seconde et vous verrez que c'est votre intérêt : ainsi, vous pourrez garder un œil sur moi et vous assurer que je ne file pas à l'anglaise.

— Ce n'est pas parce que vous vous serez inscrit à mes cours que vous ne pourrez pas prendre le large.

— Non, bien sûr. Mais je veux vraiment apprendre à piloter, Foraine. Ça a toujours été mon rêve et je n'en ai jamais eu le temps.

Il sourit. Ce n'était pas un mensonge. Combien de fois, avec son uniforme d'aviateur, avait-il sillonné des aéroports ? A l'époque, il se prétendait diplômé de l'Embry-Riddle Aeronautical University de Daytona Beach, la meilleure école aéronautique. D'autres fois, il était monté à bord gratuitement en se faisant passer pour un membre de la compagnie qui profite du vol pour rentrer chez lui ; il s'était glissé dans le cockpit où il avait écouté les conversations et observé le travail en affichant un air entendu. Pas question de laisser passer l'occasion d'apprendre comment on fait décoller un appareil et comment on le pose sans casse!

— Allons, Foraine. Je vous règle d'avance. En liquide. Tout de suite. Et, vous verrez, j'apprends vite.

Elle jeta un œil par la porte ouverte et vit que ses élèves commençaient à s'impatienter. En tout cas, pensa-t-elle, il avait raison au moins sur un point. Garder un œil sur lui serait une bonne chose. Peut-être lui échapperait-il une révélation qu'elle pourrait utiliser pour le démasquer. D'ailleurs, plus elle lui soutirerait d'argent, moins il en emporterait. Après tout, ces billets venaient directement de la poche de ses concitoyens.

— Très bien, Brisco, fit-elle. Je prends cinquante dollars de l'heure. Pour le brevet de pilote privé, il vous faut suivre les cours théoriques, puis au moins vingt heures de vol à deux et vingt autres en solo.

Il sortit son portefeuille en souriant.

— Et c'est moi qu'on traite d'arnaqueur.

— D'avance et en liquide. Et franchement, je ne me sentirai pas à l'aise quand je vous laisserai seul dans mon avion.

Il prit un air offensé.

— Qu'est-ce que j'en ferais, Foraine? C'est rudement difficile de voler un avion.

— Oui, mais je préfère ne pas en courir le risque. Vos heures en solo, vous les prendrez ailleurs.

Il sortit dix billets de cent dollars et les posa devant elle.

— Ça ira, comme ça?

Son cœur se serra. Allait-elle vraiment être obligée de lui donner des leçons? Elle ramassa l'argent d'un geste brusque comme si cet arrangement l'avait mise hors d'elle et se dirigea vers la sortie.

— Vous ne pouvez pas commencer ce soir, dit-elle. Je ne suis équipée que pour cinq élèves à la fois et ceux-ci sont déjà à la moitié du programme.

— Alors quand dois-je venir ?

— Le mardi, après l'école, j'ai les enfants. Mais eux aussi sont déjà bien avancés.

— On dirait qu'il va vous falloir créer un cours juste pour moi.

— Le prix que je vous ai indiqué ne correspond pas à des leçons particulières, dit-elle.

Il éclata de rire.

— Bon sang, vous avez eu un bon professeur avec votre papa !

L'expression de la jeune femme se durcit ; elle le fusilla du regard.

— Il y a une différence entre une escroquerie et l'établissement d'un contrat, Brisco, et vous la connaissez. Si vous n'appréciez pas mes tarifs, trouvez-vous un autre instructeur.

— Prenez ce qu'il vous faut, dit-il en vidant le contenu de son portefeuille sur la table, et laissez-moi le reste, d'accord ?

— Très bien.

En s'interrogeant sur le montant de la somme qu'il avait extorquée à ses beaux-parents, elle ramassa les billets et se mit à les compter.

— Cela devrait aller.

Il contempla les quelques coupures qu'elle lui avait laissées.

— J'espère bien.

— Bon. Je dois livrer un paquet à Sherman demain ; je serai de retour dans le milieu de la matinée. Retrouvez-moi ici à dix heures, Brisco.

Sans autre commentaire, elle le planta là et rejoignit ses élèves.

Logan fut exact au rendez-vous. Il connaissait déjà la terminologie aéronautique et ce à quoi correspondaient les différentes parties d'un avion. Ce qu'il savait concernait plus les jets commerciaux que les petits monomoteurs, néanmoins Foraine fut surprise par son érudition en la matière, et se demanda d'où il tirait tant de science.

— J'ai beaucoup volé, expliqua-t-il brièvement.

— On ne sait pas autant de choses en restant assis dans une cabine de passagers. Vous savez déjà piloter, non ? Vous essayez encore de me faire marcher ?

— Eh bien, si c'était le cas, ce serait idiot. Cette histoire me coûte la peau des fesses, vous êtes bien placée pour le savoir.

Il leva la main droite d'un air solennel.

— Je jure que non. Mais j'ai rencontré un certain nombre d'aviateurs. Et je lis énormément. A un moment donné, j'ai même pensé embrasser cette profession, aussi j'ai un peu étudié la question. Comme je vous l'ai dit, j'apprends vite.

Elle se rebiffa.

— Ne me faites pas perdre mon temps, d'accord ?

— D'accord. Quand vous enquêterez sur mon compte, vérifiez si j'ai un brevet de pilote.

La jeune femme s'appuya sur son bureau.

— Je n'ai pas l'intention de fouiller votre passé. Qui me prouve que vous utilisez votre vrai nom ? Vous pourriez avoir usurpé l'identité d'un autre !

Logan avait effectivement utilisé cette ruse à plusieurs reprises pour leurrer le FBI, et pourtant il s'appelait bien Logan Brisco. Comme il possédait deux certificats authentiques à ce nom, il avait décidé de l'utiliser à Serenity.

— Voyons, comment pourrais-je posséder des papiers appartenant à une autre personne ?

Foraine rit.

— Cela ne nécessite qu'un ordinateur, une imprimante laser et un peu d'adresse. Mon père, en se servant du nom d'une personne décédée, a fabriqué un faux acte de naissance avec lequel il s'est fait délivrer un vrai permis de conduire et un vrai passeport. Mais j'aurais pensé qu'aucun de ces tours ne vous était inconnu.

— C'est vous la spécialiste. Je devrais prendre des notes.

— Oui, mais je ne m'en cache pas. Petite fille, on m'a appris à rouler les gens, mais j'ai renié cette éducation et ma famille. Et vous, avez-vous été élevé dans le sérail ? Ou bien avez-vous laissé à vos parents le soin de se débrouiller avec la police lorsque vous aviez un ennui ?

Le visage de Logan perdit son enjouement habituel et elle comprit qu'elle avait encore touché un point sensible.

— Personne n'a eu à répondre de mes actes.

— Voyons, il y a bien quelqu'un en Virginie... C'est bien de là-bas que vous venez, non ?

— Je n'ai jamais dit ça.

— Pardon. J'aurais dû deviner que votre lieu de naissance était un secret.

L'air las, il se leva et rassembla les feuilles étalées devant lui.

— Ce n'est pas un secret, Foraine. Je suis né à Des Moines, dans l'Iowa.

— Et vous avez été dans une université de Virginie ? Voilà qui est intéressant.

— Des tas de gens partent ailleurs faire leurs études.

— Oui, bien sûr.

Sentir l'embarras de Logan lui donnait de l'assurance.

— Logan Brisco. Logan est un nom curieux, on dirait un nom de famille ? Celui de votre mère, peut-être ?

Il ne souriait plus du tout.

— Ma mère n'était pas mariée.

— Oh...

Troublée par sa sincérité, elle faillit renoncer à le tarabuster. La curiosité la poussa à insister.

— Alors d'où vient votre prénom ?

— Je ne sais pas, dit-il. Je n'ai jamais eu l'occasion de le lui demander.

— Comment cela ?

Il referma son cahier d'un geste brusque.

— A vous de me le dire, puisque vous savez tout. Je ne sais qu'une chose : elle s'appelait Melissa Brisco et son acte de décès, vous le trouverez à Des Moines, Iowa. Bonne chasse.

Encore un coup de bluff, se dit-elle. Pourtant ça n'en avait pas l'air. Son regard intense semblait la défier d'essayer.

— A quand la prochaine leçon ? demanda-t-il d'une voix saccadée.

— Lundi ? Même heure ?

— Pourquoi pas demain ?

— Demain, c'est dimanche, répondit-elle. Je ne travaille pas ce jour-là.

— Ah bon ? Qu'est-ce que vous faites alors ?

— Je vais à l'église. Ça vous arrive d'y mettre les pieds, Brisco ?

Il parut moins irrité.

— Uniquement si on m'y traîne de force.

— Vous devriez essayer. Un peu de spiritualité ne serait pas inutile à un homme de votre acabit.

Un sourire éclaira le regard de Logan.

— Vous essayez de me convertir ?

— Grands dieux, non. Je laisserai ce soin à Frère Tommy. Il a déjà fait des miracles. Des vrais.

— Avec vous, peut-être ?

— Oui, répondit-elle en redressant le menton. Avec moi. Et avec un tas d'autres gens ici. Si vous tenez vraiment à connaître la population de Serenity, Brisco, il faut assister à l'office.

— A quelle église?

— Quatre-vingt-dix pour cent de la ville fréquente la First Baptist Church. Nous faisons partie des Southern Baptists. De ceux qui «tendent-l'autre-joue». De ceux qui croient que «si un homme vous demande votre chemise, vous devez aussi lui donner votre pantalon». Ce qui fait de nous des proies faciles pour les gens comme vous.

Il émit un petit rire contrit et se dirigea vers la porte.

— Pourquoi diable voulez-vous traîner une crapule de mon genre dans votre église?

— Parce que, répondit-elle en ne relevant pas le sarcasme, si je n'arrive pas à vous arrêter, peut-être ai-je réveillé au moins votre conscience. Peut-être qu'en constatant la générosité de tous ceux que vous voulez dépouiller, vous aurez des remords. Attention, Brisco, vous risquez de vous attacher à eux, et ça pourrait vous coûter gros.

La main sur la poignée de la porte, il se retourna.

— Vous ne renoncez jamais, on dirait?

— Jamais.

Mais son sourire était moins hargneux; il y perçut même une pointe de chaleur.

— Est-ce que les Southern Baptists ont le droit d'aller aux bals municipaux?

— Bien sûr, fit-elle en haussant les épaules. Tout le monde y va.

— Vraiment? Je croyais que vous étiez contre la danse?

— La danse, oui, dit-elle en souriant, mais quand on appelle ça une «réunion de l'amitié», c'est tout à fait différent.

Il éclata de rire; et lorsqu'elle fit de même, elle se sentit soudain plus légère.

— Voulez-vous provoquer un scandale et m'y accompagner samedi soir? demanda-t-il.

— Non, Brisco, non, répondit-elle avec une expression qui faillit le désarmer.

— Tant pis, ce n'était qu'une question.

A travers la fenêtre, elle le vit monter dans la Mercedes de location. Il ne souriait plus.

Elle revit son expression de colère et de souffrance lorsqu'elle avait parlé de sa mère ; malgré elle, elle s'était sentie émue.

Je n'ai jamais eu l'occasion de le lui demander... Melissa Brisco... son acte de décès...

Elle regagna son bureau. Il lui fallait examiner sérieusement tout ce qu'il avait raconté. Certains faits paraissaient exacts, et l'instinct de Foraine la trompait rarement, mais d'autres ne collaient pas du tout.

Elle alluma son ordinateur et se connecta au réseau ; un message l'attendait. Il venait de Ruth, la femme obèse qui passait la moitié de son temps sur un tabouret sous le regard écarquillé des curieux et l'autre moitié devant sa batterie d'ordinateurs pour communiquer avec la terre entière.

Elle rit en le lisant : « Dis donc, bébé, ça fait une semaine que je n'ai pas eu de tes nouvelles. Comment va Jason ? Quand viendrez-vous nous voir ? »

Foraine répondit immédiatement.

« Ruth, excuse mon silence. J'ai été très occupée. Appelle-moi. Je suis au bureau tout l'après-midi. Le bus de ramassage scolaire y déposera Jason à trois heures. Tant qu'à faire, demande à maman et papa d'être là. J'ai besoin de leur parler. »

Son message était parti depuis peu lorsque la sonnerie du téléphone résonna.

— Ecole d'aviation texane.

— Salut, bébé, fit Ruth d'une voix douce qu'on n'aurait jamais attribuée à une femme pesant près de deux cent cinquante kilos.

— Excuse-moi de ne pas m'être manifestée cette semaine, dit Foraine. J'ai été débordée à cause d'un type qui vient de débarquer ; je suis quasiment sûre qu'il s'apprête à monter une arnaque... J'essaye de le percer à jour, du coup je suis un peu distraite.

— Je le connais ?

— Eh bien, je ne sais pas. C'est pour ça que je voulais parler à maman et papa. Ils l'ont peut-être rencontré.

— Ils sont à côté de moi, chérie. Je mets le haut-parleur pour que nous puissions bavarder tous ensemble.

Soudain, Foraine entendit la voix de sa mère :

— Bonjour, chérie. Comment ça va ?

— Bonjour, maman. Papa est là ?

— Je suis là, Foraine. Comment va notre petit-fils ?

— Il pousse comme une asperge. Vous ne le reconnaîtriez pas.

— Quand vas-tu nous l'amener ? demanda sa mère. Tu sais que nous ne pouvons pas nous absenter. On est occupés pour les six mois à venir.

— Je viendrai bientôt, maman. Mais j'ai besoin d'un renseignement. Il y a un type ici qui essaye de nous vendre un parc de loisirs. Mon instinct me dit que c'est un escroc. Il extorque de l'argent à tout le monde en persuadant les gens qu'ils vont s'enrichir.

— Une bonne affaire. Tu marches avec lui ? demanda son père.

Foraine se hérissa.

— Non, papa, je n'en suis pas ! Je te l'ai dit, je mène une vie honnête à présent. Et je ne veux pas qu'il sème la pagaille chez nous. Je me demandais si tu le connaissais. Il se présente sous le nom de Logan Brisco.

— Brisco, répéta sa mère. Je ne crois pas avoir jamais entendu ce nom.

— Moi non plus, assura son père. A quoi ressemble-t-il ?

— Grand, les cheveux noirs, plutôt beau garçon,

mais moins qu'il n'a l'air de le croire. Bien sûr, toutes les femmes roucoulent sur son passage. C'est carrément écœurant. Et il a un sourire assez exceptionnel. Contagieux, je dirais.

— Tu es sûre de ne pas roucouler, toi aussi ? demanda Ruth en riant.

— Plutôt me laisser pendre par les orteils sur la place publique, répliqua Foraine, agacée. Est-ce que ça vous dit quelque chose ? Il affirme qu'il est né dans l'Iowa, qu'il a fait ses études en Virginie et il a aussi fait allusion à Marietta, en Géorgie.

— A-t-il été forain ? demanda sa mère.

— Non, je ne pense pas. On dirait plutôt un escroc en col blanc.

— Je suis désolée, chérie, mais ta description ne me rappelle personne.

Elle soupira.

— Tant pis.

— A propos, Foraine, reprit son père. Si jamais c'était sérieux et qu'il installe vraiment un parc, j'aimerais bien le rencontrer. Je lui refilerais des tuyaux ; et ta mère, moi et quelques collègues, on pourrait installer des stands.

Il faudra me passer sur le corps, pensa Foraine. Mais elle répondit posément :

— Il n'en est pas question, papa. Dès qu'il aura compris quels sales moments je m'apprête à lui faire passer, il prendra la poudre d'escampette.

— C'est quoi son idée, déjà ? Construire un parc de loisirs ? Leur proposer d'investir, leur promettre qu'ils vont faire fortune ?

Comprenant que son père en était déjà à prendre des notes, elle laissa tomber son front entre ses mains.

— Papa, tu n'as pas assez d'idées toi-même ?

— Ce n'était qu'une question, chérie. N'en parlons plus. Alors, quand verrai-je mon petit-fils ?

— Bientôt, promit-elle, sans plus de conviction que les fois précédentes.

La conversation terminée, elle appela les renseignements et inscrivit les numéros de téléphone des endroits cités par Logan. D'ici quelques jours, elle aurait suffisamment d'éléments pour le percer à jour.

6

Logan fut très surpris de se voir accueilli comme un hôte de marque à la First Baptist Church. A peine l'eut-il repéré que Frère Tommy le prit sous son aile et le présenta à la demi-douzaine de diacres qui l'entouraient.

Autre surprise : que la ville entière ait mis son réveil un dimanche matin pour arriver à l'heure à l'office. Troisième surprise : l'expression réjouie des gens qui entraient en masse et cherchaient leur place. Cela tenait de la réunion mondaine ; bien coiffés et endimanchés, les hommes qu'il avait vus toute la semaine hirsutes et barbus montraient une peau rouge d'avoir été frottée ; les femmes se pavanaient dans leurs plus beaux atours. Tous se saluaient, se souriaient, s'embrassaient.

Sa présence en ces lieux aurait peut-être étonné son mentor mais le spectacle ne lui aurait pas déplu. Malgré ses activités délictueuses, Montague avait toujours respecté le sens de l'honneur et la décence, qualités qu'il s'était promis d'adopter, fortune faite. Il aurait sans doute apprécié que Logan se soit donné la peine de venir à l'église, bien que l'idée eût émané de Foraine ; après tout, il n'y avait pas de meilleur endroit pour bien connaître une communauté !

Quelqu'un lui tapota l'épaule ; il se retourna et

aperçut Slade Hampton qui souriait en tendant la main, son chien Jack collé à ses talons.

— On vous permet de l'amener ici ?

— Personne ne m'a jamais rien dit. A force de nous voir ensemble, ils ont presque oublié que ce n'est pas un être humain. D'ailleurs, il adore l'office.

Logan le constata aussitôt ; tous les enfants s'approchaient de l'animal et lui parlaient. Tout en discutant avec Slade, Logan surveillait l'entrée, guettant l'arrivée de Foraine. A peine eut-elle franchi le seuil qu'il dut s'avouer la vraie raison de sa présence. Et s'en féliciter.

La tenue de la jeune femme confirma Logan dans son jugement : Foraine était d'une grande complexité. Elle portait un chemisier en soie blanche boutonné jusqu'au cou et une cravate d'homme nouée sur la gorge. Une veste verte cintrée y mettait une touche féminine et la jupe qui s'arrêtait juste au-dessous des genoux laissait voir des jambes splendides. Ce spectacle lui rappela qu'une éternité s'était écoulée depuis qu'il n'avait serré une femme entre ses bras. Les occasions pourtant n'avaient pas manqué, et en particulier à Serenity. Pourquoi n'en avait-il pas profité ? Mystère.

Justement, Julia Peabody s'approchait de lui. Il lui adressa son sourire le plus séducteur, la complimenta à haute voix sur sa beauté, béa d'admiration devant son chapeau puis reporta son regard sur Foraine. Leurs yeux se croisèrent, mais elle les baissa aussitôt sur Jason qui marchait à côté d'elle. A croire qu'elle se fichait bien de sa présence, qu'elle n'était pas surprise de le voir et que cela ne lui faisait ni chaud ni froid.

Mildred Smith, dont les cheveux rouge fluo se ressentaient vivement de la teinture prolongée administrée par Lahoma, se mit au piano. Foraine et son fils se frayèrent un chemin à travers la foule. Ses cheveux étaient remontés en un chignon souple d'où quelques bouclettes s'échappaient, encadrant son visage. Il sentit sa gorge se serrer. Bon sang, elle était superbe. A côté, toutes les autres n'avaient l'air que de pâles imitations de la féminité.

Elle le rejoignit enfin.

— Vous vous êtes décidé à venir ?

Suivant les bonnes manières inculquées par Montague, Logan se leva pour lui répondre.

— Il faut bien qu'un homme adore quelque part.

— Juste, mais tout dépend de ce qu'il adore. L'argent, le pouvoir, lui-même... ou bien un être supérieur.

— Vous êtes terriblement cynique pour une femme dotée d'aussi jolies jambes. N'oubliez pas que nous avons fait un pari.

Elle sourit, impassible.

— Ecoutez bien frère Tommy, Brisco, il est possible que vous appreniez des choses intéressantes.

Sur ce, elle se glissa de l'autre côté de l'allée et s'installa sur un banc.

Il n'apercevait plus son visage mais, en se penchant, il lui restait la possibilité d'admirer ses jambes croisées qu'affinaient les talons hauts. L'imagination de Logan s'emballa.

Il imagina la jeune femme chevauchant sa Harley, jambes nues et talons aiguilles, image qui le hanta pendant tout l'hymne d'introduction, les paroles de bienvenue et ne le quitta qu'après la quête, lorsque Frère Tommy monta en chaire pour prêcher.

Logan ne croyait pas en Dieu et la sainteté lui semblait relever de l'aberration. Et même si les habitants de cette ville lui semblaient tous de braves gens, craignant Dieu et respectant les dix commandements, il ne croyait pas au paradis, ni au ciel. Il s'était imprégné sans peine de la philosophie de Montague, à savoir qu'il fallait d'abord penser à soi, car personne d'autre ne s'en chargerait.

Pourtant, tandis que le pasteur décrivait de sa voix

fascinante les pratiques insidieuses du démon pour entraîner l'homme sur le chemin de la trahison et de la corruption, de la cupidité et de l'égoïsme, il ne put s'empêcher d'écouter. L'homme était convaincant. Il parlait juste et ses propos poussaient à la réflexion.

Quelques instants plus tard, Logan s'aperçut que pour la première fois de sa vie il avait suivi un office en entier sans somnoler. Expérience qu'il se promit de renouveler s'il était toujours là le dimanche suivant.

Le lendemain après-midi, son enquête sur Logan achevée, Foraine ne savait plus que penser. Quelque chose ne collait pas. Les références qu'il avait fournies avaient été confirmées et ce qu'elle avait découvert, même si c'était déconcertant, ne l'accusait en rien.

La secrétaire d'A & T se rappelait parfaitement Logan Brisco et ce qu'elle en dit, d'une voix chevrotante d'admiration, prouvait qu'il s'agissait bien du même homme. Selon elle, c'était le meilleur vendeur qu'ils aient jamais eu et, dans un murmure étouffé, elle raconta à Foraine qu'après s'être fait rouler sur ses commissions, il avait quitté la société, en quoi elle l'approuvait. Ses professeurs le décrivirent comme un étudiant absolument charmant, au sourire séducteur. Un garçon très intelligent. Maître de lui et charismatique.

Mais ce fut le coup de téléphone dans l'Iowa qui la mit sur la meilleure piste. L'employée de mairie confirma le décès de Melissa Brisco, trente ans plus tôt, et recommanda à la jeune femme de s'adresser aux services sociaux pour savoir ce qu'il était advenu de l'enfant.

Foraine persuada la femme qui lui répondit d'ouvrir le dossier Brisco et apprit qu'à partir de sa troisième année, Logan n'avait cessé de passer d'une famille nourricière à une autre, jusqu'à ce qu'à quatorze ans il prenne définitivement la poudre d'escampette.

Voilà pourquoi l'allusion à sa mère avait fait passer sur son visage une telle expression de souffrance. Foraine ressentit une légère honte. Un chagrin pareil ne s'effaçait jamais. Il pouvait même marquer définitivement un caractère, pousser un jeune garçon à adopter un style de vie où l'on ne dépend que de soi. Où les attachements sont rares, et la confiance en autrui impossible.

Cette enfance le faisait apparaître sous un jour nouveau et pour la première fois le doute s'insinua en elle. Rien de ce qu'elle avait découvert ne suggérait qu'il se fût trouvé du mauvais côté de la loi.

Mais des lacunes gigantesques demeuraient, entre sa fuite et le début de ses études, puis entre son dernier jour dans la société A & T et aujourd'hui. Tous les arnaqueurs doivent bien débuter un jour.

Peu importait finalement qu'elle n'eût trouvé aucune preuve de la duplicité de Brisco, se dit-elle en regardant par la fenêtre son fils laver le Cessna. Il était toujours impossible de lui faire confiance, et la compassion que lui inspirait son enfance douloureuse ne devait pas influencer son jugement sur l'homme qu'il était à présent. Elle se méfiait rarement de son instinct, et ce n'était pas aujourd'hui qu'elle allait commencer.

Jason avait presque fini de laver l'avion. Le sérieux qu'il mettait à sa tâche la fit sourire ; il ne cessait de marmonner, il devait lâcher la bride à son imagination ! Qui était-il aujourd'hui ? Un pilote de chasse en plein combat aérien ou bien un pompier volant, éteignant un monstrueux incendie ?

Elle courut vers l'enfant. En l'apercevant, il braqua le tuyau sur elle. Elle se recroquevilla sous le jet froid, se rua sur celui qui était enroulé à côté du hangar, ouvrit le robinet et aspergea le petit garçon.

En hurlant de joie, il courut s'abriter derrière l'appareil et arrosa sa mère par-dessus la carlingue. Elle s'accroupit et l'arrosa par en dessous. Avec un hurlement de joie, il l'imita.

— Je t'ai eue le premier! cria-t-il. Si ç'avait été des balles, tu serais morte depuis longtemps.

— Des égratignures, mon garçon, dit-elle en prenant un accent étranger. Un peu de sang, c'est tout. Mais toi, tu es blessé mortellement.

— Non, non. Je peux encaisser quelques balles sans rien sentir.

— Très bien, fit-elle en visant son visage.

Il sautilla dans tous les sens, le jet toujours braqué sur sa mère, puis tous deux s'écroulèrent par terre, trempés jusqu'aux os, en hurlant de rire.

— Explique-moi deux choses, s'enquit-elle enfin. Explique-moi comment en élevant mon garçon sans lui donner d'armes, ni même un jouet qui y ressemble et en lui interdisant les émissions et les jeux vidéo violents il se débrouille pour jouer à la guerre avec simplement deux tuyaux d'arrosage.

— On peut faire semblant d'avoir un fusil avec n'importe quoi, m'man, répondit-il d'un ton pragmatique. C'est un truc de garçon.

— Je le suppose, dit-elle en soupirant.

L'eau continuait à couler et une mare se forma autour d'eux. Mais ni l'un ni l'autre ne bougea.

— Qu'est-ce que tu voulais me demander, encore?

— Comment allons-nous rentrer à la maison? On va geler sur la moto.

— Non. Il fait chaud. C'est presque l'été... Hé, tu sais quoi, m'man? Le père de Nathan a promis d'acheter du bois et tout ce qu'il faut pour bâtir un fort entre nos maisons. Ça va être cool, non?

— Sûrement. Pourrai-je vous aider?

— Non, m'man, fit-il d'un ton chagrin. Les filles n'y connaissent rien en construction.

— Bien sûr que si. Quand j'étais petite, nous

avions l'habitude de tout démolir en partant pour tout remonter dans la ville suivante. En matière de construction, je m'y connais. Allons, insista-t-elle en le chatouillant, laisse ta vieille maman vous donner un coup de main.

Il se tortilla sur le béton.

— Mais je n'ai pas envie que mon fort ressemble à un stand forain !

— Comment as-tu fait pour devenir un tel macho à sept ans ?

En pouffant de rire, il essaya d'échapper aux chatouilles de sa mère.

— Qu'est-ce qu'un macho ?

— C'est un type qui croit que seul un garçon est capable de fabriquer un fort. Et j'imagine que si je ne suis pas autorisée à t'aider, je n'aurai pas le droit d'y jouer ?

Jason leva ses bras en signe de reddition, pour échapper aux mains de Foraine.

— Bien sûr. C'est un fort de garçons, m'man. On veut pas de filles à l'intérieur.

— Et voilà. Bon, je vais porter plainte.

— M'man ! De toute façon, tu te cognerais la tête au plafond. C'est pour des enfants.

— Continue. J'ai déjà de quoi faire un procès pour double discrimination. En dommages et intérêts, je peux réclamer tout ce que tu possèdes. Sans doute même le fort. Je le peindrai en rose et le transformerai en maison de poupée.

— M'man ! Ça serait épouvantable ! D'ailleurs, tu ne peux pas nous poursuivre pour quelque chose qui n'existe pas !

— Ah, peut-être bien, fit-elle en se relevant.

Elle essora les pans de son chemisier.

— D'ailleurs, si je meurs de pneumonie, je ne pourrai pas non plus faire de procès. C'était un complot astucieux pour m'empêcher de te traîner en justice ?

En riant aux éclats, il écarta sa chemise trempée de sa peau et la laissa retomber.

— Hé, m'man, est-ce qu'on ira au bal, vendredi soir?

— Pourquoi? Il y a quelqu'un que tu veux inviter?

— J'ai dit à Amber que je la retrouverais là-bas. Cette fois-ci, peut-être que je danserai avec elle.

Foraine fit une grimace de dégoût.

— Mais c'est une *fille!*

— Les filles, de temps en temps, ça va, dit-il en pataugeant dans la mare pendant qu'elle fermait les robinets. Je veux dire, faut pas qu'elles viennent dans les forts et les trucs comme ça, mais pour danser, ça va. Tu iras avec Mr Joey?

Amusée par son opinion sur la gent féminine, elle hocha la tête.

— Non.

— Il a dit que si. Il m'a dit que tu étais son amie.

— Joey a encore beaucoup à apprendre. Je n'ai jamais dit que j'irais au bal avec lui.

— Alors, avec qui vas-tu y aller? Mr Paul? Mr Sam?

— Ni l'un ni l'autre. Je pensais que ce serait toi mon cavalier.

Cette suggestion le dégrisa immédiatement.

— Bon, d'accord. Ça ira. Je pense qu'Amber ne m'en voudra pas si c'est toi.

En souriant, elle se dirigea vers le hangar.

— Viens. On ferait mieux de rentrer et d'ôter ces vêtements mouillés.

— J'aime bien ça, fit-il en envoyant une claque sur son pantalon dégoulinant.

— C'est possible, mais on va quand même se changer.

Logan fit pivoter son fauteuil, il était installé au salon Ondulations et Teintures, où il consacrait ses loisirs à flatter les clientes.

— Dites-moi, Lahoma, dit-il en lui adressant un sourire charmeur, êtes-vous seule responsable de l'abondance de beautés qu'on voit dans cette ville ?

Le rire de la coiffeuse jaillit, clair et joyeux. Eliza Martin, dont elle coupait les cheveux, lui fit écho, ainsi que les dames coincées sous les séchoirs, bien qu'elles n'eussent sûrement rien entendu.

— Quel baratineur vous faites ! s'écria Lahoma avec son accent grasseyant du Sud. A propos avez-vous entendu parler du bal de demain soir, à la Salle des Fêtes ?

— Bien sûr, et j'ai bien l'intention d'y aller.

— Et vous aurez une cavalière ? demanda Lahoma avec un clin d'œil qui s'adressait autant à ses clientes qu'à lui.

— Vous avez une idée ?

Il la vit rougir puis secouer la tête.

— Eh bien, si j'avais quinze ans de moins, je vous mettrais le grappin dessus. Pourquoi pas, après tout, maintenant que j'y pense ?

Les dames s'esclaffèrent et Lahoma minauda devant un miroir, pas trop mécontente de ce qu'elle y voyait.

— Non, Logan, je pense à quelqu'un qui serait plus de votre âge. Ma fille, Mary Beth, n'a pas de cavalier pour l'accompagner. Ou bien Jean Miller qui travaille au drugstore. Il y a aussi Bonnie... la petite serveuse du restaurant. Choisissez. Il y a plein de femmes à Serenity qui seraient enchantées d'arriver à votre bras.

Il fit à nouveau pivoter son fauteuil.

— Vous voyez, c'est ça le problème. Il y en a tellement qu'il m'est impossible de choisir. Je crois que j'irai seul, comme ça je pourrai danser et flirter avec toutes.

Enchantées par ce programme, les femmes gloussèrent et se trémoussèrent à qui mieux mieux. Logan se leva en exhalant un profond soupir.

— Mesdames, j'ai été très heureux de bavarder avec vous. Et, comme je vous l'ai dit, si l'une ou l'autre d'entre vous désire me voir, vous savez où me trouver. Malheureusement, le temps court. Je dois me dépêcher d'enregistrer tous les investissements. Vous savez comment sont ces banquiers. Ils n'aiment pas trop qu'on les fasse attendre. Et l'idée, bien sûr, est que l'édification de ce parc commence le plus tôt possible pour lui permettre d'ouvrir ses portes l'été prochain. Une année de travaux sera nécessaire, si bien que nous sommes assez pressés.

— Mon mari doit vous appeler aujourd'hui, dit une femme de dessous un séchoir. Il s'appelle Jess. N'oubliez pas son nom. Et rappelez-vous que je suis son épouse.

Logan s'inclina et lui baisa la main.

— Entendu, ma'ame. Et s'il est seulement à moitié aussi charmant que vous, ce sera un plaisir que de l'avoir comme associé.

Il passa à la cliente voisine, puis la troisième eut droit au même traitement et toutes se mirent à pépier comme des petits oiseaux.

Ensuite, il attira Lahoma dans ses bras et l'entraîna dans un tour de valse.

— Demain soir, vous me réservez une danse ? demanda-t-il en l'embrassant sur la joue.

— Promis, souffla-t-elle en papillotant des yeux. Au revoir, Logan.

La porte refermée, le silence retomba sur le salon. Que brisa quelques minutes plus tard Lahoma en s'adressant à Eliza Martin :

— Je crois bien n'avoir jamais rencontré d'homme aussi charmant.

— Moi non plus. Il ferait un bon mari pour une gentille fille. Il faut que nous lui en trouvions une.

— Pas question ! s'écria Lahoma. Si je pouvais le

harponner, je l'épouserais tout de suite. Dans la minute. Et il aurait le droit de grignoter des biscuits dans mon lit *tous* les soirs.

Un concert de rires accueillit sa déclaration.

Après un coup d'œil à sa montre, Logan jugea qu'avant sa leçon, il avait le temps de s'arrêter chez le coiffeur pour hommes, histoire de souffler sur les braises. Rien de tel que ces petites parlottes impromptues et détendues pour inspirer confiance et pousser à sortir son chéquier.

Il s'approcha de l'enseigne rouge et blanc et regarda par la fenêtre. Slade coupait les cheveux du maire et Cecil ceux d'un fermier que Logan ne connaissait pas encore. Un autre homme attendait et tous riaient joyeusement.

L'amitié. La camaraderie. Depuis la mort de Montague, cela lui manquait terriblement. Mais une des règles de son mentor était d'éviter de tisser des liens trop étroits ; pas question de l'enfreindre sous prétexte qu'il se sentait un peu seul. Un tas de choses étaient très agréables. Elles n'avaient qu'un seul point noir : elles pouvaient le conduire en prison. Son objectif était de bien connaître les personnes qu'il rencontrait tout en restant à l'écart. Un truc pour lequel il était doué. Et il n'avait jamais eu de mal à quitter une ville du jour au lendemain.

A croire qu'il se trouvait à Mayberry, la délicieuse petite ville d'une série télévisée des années soixante, le *Andy Griffith Show*. Cet homme qui maniait les ciseaux aurait pu être Floyd, et ceux qui papotaient, assis dans les fauteuils, auraient pu s'appeler Andy et Barney. Que de telles villes existent pour de bon, il n'en revenait pas et il ne pouvait reprocher à Foraine de vouloir protéger cette ambiance idyllique. D'accord. Mais il ne devait pas y accorder trop d'importance. Chacun doit gagner sa vie, après tout.

Logan enfonça les mains dans ses poches. En pénétrant dans la boutique, il eut l'impression d'être Norm entrant dans le bar de Boston où se déroulait la série *Cheers*.

— Logan !

Slade et Cecil lui serrèrent la main ; le maire se débattit sous sa serviette pour tendre la sienne. Comme s'il était une célébrité, les deux autres clients se présentèrent en signalant qu'ils avaient assisté à sa conférence.

Slade baissa les yeux sur le chien qui dormait sur un fauteuil.

— Jack, laisse ta place à Logan.

L'animal sauta à terre et vint se coucher aux pieds de son maître.

En riant, Logan se pencha pour le remercier d'une caresse. Jack répondit par un petit coup de langue affectueux.

— Je n'ai pas besoin d'une coupe, dit Logan, mais j'ai quelques minutes avant mon prochain rendez-vous et je voulais savoir où vous en étiez, les amis.

Les amis. N'était-ce pas les mots qu'ils auraient employés à Mayberry ? Son habileté le ravit.

— Eh bien, curieusement, on parlait de vous.

— Ah bon ?

Leur expression bienveillante l'encouragea.

— Alors j'arrive juste à temps pour présenter ma défense ?

— Oh, vous n'en avez pas besoin. Pas avec nous, du moins. Mais peut-être avec Foraine Sullivan.

— Oui, j'ai bien vu qu'elle ne m'approuvait pas. Mais ce n'est pas une mauvaise fille, vous savez. Elle me donne des leçons de pilotage. Quand le parc fonctionnera, il est possible que je sois obligé d'acheter un avion.

— Foraine vous donne des leçons ? s'écria l'homme qui s'était présenté sous le nom de Joey.

Plus jeune que son voisin, il portait une barbe à

faire des jaloux et déployait une envergure digne
d'un ours. Son air stupéfait n'était pas feint.

— Oui, bien sûr. C'est une vraie dame. Sympathique. Un peu soupçonneuse mais, d'après ce que
j'ai entendu dire, on ne peut pas le lui reprocher.
Son enfance a été pénible.

— Dans quelle classe êtes-vous? demanda Joey.
Celle du mardi soir?

— Non. Elle me donne des cours particuliers. Les
autres élèves étaient trop avancés.

Joey garda le silence; Logan perçut quelque chose
dans son regard. De la jalousie? Il ne pouvait se permettre de se faire des ennemis, aussi essaya-t-il de
s'attirer la sympathie du jeune homme.

— C'est vous, le Joey dont elle ne cesse de parler?
Les yeux de son interlocuteur s'éclairèrent.

— Elle parle de moi?

— Il me semble qu'il s'agit de vous.

— Qu'est-ce qu'elle dit?

En riant, Logan se baissa pour permettre au chien
de lui lécher la figure.

— Je ne peux pas divulguer ce genre d'informations. C'étaient des confidences. Je peux juste vous
dire qu'elle pense beaucoup de bien de vous.

Illuminé, Joey fixait le vide, comme s'il essayait
d'imaginer les circonstances dans lesquelles elle
avait parlé de lui, ce qu'elle avait dit, et sur quel ton.

— Slade, quel âge a Jack?

— Quinze ans, répondit le coiffeur en ajoutant
la touche finale aux cheveux du maire, je l'ai eu
tout petit et depuis, il ne m'a pas quitté plus
d'une minute. Il me suit partout; n'est-ce pas, mon
garçon?

Il interrompit son travail pour caresser la tête de
son chien.

— Il a l'air d'un fidèle camarade, dit Logan en lui
tapotant le dos.

— Alors, comment se porte votre projet? questionna le maire.

Logan le regarda droit dans les yeux.

— Eh bien, monsieur, je compte laisser aux gens de cette ville encore une semaine ou deux pour déposer leurs mises. Ensuite, il me faudra rendre compte aux banquiers. Je suis pratiquement certain que si la ville offre un soutien suffisant, ils la choisiront. En fait, je le parierais.

Le maire émit un bon gros rire réjoui.

— Formidable! Ça fait quarante ans qu'il ne s'est rien produit d'aussi bénéfique dans cette ville. Et voilà que ça arrive pendant mon mandat. Qui l'aurait cru?

— Vous n'allez pas chercher à en tirer parti, quand même? dit Cecil. Vous n'y êtes pour rien.

— Oh, non. Si je m'en attribuais le mérite, personne ne me croirait. Mais c'est agréable d'être en fonction dans des circonstances comme celles-là.

Slade ôta la serviette et la secoua. Le maire se leva.

— Il faut que je vienne vous voir, Logan, reprit-il en ouvrant son portefeuille pour payer Slade.

— Je vais faire quelques pas avec vous, proposa Logan, nous pourrons fixer un rendez-vous.

Et, comme s'il avait toujours vécu parmi eux, comme s'il connaissait parfaitement chacun d'entre eux, il salua le coiffeur, son aide et ses clients, qui lui rendirent son salut avec chaleur.

La leçon se déroula dans de bonnes conditions et Logan crut remarquer un léger changement dans l'attitude de la jeune femme.

— Alors, vous avez fait votre enquête, Foraine? Vous avez fini par découvrir que j'étais un type régulier?

— J'ai téléphoné, répondit-elle en feuilletant son agenda pour fixer leur prochain rendez-vous.

— Bien. Tout est donc éclairci. Quand viendrez-vous me voir pour parler du parc ?

Elle lui jeta un coup d'œil peu amène.

— Vos histoires ont beau avoir été vérifiées, je continue à douter de votre bonne foi, Brisco.

Des doutes, bon. Mais par rapport aux autres jours où elle était convaincue de sa culpabilité, le progrès était réel, non ? Néanmoins, il se sentit chagriné qu'elle n'ait pas trouvé ses références suffisamment positives pour le disculper complètement. Bon sang, quelle fille maligne !

— Qu'est-ce que je vous ai fait ?

— Rien, dit-elle avec un bref sourire. A moi, rien. Mais je refuse de vous céder mon âme et mon compte bancaire ainsi que le font mes voisins et mes amis. Ne soyez pas trop sûr de vous, Brisco. Je n'ai pas renoncé à dévoiler vos manigances.

— Foraine, vous êtes vraiment la femme la plus têtue que j'aie jamais connue.

— Ça, d'accord. Vous n'avez sûrement jamais eu affaire à quelqu'un comme moi.

— Parfaitement.

— Bien. Du coup, vous ne savez pas exactement comment me manœuvrer, n'est-ce pas ? Ce qui me donne l'avantage. Moi, je sais comment procéder avec vous.

— Et si j'étais un type régulier, honnête, loyal ? Si vous faisiez une énorme erreur ?

— Je ne me trompe pas, répondit-elle placidement. Bon, excusez-moi, j'ai une livraison à effectuer avant que Jason ne rentre de l'école.

— Vous avez toujours l'intention d'aller au bal demain soir ?

— Oui, dit-elle en notant l'heure de leur prochaine leçon.

— Avec Joey ?

Elle s'arrêta d'écrire et releva la tête.

— Eh bien, dites donc, rien ne vous échappe. Non, je n'irai pas avec Joey. Seule.

— Oh ? Vraiment ? fit-il en prenant le papier et en l'enfonçant dans sa poche. Moi aussi.

Elle se frappa le front.

— Non, ce n'est pas possible ! Logan Brisco, notre célébrité municipale, n'a pas trouvé de cavalière ?

— Oh, j'aurais pu y aller avec la fille de Lahoma, ou bien Jean Miller, ou encore Bonnie...

— Et pourquoi aucune...

— Parce que je veux être libre de danser avec vous du début à la fin.

En riant de bon cœur, elle se mit à empiler les cartons qu'elle devait charger dans l'avion.

— Il faudra attendre votre tour.

La repartie le fit sourire.

— D'accord, dit-il. A demain.

Elle souriait encore lorsqu'il referma la porte derrière lui.

7

High Five, le groupe de musique country de la ville, était de toutes les fêtes locales. Il comprenait le receveur des postes, l'épicier, un technicien de la circulation routière d'Odessa et les jumeaux qui travaillaient à la gare.

Comme d'habitude, la piste improvisée était bondée. Logan n'avait jamais rien vu de semblable et tandis qu'il se frayait un chemin en souriant généreusement pour répondre au flot de salutations qui l'accueillaient, il repensa à Mayberry, la ville de rêve où des petits garçons appelés Opie — ou peut-être Jason — grandissaient, robustes et généreux.

Justement, Jason il sautillait avec une ravissante petite fille vêtue d'une robe à volants. Il lui fit un signe de la main auquel Logan répondit en dressant le pouce pour le féliciter de son choix. Jason rougit violemment. Logan rit et tenta de se rappeler comment il était au même âge. Où habitait-il alors ? Chez les Clements ou les Legates ? C'était l'année pendant laquelle trois familles successives l'avaient hébergé. Ce rappel effaça son sourire et il détourna les yeux. Son regard croisa alors celui de Foraine. Il ne s'étonna pas de la voir déjà en train de danser, sous les yeux avides d'un groupe d'hommes qui attendaient leur tour avec impatience.

Bon sang, elle était vraiment sensationnelle !

Un tas de femmes étaient jolies — à Serenity, la moyenne nationale était largement dépassée — mais cette vivacité, cette gaieté, ce sens de l'humour, alliés à une certaine gravité, la rendaient capable d'embrocher un homme tout en badinant avec lui ; résultat : Logan n'arrivait pas à la chasser de ses pensées. Et ce n'était pas faute d'avoir essayé. De toutes ses forces.

Elle s'écarta de son cavalier, se fraya un chemin vers son fils et lui tapa sur l'épaule. Il pivota, prit sa main et tous deux se mirent à valser. Les yeux de la mère et du fils brillaient de plaisir.

Un homme s'approcha d'elle et posa une main sur son dos — le fameux Joey que Logan avait rencontré chez le coiffeur. Sans sourciller, Foraine changea de partenaire. Ce n'était pas une allumeuse, se dit Logan, et peu lui importait le nombre d'hommes qui s'intéressaient à elle, elle n'avait pas *besoin* de susciter autant d'attention mais il était évident qu'elle en tirait plaisir. Et lui en prenait à la contempler.

Quelque chose s'agita entre ses jambes et il baissa les yeux. Jack, le chien de Slade Hampton, le regardait avec affection.

— Salut, mon vieux, fit Logan en se penchant pour lui gratouiller la nuque. Qu'est-ce qu'un gentil chien comme toi est venu faire dans ce lieu de perdition ?

Les yeux fermés, l'animal agitait la tête dans la main de Logan, pour l'inciter à continuer.

— Où est ton maître ?

Les oreilles de Jack se dressèrent et il pivota vers un petit groupe au milieu duquel Slade discourait.

— Tout près, hein ? C'est bien ce que je pensais.

Rassasié de caresses, le chien s'arrêta près du coiffeur qui s'inclina et le caressa machinalement sans cesser de parler.

Logan voulut les rejoindre mais détacher ses yeux de Foraine s'avéra impossible ; elle semblait animée d'une énergie inépuisable ; à côté d'elle, les autres danseuses paraissaient dénuées d'éclat. Quel dommage que la seule femme de Serenity qui l'intéressait fût celle-là même qui le combattait.

Il déambula à travers la foule et buta sur Jean Miller, une jolie petite rouquine dont les yeux débordaient d'adoration et dont le corps appétissant semblait réclamer qu'on lui prête attention, et ce bien qu'elle fût destinée à entrer dans les ordres. Logan était convaincu que, s'il s'en donnait la peine, il aurait vite fait de lui faire oublier sa vocation. Mais ce n'était pas son genre. Il avait toujours respecté la règle de son mentor : ne jamais s'en prendre à des femmes innocentes.

Ce qui ne l'empêcha pas d'inviter Jean à danser. Il l'entraîna sur la piste. Elle était douce et tendre, digne d'un rêve d'adolescent, mais le regard de Logan ne pouvait se détacher de Foraine. Elle avait cessé de danser et se servait un verre en riant aux bavardages de son fils.

— Vous avez fait sensation dans cette ville, dit Jean, obligeant Logan à lui prêter attention. J'espère que vous allez rester parmi nous, même lorsque le parc sera terminé.

— Bien sûr, fit-il avec son sourire le plus aguichant. Je suis en train de m'attacher à Serenity.

Bien qu'il eût répondu avec son bagout ordinaire, sa réponse contenait une bonne dose de vérité. Il partirait avec regret, ce qui ne lui était jamais arrivé.

— Ne vous laissez pas décourager par Foraine, reprit Jean. C'est une originale qui n'en fait qu'à sa tête. Tout le monde l'aime bien, mais nous n'accordons pas beaucoup d'importance à ce qu'elle dit ou fait.

— Elle est du genre volatil, non ?

Le jeu de mots fit pouffer la jeune fille.

L'orchestre s'arrêta pour annoncer une pause de quinze minutes. Logan s'écarta de Jean, soulagé. Il avait beau n'avoir pas tenu de femme dans ses bras depuis une éternité, la seule qu'il aurait volontiers étreinte ce soir-là était Foraine Sullivan.

Il n'ignorait pas le conseil que lui aurait donné Montague : faire ses bagages et filer. Tout de suite. Il n'y avait rien de tel pour brouiller le jugement d'un homme que de s'intéresser à la femme qu'il ne fallait pas. Une mauvaise appréciation amenait à commettre des erreurs, et les erreurs entraînaient en prison.

Mais partir lui était impossible. Pour le moment, du moins.

Il vit Jason rejoindre ses camarades devant un des jeux vidéo installés contre le mur et Foraine sortir de la salle. Il la suivit.

La pleine lune répandait son éclat argenté et les lumières qui émanaient des fenêtres et de la porte trouaient l'obscurité. Foraine arpentait le trottoir en s'éventant avec sa main. Elle s'arrêta devant le distributeur de boissons fraîches installé devant le salon de coiffure pour hommes et prit un soda.

Afin de l'observer tranquillement, Logan resta dans l'ombre du bâtiment. Les yeux dans le vide, elle avala une longue gorgée.

A quoi pensait-elle ? A un des hommes qui la cherchaient dans la foule et s'inquiétaient de sa disparition, ou bien aux vols qu'elle devait effectuer le lendemain ? A moins qu'elle ne se rappelle son enfance, quand chaque soirée était une fête et que chaque journée lui rappelait combien sa vie était factice.

Il s'écarta du mur et s'approcha. En entendant ses pas elle se retourna.

— Eh bien, on ne sait jamais qui rôde dans le noir, dit-elle en souriant.

Il ne lui rendit pas son sourire, ce qui était très inhabituel chez lui, et s'aperçut que, peut-être pour la première fois de sa vie, il éprouvait le besoin d'être sincère. Mais, à force d'avoir menti, il ne savait plus comment s'y prendre.

— Je vous admirais, murmura-t-il.

Elle sourit à nouveau.

— Oh! Vraiment? Vous avez dû bien vous ennuyer.

— Pas du tout.

Il appuya sa main sur le mur, juste au-dessus de la tête de Foraine, et s'inclina.

— Il n'y a rien d'ennuyeux chez vous, Foraine.

— Vous pouvez le dire et le répéter, fit-elle en riant. J'ai été accusée de bien des choses, mais jamais d'être assommante. Vous non plus, j'imagine.

Il haussa les épaules.

— Je sais que vous ne voulez pas le reconnaître, mais nous avons beaucoup de points communs.

Le sourire de la jeune femme s'estompa. Elle leva vers lui un regard doux et vulnérable, et à la fois perspicace.

— Et, à votre avis, en quoi sommes-nous pareils?

Le ton désinvolte le fit rire mais il reprit son sérieux pour rétorquer:

— La solitude.

Elle s'esclaffa bruyamment. Il en resta bouche bée.

— Quoi? Qu'y a-t-il de drôle?

— Pas mal, Brisco, gloussa-t-elle. Mais vous pouvez faire beaucoup mieux!

Il se rebiffa.

— Je ne comprends pas. Que voulez-vous dire?

— Oh, vous le savez bien.

Elle s'écarta de quelques pas et lorsqu'elle le regarda, il découvrit qu'elle s'amusait sincèrement.

— Par exemple, compatir sur les difficultés que je peux rencontrer pour élever seule un enfant. Décrire votre grande maison vide du Midwest avec les cinq chambres que vous rêvez de remplir. Ou bien me plaindre d'avoir divorcé. Déclarer avec force que mon ex était le plus grand crétin de la terre. Il reste aussi le désenchantement. Vous pourriez m'expliquer que vous aussi avez vécu ce genre de déception mais qu'une femme comme moi pourrait vous redonner espoir...

— De quoi parlez-vous, bon sang ?

— De balivernes, Brisco, dit-elle en s'approchant de lui. Il faut que vous l'admettiez, les blablas habituels ne marchent pas avec moi. Il vous faudra faire preuve d'un peu plus d'imagination.

— Bon sang, quelle bourrique vous faites ! Ce n'était pas un mensonge, Foraine. C'était une constatation. Vous êtes une femme solitaire. Ça se lit sur votre visage.

Cela la fit rire à nouveau.

— Quelle fatuité ! Vous ne savez rien de moi. Sinon, vous n'ignoreriez pas que je n'ai pas besoin de compagnie masculine pour apprécier la vie.

— Mais pour être heureuse, si. Et vous méritez de l'être, Foraine.

— Et vous croyez que le bonheur c'est de se vautrer dans un lit avec un type de votre espèce ?

Il s'aperçut qu'il prenait plaisir à cette escarmouche verbale et un sourire cynique se dessina sur ses lèvres.

— Non. Je crois que le bonheur est de se vautrer dans un lit avec une femme de votre espèce.

Le rire de Foraine fut moins spontané. Elle se détourna, but une gorgée de soda et donna un coup de pied dans un caillou.

— Laissez-moi vous dire quelque chose, Brisco. Il y a dans cette ville au moins une douzaine d'individus séduisants, travailleurs et honnêtes. Pourquoi m'intéresserais-je à quelqu'un comme vous ?

— Parce que je suis différent. Et si mon opinion vous intéresse, je pense effectivement que votre mari était un imbécile. Si j'avais mis la main sur une femme telle que vous, j'aurais consacré le reste de ma vie à essayer de la rendre heureuse.

— Non. En deux jours, vous auriez vidé son

compte en banque et vous auriez filé par le premier train.

L'expression de Logan passa de la fatuité à la consternation.

— Décidément, vous ne me faites guère confiance.

— Exactement, dit-elle en se dirigeant vers la salle de bal.

Logan, immobile, écouta les bruits qui s'échappaient de l'intérieur : bruits de l'amitié, de la tendresse familiale ; rires et cris de joie ; bruits familiers d'une ville où l'on se sent chez soi. Où elle était chez elle. Mais pas lui.

Le pire était qu'elle avait raison. Ça n'allait pas être aussi facile qu'il l'avait prévu. La seule façon de la convaincre qu'il était honnête était de le devenir. Et même alors, la partie ne serait pas gagnée.

De toute façon, c'était trop lui demander. Surtout pour les yeux d'une belle. Il crut entendre la voix de Montague qui lui criait de ficher le camp en lui reprochant d'être resté trop longtemps, et lui répétait que personne ne pouvait faire traîner une arnaque plus de deux semaines. C'était dangereux. Ridicule. Suicidaire. Chaque journée supplémentaire mettait en danger sa liberté.

Mais pour une raison inconnue, il ne parvenait pas à s'y résoudre. Des défis lui avaient été lancés, qu'il devait relever, mais le plus important n'avait rien à voir avec l'argent.

En pénétrant dans la salle, Foraine remarqua que son fils était toujours campé devant les jeux vidéo et que les High Five s'apprêtaient à reprendre. Elle examina l'assistance. Ses beaux-parents bavardaient avec des amis. Elle se dirigea vers eux.

Une main attrapa son bras. L'air blessé, Joey la regardait fixement. Elle gémit en son for intérieur.

— Salut, Joey.

— Vous étiez avec lui ? demanda-t-il en désignant Logan debout sur le seuil.

Deux femmes qui l'avaient repéré s'avançaient vers lui en minaudant. Il afficha un sourire enchanté. *Cet homme-là est tout, sauf un solitaire*, se dit-elle.

— Je prenais l'air, et lui aussi. C'est tout.

— Je croyais que vous le détestiez ?

— Je n'approuve ni ce qu'il est ni ce qu'il fait, mais cela ne m'empêche pas de respirer le même oxygène.

— On dit que vous lui donnez des leçons particulières, ajouta Joey. Il vous fait du gringue ?

Avec un petit rire étouffé, elle regarda Logan, qui entraînait en virevoltant une de ses admiratrices sur la piste.

— Regardez-le, Joey. Il en fait à tout le monde. Cela fait partie de sa stratégie. Débarquer en ville, éblouir, séduire les femmes, épater les hommes, ramasser l'argent et prendre le large. Vous ne lui avez rien donné, j'espère ?

Joey secoua la tête négativement.

— Il ne me plaît pas.

— Bravo, fit-elle, soulagée. Je suis fière de vous. Venez, allons danser.

Content qu'elle le lui propose il ouvrit les bras. Comme toujours, elle prit plaisir à danser avec lui. Un gros nounours confortable et avec le sens du rythme. Pour la énième fois elle regretta qu'il ne soit pas son genre.

Son regard s'égara vers Logan. Dans une sorte de tango déchaîné, il faisait basculer sa partenaire jusqu'au sol pour la redresser et l'entraîner dans un tourbillon échevelé. Impressionnés, tous s'écartaient et, bouche bée, contemplaient le couple. Elle détourna les yeux.

— Je voulais vraiment être votre cavalier attitré, ce soir, Foraine. Pourquoi avez-vous refusé de venir avec moi ?

Elle poussa un soupir.

— Je vous l'ai dit. Cela devient trop sérieux entre nous. Il faut nous calmer un peu.

— Mais je ne veux pas, protesta Joey. Je veux savoir quand vous accepterez de devenir ma femme.

— Je n'épouserai personne. Je suis déjà passée par là et je ne tiens pas à recommencer.

— Ce n'était pas le type qu'il vous fallait.

— Une fois qu'un homme vous a passé la bague au doigt, ce n'est plus celui qui convient.

Les yeux de Joey se posèrent sur elle, la forçant à le regarder. Sa sincérité et sa tendresse étaient visibles mais elle refusa de s'émouvoir.

— Ça ne tient pas à vous, Joey. Je ne suis pas votre genre. Vous méritez mieux que moi.

— Vous êtes exactement ce qui me convient, Foraine. Je vous aime.

Avec un sourire, elle murmura :

— Moi aussi, je vous aime... bien. Vous êtes un de mes meilleurs amis. Mais je ne suis pas amoureuse de vous, ni de personne. Regardez-moi, Joey. Je fais de la moto. Je pilote pour gagner ma vie. J'ai grandi de fête foraine en fête foraine. Nous sommes trop différents et nous n'attendons pas les mêmes choses de la vie. Je ne pourrais jamais vous rendre heureux.

— Non, ce n'est pas ça. C'est plutôt moi qui ne pourrais pas *vous* rendre heureuse.

C'était vrai mais elle ne pouvait pas le lui dire. Joey était gentil et rangé, et il ferait un excellent mari, mais avec lui, elle s'ennuierait à mourir, elle était obligée de se l'avouer, même si cela la contrariait.

— Qui vous plaît, Foraine ? Sérieusement. Vous me désespérez. Y a-t-il quelqu'un ici qui vous conviendrait réellement.

— Oh, Joey, fit-elle avec un petit rire. Pourquoi demandez-vous cela ?

— Je peux l'encaisser, affirma-t-il bien qu'elle en

doutât beaucoup. Je vous ai vue repousser les candidats, les uns après les autres, poliment, gentiment ; depuis le départ d'Abe, pas un n'a eu sa chance. Qui désirez-vous, Foraine ? Lui ?

Elle suivit son regard qui désignait Logan et s'arrêta de danser.

— Voyons ! Vous savez bien ce que j'en pense !

— Je sais. Mais peut-être cette méfiance n'est-elle que l'excitation dont vous avez besoin.

Elle se dégagea d'entre ses bras.

— Vous me rendez folle, Joey. Je sais ce que je ressens et je n'ai pas besoin d'une psychanalyse d'amateur.

— Pardon, s'écria-t-il en la rattrapant. Je ne voulais pas vous offenser. C'est simplement que vous m'avez mis la tête à l'envers.

— Je n'en avais pas du tout l'intention, Joey.

Il finit par sourire et l'entraîna sur le rythme de l'orchestre.

— Je sais bien, Foraine. C'est plus fort que vous, j'imagine.

La chanson s'achevait. Elle jeta un coup d'œil sur Logan. Il tenait sa partenaire étroitement serrée et la fixait d'un air énamouré. Un brusque accès de rage envahit la jeune femme ; elle eut très envie d'arracher cette fille des bras de Logan et de lui conseiller de fuir à toutes jambes tant qu'elle le pouvait encore. Ce type n'était que venin. Un venin mortel.

Le regard de Logan croisa le sien au-dessus de la tête de sa cavalière ; un sourire effronté illumina son visage. Il la défait, la provoquait pour voir comment elle réagirait.

Elle rassembla son sang-froid, remercia Joey et partit à la recherche de son fils.

A la seconde où Foraine quitta le bal, Logan y perdit tout intérêt. Et bien qu'il eût pu ramener sa conquête au motel et se débarrasser de ses frustrations en quelques heures de plaisir, cela ne le tentait pas.

Indifférence qui l'inquiéta.

Il n'était pas dans ses habitudes de renoncer à une proie facile, ni d'ignorer les avances plus ou moins subtiles. Pourquoi ne parvenait-il pas à chasser de sa tête Foraine Sullivan ? Il n'y comprenait rien.

Il sortit discrètement, laissant derrière lui tous ceux qui l'avaient admis parmi eux avec chaleur et amitié et qu'il s'apprêtait à trahir. Ils n'étaient que des pigeons à plumer, uniquement, il ne devait pas l'oublier. Et les femmes aussi ; comme toutes les autres qui, ici et là, s'étaient jetées sur lui en croyant être tombées sur le prince charmant, avant de le maudire lorsqu'elles s'étaient retrouvées avec des chèques en bois et un compte en banque vidé, numéro que Foraine connaissait bien. Pour la première fois depuis très longtemps, il regretta d'y être passé maître.

En déambulant dans la rue déserte, il se demanda si ce n'était pas lui, finalement, le dindon de la farce.

Réflexion qui fit se retourner Montague dans sa tombe.

8

Le lendemain du bal, Logan ramassa plus d'argent que tous les autres jours de la semaine. En le voyant s'amuser, danser, bavarder avec eux, les gens avaient considéré sa convivialité comme une vraie preuve qu'il était un des leurs et qu'ils pouvaient lui confier leurs économies.

Les Trent l'invitèrent à déjeuner et il décida d'accepter. Qu'ils habitent la maison voisine de celle de Foraine n'était pas étranger à son enthousiasme; il espérait avoir la chance de la rencontrer. Une femme capable de troubler son sommeil sans même être dans son lit méritait d'en payer les conséquences, d'une façon ou d'une autre.

Le repas était terminé et il attendait que les Trent libellent leur chèque lorsque Jason déboula dans la pièce.

— Nathan? Où es-tu? Les poissons mordent comme des fous. Grand-père en a attrapé six ce matin!

David Trent l'intercepta au passage.

— Viens là, mon garçon! Nathan n'est pas là. Il passe la journée chez ses grands-parents.

— Ses grands-parents? répéta Jason comme si l'idée lui paraissait grotesque. Pourquoi a-t-il voulu aller chez eux?

David lui jeta un regard amusé.

— Il doit les aider à baigner les chiens.

La déception se lisait sur le visage de Jason.

— Et justement les poissons mordent. Grand-père en a pris…

— Six. J'ai entendu. Tu connais Mr Brisco, non ?

Remarquant enfin sa présence, le petit garçon l'apostropha :

— Salut, Logan ? Tu pêches ?

Il éclata de rire.

— Ça m'est arrivé.

A la vérité, le seul instrument ressemblant vaguement à une canne à pêche qu'il ait tenu entre les mains était une queue de billard.

David lui tendit son chèque. Logan le glissa dans sa poche et se leva.

— Où est-ce que tu vas pêcher ?

— J'ai un endroit secret près du lac. Il n'y a que Nathan et moi qui le connaissions.

— Eh bien, tu peux y aller seul, non ?

— Non, c'est pas drôle. Dis donc, pourquoi tu ne viendrais pas avec moi ? S'il te plaît. Ça te plaira, j'en suis sûr. Et je sais que tu attraperas des poissons. Ce matin, mon grand-père…

— … en a attrapé six, achevèrent d'une même voix David et Logan en éclatant de rire.

— Bon, je pourrais venir avec toi un petit moment, reprit Logan, bien que je n'aie pas la tenue adéquate.

Jason examina le pantalon kaki, la chemisette blanche et les chaussures italiennes peu faites pour marcher dans les bois.

— Ça ira très bien, affirma-t-il. Vraiment. Il n'y a presque pas de boue là-bas.

L'exubérance du garçon était contagieuse.

— Mais je n'ai pas de canne à pêche.

— Il peut prendre celle de Nathan ? Mr Trent, s'il vous plaît !

— Nathan serait sûrement d'accord, affirma son

père en affectant une mine solennelle. Je vais la chercher. Et c'est vrai qu'il n'y a quasiment pas de boue.

— Eh bien, d'accord, dit Logan. Affaire conclue.

Il remercia Janice pour le repas, en ajoutant quelques compliments flatteurs qui la firent rougir, et suivit David jusqu'au garage. David insista pour lui prêter sa propre canne et Logan promit de la rendre lorsqu'il viendrait reprendre sa voiture. Il suivit Jason dans les bois derrière la maison.

— Tu ne devrais pas prévenir ta mère ? demanda Logan.

— Elle est au courant. Je lui ai dit que j'étais avec Nathan.

— Elle pourrait ne pas aimer que tu sois avec moi.

Jason haussa les épaules.

— Elle ne veut pas que tu me parles du parc, mais elle n'a pas dit que je ne devais pas *pêcher* avec toi. D'ailleurs, je ne lui dis pas *tout*. Il y a des choses qu'un homme doit garder pour lui.

Logan ne put retenir un sourire. Ce raisonnement ressemblait fort au sien autrefois lorsqu'il se sauvait de chez les Miller pour passer la soirée autour d'une table de jeu. Il existait effectivement des choses qu'un garçon devait garder secrètes.

Logan eut l'impression d'être Andy marchant aux côtés d'Opie dans le générique du *Andy Griffith Show*. Le bois s'éclaircit et le lac apparut. Une brise tiède murmurait dans les feuilles des arbres et caressait son visage. Des ronds s'élargissaient à la surface de l'eau, là où un poisson avait jailli, où une tortue pointait son nez.

Ce ne pouvait être la vraie vie, s'obligea-t-il à penser, mais un souvenir lointain revint le hanter. Ce n'était qu'un scénario qu'il s'était inventé, comme tous les précédents, voulut-il se persuader. Ça n'avait pas plus de réalité qu'un show télévisé.

115

Mais cette scène lui rappelait le seul moment de vie familiale, d'enfance innocente, dont il eût gardé le souvenir. Un bref instant de bonheur dont le rappel le bouleversa.

Jason se retourna.

— Viens. Je vais te montrer mon endroit secret. Mais ne le dis à personne.

— Promis. Je ne dirai rien.

— Jure-le, insista Jason. C'est très important.

— Je le jure, fit Logan en levant la main droite. Parole de scout.

Jason le dévisagea gravement, puis ajouta :

— D'accord. Par ici.

Ils suivirent la berge en se faufilant entre les arbres. Jason lui montra l'endroit où Nathan et lui aimaient plonger d'une branche et nager dans le lac, le coin où ils avaient trouvé un jour le cadavre d'un lynx et celui où ils avaient attrapé la tortue revêche que Jason gardait dans sa chambre. Le garçon bavardait comme s'il connaissait Logan depuis toujours.

Ils arrivèrent à une petite clairière où un arbre abattu longeait la rive. Jason posa le matériel de pêche, grimpa sur le tronc et, avec un large geste du bras, désigna le paysage.

— Qu'est-ce que t'en penses ?

Examinant les alentours, Logan envia l'enfant de s'être trouvé un aussi bel endroit. S'il avait eu une aussi jolie cachette pour s'y réfugier au lieu d'une salle de jeu enfumée, les choses auraient sûrement été différentes, peut-être aurait-il moins souffert des turbulences qui avaient agité son enfance. Peut-être serait-il un homme honnête, respectueux des lois, et un membre honorable et honoré d'une communauté.

En voilà des idées malsaines, chuchota la voix de Montague. *N'oublie pas qui tu es et les dangers qui te menacent si tu continues à divaguer.*

— C'est le meilleur endroit qu'on puisse trouver, s'écria-t-il. Et il y a même de quoi s'asseoir.

Il se laissa tomber sur la souche qui avait été manifestement polie pour former ce siège confortable.

— C'est Nathan et moi qui l'avons rabotée. Avant, quand on s'asseyait, on attrapait plein d'échardes dans les fesses. Un jour, on a trouvé un lapin dans le tronc creux et on l'a rapporté à la maison. Mais maman nous a demandé de le ramener ici et de le relâcher. Sa mère devait sûrement le chercher partout et s'inquiéter, comme font toutes les mères. Tu as eu un lapin à toi ?

— Non. Je n'ai jamais eu d'animaux.

Jason fouilla dans son seau, en sortit un long ver de terre et le tendit à Logan.

— Comment ça se fait ?

— J'ai beaucoup déménagé.

Il plia le ver en deux et l'accrocha à son hameçon.

— Ton papa était dans l'armée ?

— Non. Pourquoi ?

— Mon papa y est, lui, et il arrête pas de voyager. C'est pour ça que je ne le vois jamais.

Ne sachant que répondre, Logan lança sa ligne loin devant lui. Le petit garçon l'imita.

— Moi, j'ai trois chats, déclara-t-il fièrement, et deux poissons rouges, et un chien qui se sauve tout le temps mais il revient quand il a faim. Ils couchent tous dehors, sauf la tortue.

— Ta maman doit bien aimer les bêtes.

— Ça, oui. Elle aussi, quand elle était petite, elle a beaucoup changé d'endroits et elle a jamais pu en avoir. Si bien que quand j'en ramène un à la maison, en général elle est d'accord. Sauf s'il est sauvage. Elle aime pas l'idée d'enfermer des animaux qui ont l'habitude de vivre en liberté.

Fallait-il voir là une autre manifestation de son goût pour les grands espaces, se demanda Logan, ne souffrait-elle pas de claustrophobie dans cette ville minuscule ?

— Ta mère est une dame peu ordinaire, Jason.

— Je sais, répondit placidement l'enfant. Elle est marrante. Pas du tout comme les autres mamans.

— Qu'est-ce que tu entends par là?

Jason haussa les épaules.

— Eh bien, il y a un tas de garçons qui sont jaloux parce que leurs mères ne font pas de moto. Ils trouvent qu'elle est rudement cool.

— Est-ce qu'elle t'apprend à piloter?

— Je suis dans la classe des débutants, expliqua le petit garçon. Mais il faudrait que je sois meilleur en maths pour apprendre vraiment à piloter. Peut-être quand je serai en septième.

Voyant Logan rire, il reprit avec énergie:

— Pour de vrai! C'est possible. A la télé, j'ai vu un garçon qui a traversé tout le pays en avion. Il avait dix ans. S'il peut le faire, moi aussi! En tout cas, si je fais des progrès en maths, j'y arriverai.

— Je suis très bon dans cette matière. Si jamais tu as besoin d'aide...

Sentant sa ligne se tendre, Logan releva doucement la canne. Un gros poisson était pendu au bout du fil. En riant, il le ramena sur la berge.

— Bon sang de bon sang de bon...

— Formidable! Il est énorme! On va le manger ce soir. Je vais demander à maman de nous le préparer et tu dîneras avec nous!

Trop occupé par sa prise qui se tortillait dans l'herbe, Logan ne répondit pas. Il décrocha le poisson et le tendit au petit garçon. Jason l'enfila sur une ficelle qui pendait dans l'eau.

Un sentiment violent — mi-fierté, mi-plaisir — envahit Logan. Il y avait bien longtemps qu'il n'avait éprouvé une telle excitation. Moins ému que lui, Jason lui tendit son seau.

— Prends un autre ver. C'est un jour à en attraper un million.

Retrouver le même plaisir devint aussitôt l'objectif

essentiel de Logan. Il plongea la main et choisit un appât bien dodu.

— Tu fais ça souvent?

— Presque tous les samedis. Maman m'accompagne de temps en temps mais pas ici parce que c'est un secret. Ça n'en serait plus un, si je l'amenais.

Logan lança sa ligne devant lui. Une aigrette traversa le ciel. Des oiseaux gazouillaient dans le feuillage et la brise murmurait doucement entre les branches des arbres. Un grand calme l'envahit, plus grisant que n'importe quel euphorisant.

Il jeta un coup d'œil sur l'enfant installé tranquillement à côté de lui. Cela faisait des années qu'il n'avait pas joui d'une compagnie silencieuse. Il n'avait pas de boniment sur le bout de la langue, pas de complot en train de s'élaborer dans sa tête, aucun point de vue à défendre. Toute prétention devenait inutile, et celles dont il s'était bardé le matin — les mocassins Gucci, la chemise Hilfinger et le pantalon sur mesure — paraissaient complètement stupides dans ce lieu idyllique.

— Tu es sûr que nous aurons assez d'appâts? demanda-t-il au bout d'un moment.

— Si on en manque, on cherchera dans la terre. Mais ça devrait suffire. Maman m'a dit de rentrer à trois heures.

— Sans doute parce qu'elle me donne ma leçon à trois heures trente.

— Tu viendras dîner avec nous, hein?

Clignant des yeux à cause de la lumière, Logan réfléchit un instant.

— Heu… non, je ne crois pas, Jason. En fait, si tu racontes à ta mère que j'étais avec toi, elle va sûrement être furieuse. Elle ne tient pas du tout à ce que tu me fréquentes.

— Je sais, reconnut le garçon. Et pourquoi, à ton avis? Moi, je trouve que t'es un chic type. Y en a pas beaucoup que j'emmènerais pêcher. En tout cas pas ici.

Logan sourit.

— Peut-être que ta mère juge les gens selon d'autres critères que toi. Elle ne veut que ton bien.

— Je sais, mais de temps en temps elle s'emballe. Tout le monde en ville trouve que tu es un chic type. Le parc, ça va être formidable... Aïe, j'ai pas le droit de parler de ça avec toi, hein?

— Non, effectivement.

Logan scrutait la surface de l'eau désespérément lisse.

— Est-ce qu'elle voit quelqu'un en particulier? demanda-t-il quelques minutes plus tard.

— Qu'est-ce que tu veux dire?

— Est-ce qu'elle a un ami?

— Oh, elle en a des tas. Elle est vraiment jolie, tu sais. C'est pour ça aussi que beaucoup de mes copains sont jaloux. Leur maman n'est pas aussi belle que la mienne.

— Tu peux le dire.

— Mais j'crois pas qu'elle ait envie d'avoir un seul petit ami. Elle ne sort pas beaucoup. Quelquefois, je dors chez Nathan et elle va au cinéma avec un copain. Mais la plupart du temps, c'est Nathan qui vient coucher chez nous; on fait du pop-corn et on regarde la télé, et tout, quoi. Tu as vu *Homeward Bound*?

Les pensées de Logan errèrent pendant que le garçon entreprenait de lui raconter en détail le film qu'il avait vu la veille. Ainsi, malgré tous ses soupirants, la jeune femme préférait rester chez elle. Elle ne cherchait pas à se lier durablement. Sa vie actuelle devait lui plaire.

Le plus surprenant était qu'il l'enviait. Pourquoi diable? D'ici quelques jours, il serait loin, plus riche et plus raisonnable peut-être, et la ville de Serenity ne serait plus qu'un souvenir. Mais, pour la première fois de sa vie, il regretta de ne pas pouvoir rester.

Pure ânerie, et Montague aurait été le premier à l'en avertir : Tu t'attaches, mon garçon. Au lieu d'embobiner ces gens, c'est eux qui sont en train de te rouler dans la farine. Et, pire encore, tu penses trop.

Mais tandis que les heures s'écoulaient et que les poissons se remettaient à mordre, Logan comprit que partir ne lui serait pas aussi facile qu'il l'avait imaginé. Serenity portait bien son nom. Serait-ce encore vrai lorsqu'il en aurait fini avec elle ?

Foraine regardait par la fenêtre de son bureau lorsque Logan gara sa Mercedes devant le hangar. La voiture était restée toute la journée devant chez les Trent, ce qui l'avait exaspérée. Apparemment, David et Janice gobaient ses histoires. Elle avait passé son temps à fulminer et à essayer de trouver comment convaincre la population de Serenity. Mais ceux qui avaient été assez bêtes pour lâcher leurs économies ne voulaient plus rien entendre sur Logan. Dès qu'elle se mettait à les haranguer, la patience de ses auditeurs s'évanouissait.

Elle sortit de son bureau et contourna l'avion garé dans le hangar. Dans le cockpit, Jason imitait le rugissement des moteurs et jetait des paroles brèves dans le micro, comme un pilote de chasse qui vient d'apercevoir l'ennemi. Tant que les griffes de Logan les épargneraient, son fils et elle, elle laisserait courir. Que la ville prenne une bonne leçon ! Quant à ses beaux-parents, elle avait mis de côté l'argent qu'elle lui avait extorqué et elle le leur donnerait lorsque Logan aurait quitté la ville. Il n'y avait plus qu'à espérer qu'ils ne lui aient pas confié une somme trop importante.

En descendant de voiture il lui adressa un signe de la main. Son maudit sourire semblait figé sur sa figure. Elle faillit abandonner ses réticences en se disant qu'il n'y avait chez lui qu'un peu de malice. Un bref instant, elle envisagea l'éventualité de s'être trompée : peut-être n'était-il pas un escroc, mais un véritable homme d'affaires s'apprêtant à bouleverser de fond en comble Serenity.

Cela ne la satisfaisait pas vraiment mais c'était moins perturbant. Cependant elle ne parvenait pas à y croire.

Logan passa la tête par l'entrebâillement de la porte.

— On est toujours amis ?

Feignant la distraction, elle se dirigea vers la salle de classe.

— Nous ne l'avons jamais été, Brisco.

— Bon, d'accord. Juste des ennemis modérés, ou bien c'est pire qu'hier soir ?

Elle haussa les sourcils.

— De quoi parlez-vous ?

Elle remarqua son air un peu trop avantageux pendant qu'il posait son cahier et ses clefs devant lui. Son nez arborait un coup de soleil et elle se demanda à quel moment il avait bien pu avoir le temps de se faire bronzer.

— Mes attentions envers la charmante miss Miller vous ont agacée ? C'est pour ça que vous êtes partie ?

Elle rit de bon cœur.

— Vous avez cru que c'était à cause de vous ? Ne rêvez pas, Brisco.

Il croisa les bras, dans une pose désinvolte.

— Voyons, voyons. J'ai bien noté un froid très net dans le regard que vous m'avez jeté.

Comprenant qu'il l'asticotait volontairement, elle se campa en face de lui.

— Très bien, Brisco. C'est vrai que ça m'a agacée, et même écœurée. Il n'y a pas une femme dans cette ville qui mérite d'être séduite, utilisée puis jetée quand vous disparaîtrez sans laisser de trace.

— Et si je restais ici, Foraine ? demanda-t-il soudain. Si je réalisais ce projet et que je m'installe définitivement à Serenity ?

— Et si le ciel devenait vert, l'herbe rose et que le monstre du loch Ness vivait au fond de notre lac ?

Il la regarda fixement.

— Vous croyez toujours tout savoir, n'est-ce pas ? Vous ne vous posez jamais de questions ? Sur ce que vous faites ? Sur qui vous êtes ? L'idée que vous puissiez vous tromper ne vous effleure jamais ?

— Le milieu d'où je viens n'a rien à voir avec celui dans lequel je vis maintenant, Brisco. Je suis une grande personne, et j'ai fait mon choix. Quand je me trompe, je suis tout à fait capable de le reconnaître.

— En êtes-vous sûre ?

Elle le regarda dans le blanc des yeux.

— Je vais vous dire une chose, Brisco. Quand vous m'aurez prouvé votre bonne foi, vous pourrez constater que je suis capable de reconnaître mes erreurs. Jusque-là, nous n'avons pas grand-chose à nous dire. Maintenant, vous voulez votre leçon, oui ou non ?

Logan sortit un stylo de sa poche.

— Allez-y. Je vous écoute.

Le cœur battant de colère, elle aborda les règlements fédéraux sur la circulation aérienne. Tout en se demandant combien de temps il lui faudrait encore endurer cette comédie.

Sans démêler les raisons qui l'y poussaient le plus, l'attitude fermée de Foraine ou les questions que les habitants de Serenity ne cessaient de lui poser, quelques jours plus tard, Logan se retrouva plongé dans une volumineuse documentation sur les parcs de loisirs. Il s'informa de tout ce qui concernait ce genre d'entreprise : quel type de personnes se lançaient dans cette sorte d'opération, l'impact sur les agglomérations des alentours, les revenus qu'on pouvait en espérer. Comme chaque fois qu'il se penchait sur un dossier, il se laissa absorber par son sujet, prit des notes, aligna des chiffres. Quelques jours plus tard, tous les éléments étaient aussi clairement définis dans son esprit que s'il comptait réellement monter l'affaire.

Le problème était qu'il était dans cette ville depuis trop longtemps. D'ici une semaine ou deux, le premier des faux chèques reviendrait à la banque locale. Et tous découvriraient la vérité : l'imprimeur, l'hôtelier, le restaurateur, le quincaillier, le loueur de voitures... Ils apprendraient qu'il n'était qu'un escroc.

Il lui restait cependant un délai pour finir le boulot et prendre le large. Les chèques qu'il avait empochés avaient déjà été encaissés, lorsqu'il aurait convaincu quelques personnes de plus, il disparaîtrait. Rien de plus simple.

Mais pourquoi ne l'avait-il pas déjà fait ? Pour se rassurer, il décréta qu'il n'était pas en train de s'attendrir, que Foraine Sullivan ne lui faisait ni chaud ni froid, et que la partie de pêche avec Jason ne l'avait touché en rien. Il était là pour gagner le gros lot.

Et après ? glapit une petite voix irritante, celle du petit garçon de trois ans qui attendait le retour de sa mère et les histoires qu'elle lui racontait le soir en le bordant dans son lit. Après ? Est-ce qu'il achèterait ce ranch dont rêvait Montague ? Ou bien continuerait-il à voyager, à monter des arnaques, à rouler tous ceux qu'il rencontrait, et cela jusqu'à la fin de ses jours ?

Un coup à la porte le fit sursauter. Il jeta un coup d'œil à son agenda pour vérifier si un rendez-vous était prévu. Rien n'était noté.

Il enfonça les pans de sa chemise à l'intérieur de

son pantalon et se recoiffa rapidement avant d'ouvrir. Slade Hampton attendait dans le couloir, son chien à ses pieds.

— Entrez, proposa Logan en serrant la main qu'il lui tendait.

— J'espère que je ne vous dérange pas, demanda Slade. Je ne vous ai pas prévenu mais je viens juste de me décider.

C'était exactement le genre de phrase que Logan aimait entendre.

— Quelle décision avez-vous prise ? demanda-t-il en se penchant pour caresser le chien.

— Il s'agit de ma retraite. Je crois vous avoir dit que je m'y prépare depuis des années. J'ai économisé pas mal pour pouvoir me retirer à l'aise, faire des voyages, jardiner, flemmarder… tout ce que je n'ai jamais pu faire.

— Ça paraît merveilleux, dit Logan. Et c'est pour bientôt ?

Après un instant d'hésitation, Slade le regarda dans les yeux.

— Non. En fait, j'ai décidé de travailler encore un peu. Je veux investir cet argent dans le parc. Lorsque les dividendes tomberont, alors je pourrai me reposer.

Logan garda le silence. Un conflit se déclenchait dans sa conscience. Slade lui offrait les économies de toute une vie de travail, tout ce qu'il avait gagné à la sueur de son front pendant des années, qu'il avait patiemment amassé, qui devait lui permettre de réaliser tous les rêves qu'il s'était forgés lorsqu'il piétinait autour du fauteuil de ses clients et plongeait ses doigts dans leur tignasse.

Mais d'un autre côté… C'était un homme qui aimait ce qu'il faisait. Il aimait avoir dans son salon un groupe d'amis et de voisins qui bavardaient en attendant leur tour. La retraite ne lui conviendrait probablement pas. Il était de ceux qui ont besoin de travailler jusqu'à ce que leur corps s'y refuse.

— Alors, vous pensez que c'est une bonne idée si je place cet argent et que j'en tire de quoi m'offrir une meilleure retraite un peu plus tard ?

Quelque chose s'agita au plus profond de Logan — quelque chose de nouveau et de tout à fait inopportun —, un sentiment bizarre qui l'empêcha d'achever sa proie d'une rapide estocade.

— Je ne peux promettre que vous récupérerez vos fonds au cours des dix prochaines années, Slade. En fait, je peux quasiment vous affirmer le contraire.

— Mais vous avez dit...

— Je sais ce que j'ai dit mais ce n'est pas aussi simple que ça.

Il ouvrit son registre et inscrivit le nom du coiffeur en haut d'une page blanche.

— Tous ceux qui investissent s'attendent à faire fortune. Mais du jour au lendemain, c'est utopique. Lorsque Logan releva les yeux, il lut la déception sur le visage de Slade.

— Ecoutez, reprit-il, ne me confiez pas tout. Gardez-en un peu, au cas où. Je peux vous promettre assez de dividendes pour améliorer votre retraite. Tous les ans, votre pécule augmentera, ça, c'est certain.

L'air soudain épuisé, le coiffeur se laissa tomber sur le bord du lit. Logan remarqua son teint anormalement pâle.

— Si je suis ici, c'est pour vous confier tout ce que j'ai économisé.

— Je sais, mais je ne peux pas accepter. Pas tout du moins.

S'affaissant légèrement, Slade se frotta longuement le menton.

— Vous voyez, j'aimerais avoir assez pour une retraite agréable et aussi pour laisser un pécule à ma fille et à mon gendre. Ils n'attendent rien, parce que

126

je n'ai jamais été un homme riche. Mais est-ce que ça ne serait pas gentil si je pouvais prendre à ma charge l'éducation de leurs gamins et peut-être leur offrir le montant du premier versement pour l'achat d'une maison ? Je ne possède pas assez pour cela, Logan, mais ce sera peut-être le cas si j'investis mes économies dans votre projet.

Logan inspira profondément. Plantant les coudes sur ses genoux, il s'inclina vers l'avant. Il essayait d'étouffer la voix de Montague qui hurlait : *Prends, mon garçon. Arrête de gamberger. Immédiatement !* Joli conseil mais difficile à suivre.

Finalement, acculé à choisir entre ces pensées contradictoires, Logan referma la porte au nez de sa conscience et céda.

— Bon, d'accord, Slade. J'accepte votre offre, soyez sûr que je ferai de mon mieux pour vous aider à atteindre vos objectifs.

Avec un sourire rayonnant, Slade sortit son chéquier et prit un stylo sur le bureau de Logan.

— Merci, mon vieux. Vous êtes quasiment en train de tirer cette ville du pétrin. Vous n'auriez pu arriver à un meilleur moment.

Il détacha son chèque et le tendit à Logan dont le cœur bondit en en découvrant le montant : cent mille dollars. C'était assez, se dit-il. Assez pour décréter sa mission accomplie et quitter la ville. Inutile de prolonger son séjour.

Une euphorie enivrante l'envahit tandis qu'il inscrivait la somme sur son registre, d'un air scrupuleux et efficace. En refermant le cahier il lança :

— Merci, Slade. Vous ne le regretterez pas.

En serrant la main du coiffeur elle lui parut étrangement molle et moite. La sueur perlait sur son front et au-dessus des lèvres et son visage prit une couleur encore plus livide.

— Slade, s'inquiéta-t-il, vous vous sentez bien ?

Il tenta de rire mais l'essai ne fut guère concluant.

— Juste un peu d'angine de poitrine. Ça m'arrive de temps en temps. Je me sens oppressé.

Logan était franchement inquiet.

— Vous voulez… Vous voulez que j'appelle un médecin ?

— Non, non, marmonna Slade. Je vais passer chez le Dr Peneke.

— Vous voulez que je vous y dépose en voiture ?

Il fit un signe de protestation.

— Ça va aller, Logan.

Logan resta sur le seuil, les yeux fixés sur le dos de Slade qui tanguait légèrement. Lorsqu'il s'écroula contre le mur, il bondit pour le rattraper.

— Ne vous inquiétez pas, je vais appeler le docteur, souffla-t-il en l'aidant à s'allonger sur le sol.

Le chien, accroupi aux côtés de son maître, poussait des petits gémissements éplorés.

— Doc ! cria Logan. Au secours ! Il y a une urgence ! S'il vous plaît, appelez une ambulance !

Trois secondes plus tard, le directeur du motel jaillit de son bureau. Lorsqu'il aperçut les deux hommes affalés dans le couloir il bondit sur le téléphone. Devant les mains de Slade crispées sur sa poitrine et sa bouche tordue par la douleur, le souvenir de ce qui était arrivé à Montague submergea Logan.

— Ça va aller, mon vieux. Tenez bon.

Il se revit, jeune adolescent, cramponné au mourant, la seule personne qui se fût jamais souciée de lui, et l'image s'ancra dans son cerveau paniqué.

Jack se mit à lécher le visage de son maître, comme pour le réconforter.

Au bout d'un instant qui lui parut une éternité, le couloir étroit grouillait d'infirmiers, de médecins et de matériel. Mais avant qu'ils aient pu le hisser sur la civière, Slade Hampton rendit son âme à Dieu.

9

Le funérarium ne désemplissait pas. Des gerbes et des couronnes de fleurs s'entassaient le long des murs, et autour du cercueil s'agglutinait une foule venue faire ses derniers adieux à l'homme qui avait été un élément essentiel de leur communauté. En signant le registre des visiteurs, Logan compara cette scène émouvante avec l'enterrement de Montague, et une grande tristesse l'envahit.

Logan n'avait pas été submergé de condoléances ; ils étaient dans la ville pour monter une escroquerie et les seuls «amis» qu'ils s'étaient faits étaient leurs victimes ; de braves gens qui les avaient crus envoyés par le gouvernement pour leur céder des immeubles désaffectés à des prix ridiculement bas. Montague n'ayant jamais évoqué une quelconque famille, Logan avait organisé une petite cérémonie très brève avec pour seuls participants le pasteur et lui-même. Il avait réuni l'argent qu'ils avaient déjà soutiré — plusieurs milliers de dollars — et commandé le cercueil le plus cher et le plus beau, avec une pierre tombale au texte bref. La dernière supercherie de Montague en ce bas monde : «Ci-gît un homme pieux, aimé et regretté de tous ceux qui l'ont connu. »

Mais ici, rien de semblable. Tous ceux qui venaient présenter leurs condoléances à la famille avaient les yeux pleins de larmes en se remémorant la gentillesse, l'humour, la serviabilité du défunt. La brutalité de sa disparition les choquait; il avait encore tant de choses à faire et à vivre, se lamentaient-ils.

Personne n'en était aussi convaincu que Logan. Un peu à l'écart, il attendait. La foule s'éclaircissant, il remarqua Jack couché au pied du cercueil, l'air aussi perdu et inquiet qu'un enfant abandonné. Alors Logan s'approcha et contempla le défunt. Ses yeux s'embuèrent et il dut faire un effort pour retenir ses larmes.

— Tu n'étais pas censé mourir, pauvre vieil idiot, murmura-t-il, les dents serrées.

Il respira profondément pour refouler son émotion et s'écarta. Soudain il aperçut Foraine qui le dévisageait d'un air perplexe.

— Foraine, bonjour.

— Il paraît que vous étiez avec lui quand il est mort, murmura la jeune femme.

Son ton était celui de la constatation, dénué de toute nuance accusatrice.

— C'est vrai.

Elle n'ajouta rien, ce qui surprit considérablement Logan. A quel moment allait-elle lui demander quelle somme il lui avait extorquée? Si elle découvrait qu'il avait sur lui un chèque de cent mille dollars, elle se ruerait à toutes jambes sur un téléphone et appellerait la police séance tenante.

Il se retourna vers le corps de Slade.

— Il parlait de sa retraite. Des voyages qu'il s'offrirait. De tout ce qu'il ferait et qu'il n'avait pas eu le temps de réaliser.

Sa voix se brisa et il se racla la gorge.

Les larmes aux yeux, Foraine lança d'une voix étranglée:

— Serenity ne sera plus la même sans lui.

Elle leva la tête vers Logan.

130

— Et vous, ça va ?

La question le prit au dépourvu et, quelques dixièmes de secondes, il en chercha la signification cachée. Pourquoi ne l'accusait-elle pas, ne lui faisait-elle aucun reproche ?

— Je... Ça va, ça va bien.

Il désigna le chien toujours prostré.

— Regardez Jack. Il refuse de quitter son maître.

— Ça va être terriblement dur pour lui, dit Foraine. Je me demande si les chiens sentent le deuil.

Logan s'accroupit à côté de l'animal et lui gratta doucement la nuque.

— Ils ne portent pas de brassard noir mais ils souffrent tout autant que nous.

Betsy, la fille de Slade, s'écarta du petit groupe compatissant qui l'entourait et s'approcha d'eux.

— Nous ne savons pas ce que nous allons faire de Jack, dit-elle en s'essuyant les yeux. Pas moyen d'arriver à lui faire quitter mon père. L'entrepreneur de pompes funèbres a dû le traîner de force dehors pour la nuit et verrouiller la porte. Il est resté couché sur le seuil jusqu'à ce qu'on lui ouvre ce matin.

A ces mots, Logan sentit son cœur se serrer étrangement.

— Comment expliquer la mort à un animal ? dit-il en refoulant un nouvel afflux de larmes. Il attend le retour de son maître, c'est tout.

Foraine posa sa main sur l'épaule de Betsy.

— Comment vous sentez-vous ? Vous avez pu dormir un peu ?

— Un petit peu. Ça a été un grand choc mais... nous le surmonterons. Mr Brisco, je sais qu'il était avec vous quand il est mort... et que vous avez fait tout ce qui était possible pour lui venir en aide.

Logan s'étonnait des multiples émotions qui l'assaillaient depuis le matin. Décidément, le choix de cette ville avait été une erreur. Une grave erreur tactique. Il y avait longtemps que Montague aurait

131

déguerpi ; en tout cas, il aurait déjà touché le chèque de cent mille dollars qui brûlait sa poche.

Mais Logan n'était pas Montague. C'était un fait qu'il fallait enfin admettre, et cela ne signifiait pas qu'il était faible. Peut-être au contraire possédait-il une force inconnue de son mentor.

— Il... est venu me parler de l'investissement, Betsy, dit-il, ce qui fit sursauter Foraine. Il rêvait de prendre sa retraite, de voyager, de faire toutes les choses dont il avait toujours eu envie, mais il voulait vous laisser assez d'argent pour envoyer vos enfants à l'université. Il voulait investir toutes ses économies pour les faire fructifier et réaliser deux objectifs, sa retraite et vous aider.

— Il vous a donné son argent ? s'étonna Foraine en essayant de maîtriser le tremblement de sa voix.

— Oui. Tout ce qu'il possédait. Cent mille dollars.

Betsy poussa un petit cri étouffé. Foraine béa de stupéfaction. Ce fut Betsy qui parvint à parler la première.

— Je n'imaginais pas qu'il... qu'il avait...

— Votre père s'est privé pendant des années, dit Logan, et il avait beau ne pas gagner des fortunes, il savait économiser.

Il pouvait lire dans le regard de Foraine une foule de reproches, d'accusations meurtrières, une litanie de Je-l'avais-bien-dit. Mais elle avait trop le sens de la décence pour les exprimer devant le corps de Slade, en présence de sa fille en pleurs et des visiteurs attristés.

Logan comprit qu'il avait le choix entre deux attitudes : il pouvait expliquer à Betsy combien cet investissement était judicieux et s'avérerait profitable pour sa famille et elle ou il pouvait faire ce qui était juste et honnête. Ce à quoi Foraine ne s'attendait pas du tout. Ce dont lui-même ne se serait jamais cru capable.

Il sortit le chèque de sa poche et le tendit à la jeune femme.

132

— Je ne l'ai pas encore touché. Et, étant donné les circonstances, je ne puis pas, en toute conscience, le garder. Cet argent vous revient.

Fondant en larmes, Betsy déplia le chèque en tremblant, puis elle ouvrit les bras et étreignit Logan.

— Merci, Logan. Vous êtes quelqu'un de bien, murmura-t-elle, puis elle s'éloigna et disparut dans la pièce voisine.

Foraine restait muette de stupéfaction. Après s'être préparée à le hacher menu, elle ne savait plus quel comportement adopter.

— Que croyiez-vous que j'allais faire ? marmonna-t-il. Prendre le large avec ses économies ?

Elle laissa échapper un profond soupir comme si elle avait trop longtemps retenu sa respiration.

— Je croyais avoir tout compris de vous, chuchota-t-elle, mais ça, je ne l'aurais jamais imaginé !

— Oui, eh bien, la vie est pleine de surprises.

Incapable de supporter plus longtemps son regard scrutateur, de contrôler ses émotions et les reproches qu'il se faisait à l'idée que Montague devait se retourner dans sa tombe, il quitta le funérarium et rentra chez lui.

La chambre du motel était glaciale. Agacé qu'on ne puisse régler la température de l'air conditionné, il l'éteignit. La pièce était soit trop froide, soit trop chaude et, quoi qu'il fasse, il y flottait toujours une odeur de moisi et de tabac froid.

Il sortit son sac de voyage et commença à y entasser ses vêtements. Il en avait acheté quelques-uns à Serenity mais, faute de place, il décida de les laisser derrière lui et se dirigea vers la salle de bains pour ramasser ses affaires de toilette.

Il était grand temps de filer. Trop de choses avaient dérapé. A commencer par la clairvoyance et l'obstination de Foraine qui avait immédiatement compris qui il était et s'était donné pour objectif de faire partager sa conviction à ses concitoyens. Par la suite, il était devenu son propre ennemi en s'attachant aux habitants de cette ville.

Ecœuré par sa sottise, il regroupa les papiers éparpillés et les fourra dans sa serviette. Puis il jeta un dernier regard autour de lui. Le mieux était de partir et de recommencer de zéro, ailleurs, là où il ne trébucherait sur aucune Foraine ni aucun Jason. Où personne ne viendrait mourir dans sa chambre. Où il ne sentirait pas ses yeux s'embuer en pensant à un pauvre chien orphelin.

Il ferma la porte, empocha la clef, se dirigea vers la voiture de location, jeta ses bagages sur la banquette arrière, se glissa derrière le volant et démarra.

Qu'est-ce qu'il lui arrivait ? se demanda-t-il en descendant la rue principale. Chaque magasin lui rappelait un homme amical, sa famille, les employés qui y travaillaient et leur histoire personnelle. Certains lui avaient donné leur argent et les autres envisageaient de le faire.

Mais il n'avait plus la force d'attendre ; rendre ce chèque avait été l'erreur ultime. S'il avait été là, Montague se serait immédiatement désintéressé de son sort.

En sortant de la ville il traversa les terrains abandonnés (la zone où il avait prétendu bâtir son parc). S'interdisant d'évoquer le rêve qu'il avait fait miroiter aux habitants de Serenity, il se demanda quelle raison l'avait poussé à rendre le chèque. Etait-ce pour soulager sa conscience — laquelle, jusque-là, n'avait jamais protesté — ou était-ce à cause de Foraine ? Ou encore avait-il cherché à frapper les esprits pour emporter l'adhésion des indécis ?

Il roula plus d'une heure avant de s'apercevoir qu'il ne savait où aller. Nul endroit où s'installer. Monter une autre arnaque, ailleurs, il ne s'y sentait pas prêt. Il lui fallait un peu de temps pour se nettoyer la tête de Serenity. Pour oublier.

Un pressentiment l'avertissait que cela ne lui arriverait pas de sitôt. Serenity n'était pas une ville comme les autres, et Foraine Sullivan était différente de toutes les femmes qu'il avait rencontrées. Que dirait-elle lorsqu'elle apprendrait son départ ? Le chèque rendu compenserait-il ceux qui avaient été encaissés ? Il en doutait. Elle aurait la confirmation de ce qu'elle soupçonnait : qu'il n'était qu'un menteur et un voleur.

Et alors ? Pourquoi cela le tracassait-il ? Agacé, il s'arrêta sur le bas-côté pour s'accorder un temps de réflexion. Jamais il ne s'était laissé aller à des regrets. Jamais il se s'était soucié de ce que les gens penseraient de lui. Du moment qu'ils ne pouvaient remettre la main sur lui, leur opinion le laissait indifférent.

Mais cette fois-ci, il s'en souciait. Sérieusement.

Il redémarra et fit demi-tour. Ce n'était pas le moment de se défiler. Non. Pas maintenant. Pas avant les obsèques de Slade.

Les gens comptaient sur sa présence et, cela dût-il lui coûter la vie, il ne les laisserait pas tomber.

— Pourquoi on doit mourir ?

Foraine prit le temps de nouer la cravate de son fils avant de lever les yeux sur le petit visage constellé de taches de rousseur. D'ordinaire, pour ce genre de questions, elle tenait toutes prêtes des réponses bien pesées mais là, les mots lui manquèrent.

— Je ne sais pas, Jason. Peut-être avait-il achevé ce dont Dieu l'avait chargé.

— Est-ce qu'il ira au ciel ?

— J'en suis sûre, répondit-elle, la gorge nouée.

— Tu crois que Logan viendra à l'enterrement ?

La question la prit au dépourvu. Elle se releva et attrapa son sac.

— Je ne sais pas. Pourquoi?

— Je me demandais, c'est tout.

Il l'examina attentivement de la tête aux pieds et déclara:

— Tu es rudement jolie, m'man.

— Merci, chéri, dit-elle en posant un baiser sur le front de l'enfant, mais je trouve que le noir ne me va pas.

— Tu es jolie avec n'importe quelle couleur. Logan le pense aussi.

Fronçant les sourcils, elle se tourna vers lui.

— Logan? Quand t'a-t-il dit ça?

Jason hésita quelques secondes puis haussa les épaules.

— Peut-être à l'église. Non, c'était au bal. Oui, ça a dû être ce soir-là.

Sa façon de répondre fit soupçonner à Foraine qu'il y avait anguille sous roche mais, de peur d'être en retard, elle n'insista pas. Elle s'apprêtait à demander ce que Logan avait raconté d'autre lorsque Jason lâcha une question tout aussi imprévue:

— On pourrait pas prendre Jack chez nous?

— Je ne crois pas, chéri, dit-elle en faisant démarrer la camionnette. Nous avons déjà beaucoup d'animaux et Jack a l'habitude de vivre à l'intérieur d'une maison. D'ailleurs, Betsy va sûrement s'en charger.

— Pauvre Jack, murmura Jason en regardant à travers la vitre.

Elle cligna des yeux pour refouler ses larmes et se concentra sur sa conduite.

Le service était commencé et Foraine avait renoncé à y voir Logan lorsqu'elle l'aperçut qui entrait dans l'église, la tête inclinée et les épaules basses. Il se glissa sur le banc du fond, les yeux fixés sur le cercueil installé en haut de la travée centrale.

136

Couché sur les dalles, Jack ne s'était toujours pas résigné à quitter son maître. Betsy avait essayé de l'emmener mais il s'était mis à gronder et elle l'avait laissé se blottir contre le cercueil.

Foraine ne pouvait s'empêcher de ressasser les derniers événements. S'était-elle trompée sur le compte de Logan ? Aurait-il rendu ces cent mille dollars s'il était réellement un escroc ? Elle ne pouvait imaginer son père en train de restituer une somme pareille, quels que fussent ses sentiments.

Logan avait paru sincèrement bouleversé par la mort de Slade, et les larmes qu'elle avait aperçues dans ses yeux étaient réelles. Ça, elle en était sûre. Mais elle était tout aussi certaine de ne pas se tromper en voyant en lui un tricheur de grande envergure. Elle nageait en pleine confusion.

Jason se blottit contre elle, la tête posée sur sa poitrine. De vieux amis se levèrent pour célébrer Slade. *Cela lui aurait fait plaisir,* se dit-elle. Quel dommage que les gens attendent que vous ayez disparu pour dire tout le bien qu'ils pensent de vous !

Le service achevé, Frère Tommy les convia à se rassembler au cimetière. Lentement, la foule se dirigea vers le petit enclos adjacent où tous les membres de la paroisse étaient enterrés.

Logan s'écarta de la foule et s'arrêta sur le bord du chemin pour laisser les gens passer devant lui. Son air égaré émut Foraine et elle le rejoignit.

— Ça va ?

— Oui. Ça va bien, fit-il en hochant la tête.

— Vous venez ?

Une porte sur le côté s'ouvrit et les employés des pompes funèbres apparurent. Jack les suivait en gémissant.

— Oui, j'arrive.

Jason lui tendit la main. Logan hésita un instant, et la serra comme s'il y trouvait l'aide nécessaire pour juguler ses émotions. Tous deux s'approchèrent de la fosse ouverte.

Lorsque le cercueil glissa dans la cavité, les gémissements de Jack redoublèrent. Couché dans la boue, il regardait fixement la boîte dans laquelle était enfermé son maître. D'autres prières furent prononcées puis la foule commença à se disperser. Le désespoir de l'animal touchait Logan à un point qu'il n'aurait pu imaginer, réveillant une tristesse enfouie dans son cœur depuis des années et des années. Ravalant ses larmes, il lâcha la main de Jason et s'approcha du chien.

— Ça va aller, mon vieux, murmura-t-il en lui grattant la tête.

Jack leva sur lui un regard éperdu. Logan s'accroupit pour être à sa hauteur, le caressant et lui parlant à mi-voix, pendant que Betsy serrait les mains et recevait les dernières condoléances. Foraine offrit à la jeune femme de prendre ses enfants chez elle, pour lui permettre de se reposer un peu.

— Non, je préfère les garder avec moi, répondit Betsy. Mais merci de l'avoir proposé. C'est très gentil à vous.

Elle s'essuya les yeux et se retourna vers Logan.

— Je ne sais pas comment je vais m'y prendre pour emmener Jack, dit-elle. Il a failli me mordre tout à l'heure. Et nous ne pouvons pas le garder ; John est allergique aux chiens.

— Quel autre choix avez-vous ? demanda Logan sans cesser de le caresser.

— Pour dire la vérité, nous pensions le faire piquer. Il est vieux et il était tellement attaché à papa...

— Il n'est pas si âgé que ça, protesta Logan en se relevant. Simplement, il est complètement perdu. Il ne comprend pas ce qui se passe.

— Je m'en rends bien compte, répondit Betsy, mais nous ne pouvons pas le laisser traîner dans le cimetière. Honnêtement, je ne vois pas ce que nous pouvons faire d'autre.

Logan regarda le chien contemplant avec une tristesse infinie le cercueil qui reposait au fond de la tombe. Manifestement, il n'avait aucune intention de le quitter.

— Je le prends avec moi, lança-t-il brusquement.

— C'est vrai ? s'écria Betsy dont le regard s'éclaira aussitôt. Vous feriez ça ?

Il remarqua l'expression ahurie de Foraine. Elle paraissait encore plus abasourdie que lorsqu'il avait rendu à la jeune femme le chèque libellé par son père.

— Oui, dit-il. Jack et moi, nous avons des affinités. En plus, j'ai toujours désiré avoir un chien.

— Logan, vous êtes sûr ? demanda Foraine d'une voix étonnée. Vous ne menez pas précisément la vie rêvée pour avoir un chien.

Et que ferez-vous de lui quand vous devrez quitter une ville sur les chapeaux de roues ? acheva Logan dans son for intérieur. Question qu'il repoussa énergiquement. Il y avait des moments dans la vie où l'on devait laisser tomber le bon sens. C'en était un.

— Jack n'est pas difficile. Il est habitué à vivre dans une maison, il est propre et bien dressé ; il me suivra partout, exactement comme il le faisait avec Slade.

Mais tu ne peux pas te charger d'un chien, jeune homme ! lui cria la voix furieuse de Montague. *Tu ne pourras plus filer sans laisser de traces, et changer d'identité ne servira à rien. La police te retrouvera grâce à cet animal !*

Aucun de ces arguments ne l'ébranla. Il se pencha et souleva Jack entre ses bras. Le chien gémit, jeta un dernier regard sur la fosse mais se laissa emporter dans la voiture.

La perplexité était un sentiment que Foraine détestait. Il la tracassait, brouillait sa vision du monde et des gens et donnait à tout une teinte grise, indéfinie. Ses repères disparaissaient et elle se sentait vulnérable, sensation dont elle s'était toujours empressée de se débarrasser.

Les derniers faits et gestes de Logan la stupéfiaient. Comment un escroc pouvait-il abandonner une somme aussi énorme alors que personne, à part lui, n'en avait connaissance? Comment osait-il se charger d'un chien alors qu'il devait rester prêt à déguerpir à tout instant?

Le fait qu'elle ait pu se tromper sur son compte se réinsinua dans son esprit. En tout cas, une chose était sûre, Brisco était un homme de cœur. Peut-être avait-il aussi une conscience.

Foraine gara sa moto devant le motel, attrapa le sac attaché derrière elle et se recoiffa vaguement avec la main.

Logan ne répondit pas immédiatement lorsqu'elle frappa à sa porte. Elle allait renoncer, mais au même moment elle s'ouvrit.

La chambre était sombre, avec juste une petite lampe allumée dans un coin, et elle eut l'impression désagréable d'être une intruse.

— Foraine! s'exclama-t-il, visiblement surpris par sa présence.

— Je vous ai réveillé?

Il passa ses doigts dans ses cheveux.

— Non. Je lisais. Jack s'est endormi sur mes genoux et il m'a fallu un petit moment pour le déplacer.

Lorsqu'elle pénétra dans la pièce, le chien leva sur elle un regard somnolent.

— Il va bien?

— Oui, ça va aller. On s'habitue l'un à l'autre.

Elle le regarda en souriant. L'ombre et la lumière partageaient son visage, lui donnant un air bizarre, mi-compatissant, mi-vulnérable.

— Vous savez, vous êtes en train d'anéantir toutes mes théories sur votre compte. Je déteste ça.

— Ç'aura toujours eu ça de bon, fit-il avec un petit rire.

Il débarrassa une chaise des livres qui l'encombraient.

— Asseyez-vous. Où est Jason ?

— Chez Nathan. Je viens de chez Betsy, je lui ai apporté quelques plats que j'ai préparés à son intention. Elle va avoir beaucoup de visites pendant quelques jours.

— C'est gentil de votre part.

— C'est l'usage ici quand il y a un décès dans une famille. On ne sait trop que dire, alors on apporte de quoi manger. Elle m'a demandé de vous remettre ceci.

Elle lui tendit un sac dont il examina le contenu.

— Ce sont des boîtes de nourriture pour Jack, la couverture sur laquelle il aime dormir, son bol… les objets auxquels il est habitué…

— Je lui ai donné un hamburger pour le dîner, expliqua Logan en posant le tout sur la table. Il a grignoté mais sans grand appétit.

Il se laissa tomber sur un siège en se frottant le visage.

— Que de responsabilités, n'est-ce pas ? murmurat-elle d'une voix douce. Avoir à se soucier d'un être vivant lorsque l'on a vécu longtemps seul, ça surprend.

Son air songeur ne le protégeait plus ; ni grimace avantageuse ni sourire conquérant. Cette sincérité inhabituelle la fascina.

— Il y a quelques années, j'ai connu un gamin de quatorze ans ; il n'avait ni foyer ni endroit où aller et pas d'autre argent que celui qu'il gagnait au jeu, dit-

141

il à mi-voix, et puis un homme est arrivé, juste au bon moment, un homme qui avait toutes les raisons de poursuivre son chemin sans regarder derrière lui. Mais il s'est arrêté et a pris avec lui ce garçon, il en a fait son associé et l'a convaincu qu'il était digne d'intérêt. Vous savez qui était ce gosse ?

— Vous, répondit-elle sans hésiter.

— Oui. Eh bien, si Montague Shelton a pu s'encombrer d'un jeune fugueur de quatorze ans, je peux me charger d'un chien sans maître.

Ne sachant que répondre, la jeune femme le dévisagea silencieusement. Logan semblait las et abattu.

— Parlez-moi de vos parents, dit-il brusquement.

Cherchait-il à dévier la conversation ou cette question avait-elle un rapport avec ses propos précédents ?

— Que voulez-vous savoir ?

— Est-ce qu'ils sont toujours vivants ? Vous les voyez de temps en temps ? Vous leur parlez ?

— Oui aux trois questions. Je ne veux plus partager leur style de vie mais ils n'en sont pas moins mes parents.

— Pensez-vous quelquefois qu'ils pourraient ne pas approuver votre nouvelle existence ?

— A mon avis, ils ne croient pas un mot de ce que je leur raconte, répondit-elle avec un sourire malicieux. Ils ne connaissent que leur manière de vivre. Que je m'en tire sans les imiter les dépasse complètement. Ils pensent qu'il y a un truc, un truc qu'ils découvriront un jour ou l'autre.

— Ils vous aiment ?

Le sourire de Foraine s'effaça.

— Bien sûr qu'ils m'aiment. Je suis leur fille.

— Ça n'est pas une raison. Des tas de parents n'aiment pas leurs enfants.

— Eh bien, les miens, si. Je suis leur seul enfant. Je n'ai jamais mis en doute leur amour.

— Alors pourquoi les avoir quittés ?

En soupirant, elle fit quelques pas dans la pièce et se retourna vers lui.

— Je voulais la paix. La stabilité. Une maison. Je voulais m'installer dans une ville où je me sentirais chez moi, et élever un enfant qui y serait chez lui.

— Je vous envie, lâcha-t-il tout à trac.

— Pourquoi? Vous le pouvez, vous aussi, si vous le souhaitez.

— Pas vraiment. Je crois que je resterai toujours un étranger partout.

— Ce n'est pas difficile de se faire accepter à Serenity, protesta-t-elle. Ce sont des gens accueillants, vous avez pu le constater.

Se laissant glisser le long de son siège, il renversa sa tête contre le dossier.

— Ça ne vous manque pas, Foraine? Les voyages, je veux dire? D'être souvent sur les routes ne vous manque pas du tout?

— Non. Il y a eu trop d'années pendant lesquelles j'ai rêvé d'avoir un jardin, d'y planter un arbre et de le voir grandir. Dès que j'ai eu ma maison, j'en ai planté trois. Et aujourd'hui, ils sont suffisamment hauts pour que Jason puisse y grimper.

A nouveau, un silence songeur emplit la pièce. Elle se demanda à quoi il pensait. En regardant autour d'elle, elle remarqua les livres empilés sur la table; ils traitaient tous des parcs de loisirs.

— Pourquoi lisez-vous tout ça? demanda-t-elle.

— J'essaye de prévoir les divers problèmes qui peuvent se poser. Je compare les réalisations, les difficultés, les solutions, les échecs, les succès. En particulier, j'étudie les différentes retombées des parcs sur les communautés avoisinantes.

Foraine sombra une nouvelle fois dans une profonde perplexité. Son intérêt et le mal qu'il se donnait semblaient prouver sa sincérité. Pourquoi travailler autant si on ne compte pas pousser un projet jusqu'à sa réalisation? Un escroc n'en ferait pas la moitié.

Mais comment en être sûre ?

Il lut sur son visage qu'elle était en proie à un conflit intérieur.

— A quoi pensez-vous ?

— Oh... Je me disais que mes parents aussi avaient bon cœur. Mon père avait un cheval nain qu'il exhibait dans un spectacle ; quand il faisait trop froid, il le laissait dormir dans notre remorque. Et je l'ai vu une fois offrir un nounours à un gamin simplement pour l'aider à gagner les faveurs de sa petite amie.

— Où voulez-vous en venir ? demanda-t-il.

— A cela, Brisco : que la compassion n'empêche pas d'être malhonnête. Un arnaqueur est capable de dépouiller un aveugle sans que sa conscience ne proteste puis de se ruer la minute suivante dans un immeuble en flammes pour sauver un chat. Que vous ayez bon cœur n'implique pas que vous soyez intègre.

— Ni non plus que je sois un escroc !

— Non, effectivement. Et c'est là qu'est le problème. J'ai du mal à comprendre qui vous êtes réellement.

— Peut-être vous manque-t-il quelques renseignements, suggéra-t-il d'un ton posé.

— Peut-être, répondit-elle en souriant.

Elle se leva et ajouta :

— Bon, je dois partir à présent. Il faut que j'aille coucher Jason.

Il la raccompagna jusqu'à la porte mais, avant d'en tourner le bouton, la regarda.

— C'est comme ça que je vous aime, murmura-t-il.

— Comment ?

— Douce, gentille, compréhensive... même si vous êtes toujours aussi soupçonneuse.

La chaleur qui envahit Foraine lui déplut.

— Je dois partir, Brisco. N'oubliez pas votre

leçon, demain, n'est-ce pas? C'est la première dans le cockpit.

— Jack et moi serons là.

— Jack la connaît déjà. J'ai donné des cours à Slade il y a deux ans, il a assez d'heures de vol pour passer son brevet... A bientôt, fit-elle avec un clin d'œil.

Pendant qu'elle sortait du motel, elle sentit le regard de Logan posé sur elle et son visage s'enflamma. Elle ne s'autorisa à tourner la tête qu'une fois assise sur la moto et le moteur rugissant.

Accoudé à la balustrade, Logan la regardait fixement et il ne rentra dans sa chambre que lorsqu'elle eut disparu.

10

Le dilemme était de plus en plus difficile à résoudre. Il était temps de filer, Logan en était très conscient, mais quelque chose en lui s'y refusait.

Ce qu'il éprouvait était absolument nouveau et le perturbait. Oh, bien sûr, il lui était arrivé de s'attacher à une femme, d'apprécier sa compagnie et de la regretter ensuite. Mais cette fois, c'était différent.

Il tenta de se rassurer en se disant que ses réticences n'étaient dues qu'au désir d'emporter le gros lot. Il lui fallait lancer la promotion de ce parc et convaincre jusqu'au dernier habitant de participer. Pour y parvenir, il devait trouver un nouvel argument, encore plus frappant que les précédents, qui enflammerait définitivement les esprits. Une idée originale, qui sortait des sentiers battus.

Il tripotait la télécommande, zappant, lorsqu'il tomba sur une station de musique country. Assise sur un tabouret dans un bar, Dolly Parton chantait son dernier tube. Deux ans plus tôt, Logan avait visité son parc de Pigeon Forge, dans le Tennessee, et il avait pensé alors qu'avec un peu d'imagination on aurait pu faire beaucoup mieux. Mais cela importait peu car ce qui attirait les foules, c'était avant tout la célèbre chanteuse.

Et soudain l'idée jaillit. C'était ce dont avait besoin Serenity. Une star qui prête son nom au parc. Une star qui pourrait investir mais surtout qui drainerait des millions de visiteurs, non seulement du Texas, mais du pays tout entier.

Sur l'écran Billy Ray Cyrus rejoignit Dolly Parton pour entamer un duo avec elle. Comment réagirait la ville s'il associait la vedette masculine à son projet ? Tous piétineraient derrière sa porte pour lui confier leur argent, et ceux qui l'avaient déjà fait fouilleraient leurs tiroirs pour en racler les fonds.

Restait à trouver un nom qui sonne bien : Cyrus Land, Billy World... ou, mieux encore, en reprenant le titre de son tube le plus fameux : le Parc du Cœur Douloureux... Fameux ! Est-ce que la ville goberait ça ? se demanda-t-il en riant. Quelque chose lui disait que oui.

Mais lorsque Jack descendit du lit pour quémander des caresses, Logan s'aperçut que rouler son prochain ne lui causait plus autant de plaisir. Au lieu d'un défi à relever, cela tournait au boulot. Un boulot solitaire et qui lui déplaisait de plus en plus mais auquel il était acculé parce qu'il s'était déjà trop engagé dans cette voie.

Il n'y avait pas d'issue. Il avait bâti sa propre prison et personne ne pouvait l'en sortir.

La nouvelle se répandit comme un incendie de forêt, en commençant par le café où Logan et Jack prirent leur petit déjeuner, en continuant par les deux salons de coiffure, celui pour hommes et celui pour dames, puis par la quincaillerie, pour aboutir au bureau de poste et chez le fleuriste. Billy Ray Cyrus allait investir dans le parc et lui donner son nom.

Foraine l'apprit par Lahoma à qui elle apportait des colis en provenance de Dallas.

— Qui vous a raconté ça ? s'écria-t-elle.

— Logan. Il nous a affirmé que Billy Ray l'inaugurera et donnera un concert pour tous ceux qui ont placé de l'argent dans le programme. On dit même qu'il pourrait bien se faire construire une maison ici et y vivre une partie de l'année ! Tu imagines un peu, Foraine ? Billy Ray à Serenity ?

— En fait, non. Je ne l'imagine pas vraiment !

— Eh bien, c'est quasiment sûr. Et je ne vais pas rester à l'écart. J'ai pris rendez-vous avec Logan cet après-midi. Je veux participer au projet. Et vous, vous êtes inscrite ?

— Bien sûr que non, assura Foraine énergiquement. J'ai toujours de sérieux doutes sur la réalité de cette histoire.

— Oh, Foraine ! grogna Tea Ann Campbell sous son séchoir. Quand allez-vous cesser de douter de lui ? C'est l'homme le plus délicieux que j'aie jamais rencontré.

Foraine ne discuta pas ; elle savait que plus personne n'accepterait ses objections. Logan les avait séduits. Et la vérité était qu'elle commençait à se poser quelques questions.

Mais cette affaire avec Billy Ray Cyrus ? D'où sortait-elle ? Comment, quand et où Logan aurait-il pu obtenir un tel parrainage ?

Tout en tournant et retournant dans sa tête cette nouvelle ahurissante, elle quitta le salon de coiffure et remonta la rue vers la quincaillerie pour y déposer d'autres colis. En passant devant le salon pour hommes, elle aperçut Logan en train de bavarder avec Cecil, le nouveau propriétaire.

Jack était assis à son endroit habituel. La tête inclinée et les oreilles basses, il avait l'air d'attendre que Slade revienne et le ramène chez eux. Elle poussa la porte. Les hommes levèrent la tête, soudain muets.

— Bonjour tout le monde, claironna la jeune femme.

— Bonjour Foraine, répondit Cecil.

Logan sourit de toutes ses dents.

— Hé, Jack! regarde qui est là.

Elle se pencha pour le caresser.

— Comment va-t-il?

— Aussi bien qu'on peut l'espérer. Un peu perdu. Un peu triste.

— Vous croyez que c'est une bonne idée de l'amener ici?

Logan haussa les épaules.

— Je ne sais pas mais j'ai pensé que retrouver un endroit familier lui mettrait un peu de baume au cœur.

— Peut-être.

Elle se redressa et, glissant les mains dans les poches de son short kaki, reprit:

— Qu'est-ce que c'est cette histoire de Billy Ray Cyrus?

— On va appeler le parc du nom de sa chanson, répondit Cecil. Le Parc du Cœur Douloureux.

Elle ne put retenir un sourire amusé.

— Le Parc du Cœur Douloureux? Vous ne trouvez pas que ça a l'air un peu idiot?

Logan rit de bon cœur.

— S'il est d'accord pour investir une grosse somme, nous l'appellerons comme il le voudra.

— Et c'est lui qui a suggéré le Parc du Cœur Douloureux?

— Heu… non, fit Logan. En fait, c'est plutôt mon idée. Je ne lui en ai pas encore parlé. Mais il est complètement d'accord pour s'associer avec nous. Du coup, je laisse aux habitants de Serenity quelques jours supplémentaires de réflexion. Si vous voulez être des nôtres, il n'est pas trop tard, Foraine.

— Ça ne me tente pas, Brisco. Comment avez-vous connu Billy?

— Je ne le connais pas, répondit-il tranquillement car il s'était préparé à la question. Une banque avec laquelle je travaille, près de Houston, fait des affaires avec lui et il se trouve qu'il cherchait justement un placement intéressant. L'idée vient de lui, d'ailleurs. Il l'a eue en tournant une vidéo avec Dolly Parton. A la suite de quoi le banquier lui a proposé de devenir notre partenaire.

— Alors, vous avez un contrat en bonne et due forme ?

Il hocha la tête, pas du tout ébranlé.

— Non. L'affaire n'est pas encore conclue. Tout dépend de l'enthousiasme que manifestera Serenity ; au vu des résultats, les banques décideront si le parc va être construit ici. Billy Ray Cyrus ne signera rien tant qu'il ne sera pas certain de leur accord.

Explications parfaitement logiques, et pourtant Foraine n'y voyait qu'un chapelet de mensonges. Comme le reste. Elle ne pouvait oublier que Logan leur était tombé du ciel et qu'il s'était bien gardé de nommer ces fameux investisseurs dont il leur rebattait les oreilles, qu'il prenait l'argent comme si demain n'existait pas ou ne devait excéder le temps pendant lequel il resterait dans les parages.

— Que se passera-t-il si Serenity n'est pas retenue ? Est-ce que les gens récupéreront leurs fonds ?

— Evidemment.

— Avec intérêts ?

— Non, bien sûr, dit-il en riant. Il y a un risque, je ne l'ai jamais caché. Ils ne perdront rien mais ils ne gagneront rien non plus.

Ce n'était pas le même homme, un peu hagard et esseulé, qu'elle avait vu la veille au soir dans sa chambre de motel. Il paradait, à présent, tous charmes dehors, prêt à répondre à toutes les objections comme le vendeur hors pair qu'il était.

— Vous êtes sûre de ne pas vouloir en être, Foraine ? insista Cecil. C'est vous qui gagnerez le plus dans cette affaire. Il faudra agrandir l'aéroport et vous ferez un malheur.

— Ça ne m'intéresse pas, répondit-elle en ouvrant la porte. Je ne suis pas venue ici pour m'enrichir.

— Non, bien sûr, mais si ça vous arrivait, ce ne serait pas désagréable.

— C'est un point qui reste à discuter, n'est-ce pas, Brisco ? jeta-t-elle avant de sortir.

Elle sentait ses yeux posés sur elle, il était bien conscient de ne l'avoir toujours pas convaincue.

Tout en conduisant, elle ne put se débarrasser du sentiment qu'il avait failli la faire changer d'avis, qu'il l'avait pratiquement convaincue de son honnêteté.

Mais le personnage d'aujourd'hui avait repris sa faconde d'arnaqueur, ce sourire charmeur au venin mortel... ou du moins dangereux. Finalement, elle ne savait presque rien de l'homme qu'il était. En enquêtant sur lui, elle avait fait chou blanc. Une seule chose était certaine : à quatorze ans, il avait rencontré un homme...

Montague ! C'était le nom qui lui avait échappé la veille au soir lorsqu'il avait baissé sa garde, qu'il ne cherchait ni à l'épater ni à se cacher, quand il s'était contenté d'être lui-même. Montague Shelton ! Elle tourna le volant et prit résolument la direction du bureau du shérif, bien décidée à fouiller plus profondément dans le passé de Logan.

Elle décida de s'adresser à Joey Malone. Parmi les policiers, plusieurs l'avaient courtisée jusqu'à ce qu'elle les décourage poliment mais fermement. Joey était le seul survivant de l'hécatombe et il se sentit très flatté de sa visite.

— J'ai besoin d'un service, dit-elle lorsqu'elle se fut installée en face de lui, un soda à la main. Je sais que vous pouvez m'aider.

— Je ferai tout ce que vous voudrez, Foraine, vous le savez, dit-il avec un grand sourire. Sauf si c'est contraire à la loi, bien sûr.

— Ce n'est pas le cas. J'aimerais que vous recherchiez un nom dans vos fichiers. Je veux savoir si cet individu a un dossier, s'il a été arrêté, soupçonné, enfin, tout ce que vous pourrez trouver le concernant.

— Oui, je peux faire ça. Quel nom ?

— Montague Shelton. Mais j'ignore s'il s'appelle réellement comme ça. Est-ce que des pseudonymes peuvent figurer dans votre fichier ?

— Peut-être, si le FBI a déjà enquêté sur lui. Pour quelle raison, Foraine ? Il travaille avec votre père ?

— Non, non, s'empressa-t-elle de répondre. Cela n'a rien à voir avec lui. C'est une longue histoire plutôt embrouillée.

Comprenant qu'elle ne voulait pas en dire plus, Joey tapota le clavier de son ordinateur.

— Voyons voir… Montague Shelton…

Très vite, un texte apparut sur l'écran. Joey roula des yeux effarés.

— Hou ! Regardez-moi ça. Il s'est promené sous trois autres noms : Maurice Hinton, Shelton Ainsworth et Montague Black. Il est mort il y a douze ans.

Elle se planta derrière lui pour lire ce qui s'était inscrit.

— Et ça, ce sont des arrestations ?

— Oui. Il a eu une condamnation en 1968 pour fraude postale. Six mois d'emprisonnement. Une autre en 1970, pour de faux chèques. Celle-là ne lui a valu que trois mois.

Foraine fit un rapide calcul mental ; d'après ce que lui avait raconté Logan, ces condamnations remontaient à une époque antérieure à la rencontre entre les deux hommes.

— Est-ce qu'on parle d'un associé ? demanda-t-elle. Ou de complices ?

Joey fit défiler les renseignements et secoua la tête.

— Non. Rien de ce genre. Mais entre le moment où il est sorti de prison pour la dernière fois et celui où il est mort — il y a dix ans —, il y a eu vingt-quatre mandats d'arrêt lancés contre lui.

— Vingt-quatre ? Où ?

— Partout. Il y en a même un à Paris et un à Copenhague. Les charges vont de l'escroquerie à la contrefaçon de chèques. Apparemment, il a toujours réussi à échapper à la police.

A sa grande surprise, ces informations firent à Foraine l'effet d'un coup de poignard. Pendant ces années-là, Logan avait été l'associé de Montague. Comment avait-il pu se livrer à des malversations sans que Logan soit son complice, sinon plus ?

Ce qui signifiait qu'elle ne s'était pas trompée.

— Etes-vous sûr que ces mandats ne concernent que lui ? demanda-t-elle. On ne parle pas d'un enfant ? D'un adolescent ?

— Non. Peut-être que le FBI en saurait plus.

— Joey, pourriez-vous le vérifier ? C'est très important.

Il fronça les sourcils.

— Pourquoi ? Qui est ce type ?

Avec un soupir, elle jeta un coup d'œil autour d'eux pour s'assurer que personne ne pouvait les entendre.

— Je crois qu'il était très proche de Logan. Peut-être même était-il son mentor. Si j'ai raison, nous aurions de quoi démolir complètement sa crédibilité. Je vous en prie, Joey, vous pouvez faire ça pour moi ?

Renversé contre le dossier de sa chaise, il regarda la jeune femme avec gravité.

— Je ferai de mon mieux, Foraine, mais je dois vous avouer quelque chose : en vous voyant aussi irritée contre lui à la conférence, j'ai pris les devants et j'ai fait ma petite enquête. Il s'avère qu'on n'a rien contre lui. Rien du tout.

— Cela signifie seulement qu'il n'a pas été pris, dit-elle en se levant. Appelez-moi quand vous aurez

153

eu accès aux fichiers du FBI, Joey. Et tâchez de faire vite. Serenity n'a peut-être pas beaucoup de temps. S'il file avec tout l'argent de la ville, nous risquons fort de ne plus jamais lui remettre la main dessus.

— Ce sont des suppositions dramatiques, Foraine.

Elle lui jeta un regard aigu.

— Etes-vous disposé à m'aider, Joey ? Oui ou non ?

— Oui, bien sûr. Mais ne vous montez pas la tête, et... j'espère que vous vous trompez. Mon père vient de retirer le capital de son assurance-vie pour le remettre à Brisco. Et mon oncle a pris une seconde hypothèque sur sa maison.

Fermant les yeux, elle lâcha dans un murmure :

— Pourquoi sont-ils tous si naïfs ?

— Parce qu'il apporte l'espoir, Foraine. Ça serait merveilleux si sa promesse se réalisait.

De tout son cœur, Logan aurait souhaité être un autre homme, un brave type en train d'exposer un projet authentique. Il se tenait dans la salle de réunion de l'école élémentaire et des dizaines de visages enfantins, aux yeux brillants et aux sourires confiants, le regardaient comme s'il était un magicien. Ils ignoraient que la magie ne l'avait pas attendu pour toucher Serenity et en faire une ville merveilleuse. Lui, son boulot, c'était de la corrompre. Mais il fallait bien gagner sa vie.

— Alors ce que je propose, poursuivit-il en déambulant de long en large sur l'estrade, c'est que vous autres, les enfants, vous m'aidiez, en discutant entre vous, en dessinant, en écrivant, et en réfléchissant aux attractions que vous aimeriez avoir. Ce que je recherche, c'est la nouveauté, et plus les idées seront originales, mieux ce sera.

Une main se leva au milieu des élèves ; il reconnut Jason.

— Je t'écoute, Jason.

Grisé d'avoir été appelé par son nom, le petit garçon manqua s'étrangler.

— Est-ce qu'il faut que les attractions aient quelque chose à voir avec Billy Ray Cyrus ? finit-il par demander.

— Ce n'est pas nécessaire, mais elles devront être tellement extraordinaires qu'on ne les trouvera nulle part ailleurs, comme ça elles attireront un tas de visiteurs.

Une autre main se leva.

— Oui ?

— Est-ce qu'un enfant peut y mettre son argent ? Il hésita deux dixièmes de seconde.

— Eh bien, chaque petite somme est la bienvenue mais ce sont surtout des idées que j'attends de vous.

— Mais si on a des économies et qu'on vous les donne, on sera associés, nous aussi ?

— Bien sûr.

— Et on aura des laissez-passer ?

— Tous ceux qui m'aideront auront droit à un laissez-passer, mais vous n'êtes pas obligés de me donner votre argent de poche pour cela.

— Mais si on veut, on peut ? insista une petite voix inquiète.

— En principe, oui, dit Logan, mais comme je vous l'ai dit, je préfère vos idées.

La cloche en sonnant lui épargna d'autres questions et il vit avec soulagement les enfants se ruer vers la sortie. Il serra la main du principal en le remerciant de sa coopération. Soudain il sentit une petite main lui tapoter la hanche.

Jason Sullivan levait sur lui de grands yeux extasiés. Logan s'accroupit pour se mettre à sa hauteur.

— C'était rudement bien, Logan, dit l'enfant. Et j'ai plein d'idées.

— Formidable. Mais je regrette qu'on ne puisse reproduire dans le parc ton coin pour pêcher. Il y a longtemps que je ne m'étais autant amusé.

— On peut y retourner ! Pourquoi pas aujourd'hui ?

— Ta maman ne t'attend pas ?

— Non, je dois aller chez Nathan parce qu'elle a deux vols à faire. Tu pourrais venir et on irait pêcher tous les trois, hein ?

Logan examina la salle qui se vidait. Aucune raison ne l'empêchait d'accompagner l'enfant ; sa journée était terminée. Les élèves allaient rentrer chez eux et bourrer le mou à leurs parents et demain, il ramasserait le gros lot. Coincés entre l'enthousiasme de leurs petits et la promesse que Billy Ray Cyrus donnerait son nom au parc, bien peu pourraient continuer à le bouder.

— D'ailleurs, tu as dit que tu pourrais m'aider en maths. Et j'ai justement des ennuis avec les fractions. Je pourrais apporter mon livre et on travaillerait là-bas.

L'enfant n'était pas près de renoncer et son talent en matière de persuasion était prometteur. Etait-ce dû à son hérédité ? Avec un peu de travail, il pourrait égaler Logan. Même en restant du bon côté de la loi, il irait loin.

— Bon, d'accord, dit enfin ce dernier. Je vais me changer et je te retrouve chez Nathan dans une demi-heure. Ça te va ?

— Formidable ! hurla Jason en bondissant vers la sortie. A tout à l'heure. On va attraper des millions et des millions de poissons !

Il ne restait plus qu'à espérer que Foraine ignorerait leur escapade, se dit Logan en riant.

Nathan et Jason l'attendaient chez les Trent, armés de cannes à pêche, de seaux remplis de vers grouillants, d'un ballon de football, d'un cahier et d'un livre de mathématiques. Logan prit sa part du chargement et, le chien sur ses talons, suivit les deux garçons à travers bois. Ils longèrent la berge du lac et parvinrent à la clairière secrète.

Tandis que Nathan surveillait leurs cannes à pêche en attendant patiemment que les poissons mordent, Logan regardait le cahier de Jason.

— Ah, voilà où tu t'es trompé, dit-il en sortant un crayon de sa poche. Tu n'as pas trouvé le dénominateur commun.

— Je n'y comprends rien, maugréa le petit garçon.

Patiemment, Logan expliqua comment on pouvait réduire une fraction. Jason écoutait attentivement, ensuite, il s'attela à un problème et parvint à le résoudre. Ses yeux s'éclairèrent de fierté.

— Alors qu'est-ce que veut dire maman quand elle raconte que le parc va nous réduire tous au plus petit dénominateur commun ?

Logan ne put retenir un éclat de rire.

— Elle entend par là que les plus mauvais vont faire dégringoler les bons à leur niveau. Mais elle ne devrait pas s'inquiéter parce qu'il n'y aura pas de méchants dans notre parc. Nous ne les laisserons pas entrer.

— De toute façon, ils peuvent venir car même les méchants peuvent changer en bien, non ?

Logan reconnut en son for intérieur qu'il n'aurait pu trouver meilleure repartie.

— C'est exactement ce que je pense, Jason. Et s'il y a un endroit où cela peut arriver, c'est bien à Serenity.

Ils pêchèrent jusqu'à ce qu'ils aient plus de poissons qu'ils ne voulaient en ramener, puis ils jouèrent au ballon. Logan donna le signal du départ en annonçant :

— J'ai une leçon à 16 h 30.

Jason n'avait aucune envie de rentrer.

— Vas-y, toi. Nous, on va rester encore un peu. Mais ne dis rien à maman, d'accord ?

— D'accord, fit Logan en ramassant un bâton pour le lancer à Jack. A bientôt.

— Demain? demanda Jason d'un ton plein d'espoir.

Logan rit.

— Bon, d'accord, demain. Et je veux voir ton cahier de maths. D'ici là, essaye de faire tous les exercices sans faute.

— Fastoche! Mais n'agace pas ma mère! J'ai pas envie qu'elle revienne à la maison de mauvaise humeur.

A nouveau, Logan éclata de rire.

11

En sortant du bois, Logan aperçut Foraine appuyée contre le pare-chocs de sa voiture. Son enjouement habituel fit instantanément place à une expression contrite.

— Où est mon fils?

— Près du lac, en train de pêcher.

— Vous étiez avec lui?

Question inutile. Son vol annulé, elle était rentrée plus tôt et, apercevant la Mercedes le long du trottoir, elle avait interrogé Janice.

— Oui.

— Vous ne manquez pas de culot.

Devoir se justifier après un aussi délicieux après-midi le consternait. Il s'affaissa contre la voiture en soupirant.

— Pourquoi ne puis-je pêcher avec votre fils? Je ne vois pas ce qu'il y a de mal.

— Vous ne m'avez pas demandé la permission, et je vous avais prié de ne pas vous approcher de lui.

— Ecoutez, c'est Jason qui me l'a demandé. C'est un gamin qu'on peut difficilement repousser. Dieu sait pourquoi, mais il me regarde avec admiration et ça me désarme complètement.

— Arrêtez votre baratin, dit-elle, les joues rouges de colère. Tous les enfants de la ville vous regardent comme ça. On m'a parlé de votre petite réunion à l'école aujourd'hui. Bon sang, vous voulez les enchanter comme le Joueur de Flûte ?

Piqué au vif, il se détourna.

— C'est différent. C'était une réunion de travail. Jason m'aime bien pour d'autres raisons.

Son regard se posa sur elle, et elle crut y déceler un élan de sincérité.

— Il a besoin d'un homme à ses côtés, Foraine.

Ces mots la mirent en colère ; elle serra les paupières pour refouler des larmes qui, curieusement, ne la menaçaient que lorsqu'elle était irritée.

— Il m'a, et il a cette ville. Autour de lui, il y a des tas d'hommes qui l'aiment : son grand-père, des voisins, nos amis, les professeurs... Il est beaucoup plus entouré que des tas d'autres petits garçons.

— Je sais de quoi je parle.

— Ne me racontez pas d'histoires, Brisco. Il y a eu un homme dans votre vie qui a exercé sur vous une forte influence.

Il fronça les sourcils.

— Qui donc ?

— Montague Shelton. Je sais beaucoup de choses sur lui, et en particulier sur les intéressantes leçons qu'il vous a données.

Pour la première fois depuis qu'elle le connaissait, son regard étincela de colère.

— De quoi parlez-vous ?

— Je parle de votre ami, des deux condamnations pour escroquerie et contrefaçon de chèques et documents divers, et des vingt-quatre mandats d'arrêt lancés contre lui.

La mâchoire de Logan se contracta.

— Et qu'en avez-vous conclu ?

— Que j'ai raison depuis le début : vous n'êtes qu'un escroc de bas étage.

— Laissez-moi vous parler de Montague Shelton, lança Logan en faisant quelques pas vers elle. Il a été la seule personne qui se soit souciée de moi, de ce qui pouvait m'arriver. Il n'a peut-être pas été l'homme le plus honnête de la terre mais il n'a fait de mal à personne. Ce n'était tout simplement pas dans son caractère.

— Vous trouvez que rafler les économies d'une vie entière ne fait aucun mal ? Selon vous, à partir du moment où on ne brandit pas une arme et où on ne ligote pas la personne qu'on s'apprête à dépouiller, on ne lui fait aucun mal ?

— On peut toujours se remettre d'un revers de fortune.

— Effectivement, fit-elle avec un petit rire amer. A condition d'avoir deux boulots, de ne pas prendre sa retraite, et de vendre tout ce qu'on possède pour arriver à se nourrir !

— Très bien, c'était un escroc. Comme vos parents. De même que je ne peux pas déduire de votre filiation que vous êtes malhonnête, vous ne pouvez m'accuser de rien.

— Hé, doucement ! Moi, j'habite ici, je travaille ici, j'élève mon fils ici. C'est vous qui avez débarqué avec pour tout bagage un sourire enjôleur et une idée fumeuse.

— C'est une sacrément bonne idée, Foraine, et vous le savez. J'ai peut-être un passé suspect, mais cela ne signifie pas que je suis incapable de mener une vie normale, et de fonder une famille ! Je ne suis pas différent de vous. Vous devriez être contente d'avoir été bien accueillie à Serenity et de n'avoir trouvé personne pour vous juger et vous accuser comme vous le faites avec moi !

Sa ferveur la frappa, et elle comprit qu'il ne jouait pas la comédie. Elle n'avait rien trouvé sur lui et le fait qu'il ait connu un arnaqueur ne signifiait pas qu'il en fût devenu un. Après avoir baigné dans une ambiance malhonnête toute son enfance, elle s'était débarrassée des mœurs douteuses de sa famille. Pourquoi n'y serait-il pas parvenu ? Cela n'aurait rien d'extraordinaire, après tout.

Elle exhala un profond soupir.

— Si je me trompe sur votre compte, Brisco, je le regrette.

— Hou là! Ça, ce sont bel et bien des excuses!

— Oui, eh bien, je ne suis pas près d'en formuler plus.

— Je m'en contenterai pour le moment.

Ils restèrent un long moment sans dire un mot, puis il finit par demander.

— Est-ce que cela veut dire que vous annulez la leçon d'aujourd'hui? J'avais hâte pourtant de m'asseoir dans le cockpit.

Elle haussa les épaules.

— Retrouvons-nous au hangar. Vous avez déjà payé, après tout, lança-t-elle en se dirigeant vers sa camionnette.

Fallait-il qu'elle ait perdu la tête! se dit-elle en tirant sur le démarreur. Rien n'indiquait qu'elle pouvait lui faire confiance. Pourtant, elle n'en était pas loin.

La leçon se déroula dans une atmosphère tendue. Foraine parlait d'une manière brève et saccadée. Elle avait testé les connaissances théoriques de Logan et il était temps qu'il applique ce qu'elle lui avait enseigné.

Ce n'était pas la première fois que Logan s'installait dans un cockpit. A l'époque où il prétendait être un pilote de ligne rentrant chez lui entre deux vols, il s'y était souvent rendu.

Tout cela lui semblait très lointain. L'uniforme de pilote que Montague lui avait offert reposait dans une malle dans un garde-meubles d'Atlanta et il n'avait plus aucune envie de le porter.

— Pas mal, fit Foraine pendant qu'il effectuait un virage pour reprendre la direction de l'aéroport. Vous êtes plutôt doué.

— Je vous ai dit que j'apprenais vite.

Troublée par son attitude sérieuse, elle se retint de remarquer que cette facilité était une des caractéristiques des escrocs. Elle percevait chez lui une authentique vulnérabilité. Qu'elle continue à l'accuser l'avait sans doute blessé, à moins que ce ne fussent ses propos désobligeants sur Montague.

Mais cela aussi, la sincérité, un air d'innocence, faisait partie de l'arsenal du parfait arnaqueur, sinon aucun pigeon ne se laisserait plumer. Attention à ne pas s'attendrir !

— Dites-moi, fit-elle en reprenant les commandes pour atterrir. Quand Jason et vous pêchiez, de quoi parliez-vous ? Du parc ?

— Non. Ce sujet n'a pas été abordé. Nous avons parlé poissons et je l'ai aidé pour ses fractions. D'ailleurs, nous avons eu une intéressante discussion sur « le plus petit dénominateur commun ».

Elle lui jeta un coup d'œil. Au sourire malicieux de Logan, elle comprit que Jason lui avait répété ses paroles.

— Vous l'avez aidé en maths ? Pourquoi ne me l'a-t-il pas demandé ?

— Je ne sais pas. Mais je suis bon dans cette matière et je crois l'avoir aidé à éclaircir le mystère des fractions. Il a promis de refaire ses exercices et de me les montrer demain. Nous avons prévu de retourner pêcher.

— Je vérifierai son travail, dit-elle.

— Ecoutez, reprit-il lorsque l'avion eut touché le sol. Franchement, je n'essaye pas de séduire votre fils à votre insu. Mais figurez-vous que je n'étais jamais allé à la pêche et la première fois qu'il m'y a emmené, ça m'a fait tellement plaisir que j'ai eu hâte de recommencer.

Foraine pivota brusquement vers lui.

— La première fois ? Il y a eu une autre fois ?

Il regretta sa bévue. Il n'était pas dans ses habitudes de se trahir.

— Oui. Vous le croyiez avec Nathan mais c'est moi qui l'ai accompagné. Foraine, la plupart du temps, nous n'échangeons pas un mot. Grâce à lui, j'ai découvert un grand plaisir. C'est un gosse formidable et j'aime sa compagnie. Mais, c'est promis, je ne recommencerai pas.

Elle coupa le moteur et reprit d'une voix calme :

— Il faut que vous compreniez, Brisco. Mon seul objectif est de protéger mon fils. C'est pour cela que je ne suis pas retournée dans ma famille et que j'ai décidé de rester à Serenity.

— Je ne vous le reproche pas, dit-il, les yeux fixés droit devant lui. Il est ce que Dieu vous a donné de plus précieux.

La jeune femme murmura :

— Ces mots sonnent curieusement dans votre bouche. Je ne vous imaginais pas croyant.

— Je l'ai été. Ma mère me faisait réciter mes prières et m'emmenait à l'office du dimanche. Mais c'était il y a très longtemps. En grandissant, on se demande s'il est bien raisonnable de croire.

— Que vous ayez la foi ou non, cela ne change rien à l'existence de Dieu.

— Je sais, murmura-t-il. Le pire, c'est que je pense avoir la foi, malgré moi. Mais je ne suis pas sûr que Dieu, Lui, croie en moi.

— Vous pourriez être surpris. A sept ans, je faisais les poches du public. A dix ans, j'aidais à truquer les jeux. J'avais l'impression d'être trop encombrée de bagages pour faire demi-tour. Et puis j'ai découvert quel bon berger Il est, même envers ses brebis perdues.

Avec un sourire ému, il se tourna vers elle.

— Vous essayez de me convertir, Foraine ?

— Grands dieux, non ! Et si vous le faisiez, je me méfierais.

— Evidemment, dit-il avec un petit rire. Vous prendriez encore ça pour un coup monté.

Ils gardèrent le silence, dans une sorte de complicité plutôt agréable, puis Foraine lâcha un soupir.

— Ecoutez, Brisco, je crois qu'il n'y a pas de mal à ce que vous alliez de temps à autre pêcher avec Jason. Même si je refuse de l'admettre, j'imagine que ça lui fait du bien.

Il fut à la fois surpris et touché du tout petit pas qu'elle venait de faire vers lui.

— Merci, Foraine, murmura-t-il. Je vous jure de ne rien faire qui puisse le blesser.

Elle ouvrit la porte du cockpit, signifiant ainsi que la conversation était close. Logan comprit combien cette concession lui avait coûté, mais lui aussi avait une note à payer.

Il la laissa retourner au bureau et resta debout au milieu du hangar accablé par un lourd sentiment de culpabilité car, tout en sachant parfaitement qu'il allait la trahir, il s'efforçait de gagner la confiance de la jeune femme.

Le lendemain après-midi, Jason l'attendait, muni de deux cannes et d'un seau de vers ramassés dans le jardin. Une grosse enveloppe dépassait de sa poche et sa chemise sortait du pantalon. Logan ne put retenir un sourire à la vue du petit visage impatient sur lequel leurs dernières séances de pêche à la ligne avaient multiplié les taches de rousseur. Jason courut vers la voiture en traînant son matériel dans la poussière.

— Logan, j'ai quelque chose pour toi ! Quelque chose de vraiment formidable !

Logan le débarrassa de son matériel et questionna :

— Qu'est-ce que c'est ?

— Nos investissements.

Hors d'haleine, le petit garçon dut s'interrompre, puis il reprit :

— Tout le monde à l'école a apporté son argent, et ils me l'ont donné...

— Hou là! fit Logan en s'accroupissant devant lui. Recommence. Qu'est-ce que tu veux dire avec cette histoire de tout le monde?

— Les enfants, quoi. Chacun a apporté ce qu'il avait. Et ça fait trois cents dollars. Est-ce que ça suffit, Logan? Est-ce que tu peux retourner voir tes banquiers et leur demander de commencer la construction du parc?

Logan prit l'enveloppe que lui tendait Jason.

— Trois cents dollars? Comment ont-ils trouvé une telle somme?

— L'argent de poche, les cadeaux d'anniversaire, les tirelires. Moi, j'avais soixante dollars de mon anniversaire de l'année dernière et de la chaussette de Noël, et encore seize dollars et quatorze *cents* de ma tirelire. Et ne t'inquiète pas. J'ai fait une liste avec tous les noms et en face la somme que chacun a donnée, si bien que quand on sera riches, tu sauras très bien qui a gagné quoi. C'est comme ça que tu fais, non?

— Oui. Mais je croyais vous avoir expliqué que je ne tenais pas à l'argent des enfants. Que je voulais seulement leurs idées.

— Oh, ils en ont, mais je n'ai pas pu les apporter. Ce sont les professeurs qui les ramassent. Parce qu'il y en a beaucoup. Mais est-ce que c'est pas formidable, tout cet argent, Logan? T'es pas content?

— Si, bien sûr, dit Logan en se forçant à l'enthousiasme. C'est magnifique. Vraiment.

— Est-ce que c'est assez? Parce que avec un peu plus de temps, on pourrait en trouver plus. On peut organiser une vente de gâteaux, laver des voitures...

— Non. C'est très suffisant.

— Est-ce qu'on va être riches, Logan?

Il passa la main dans ses cheveux et son regard s'égara sur l'horizon.

— Sans doute, petit. Si ça dépend de moi.

— Super! fit l'enfant en envoyant un coup de poing dans le vide. Tu sais ce que j'achèterai en premier? La jolie robe rouge qu'on voit dans la vitrine de Miss Mabel. Je la donnerai à ma maman pour qu'elle puisse trouver un mari.

Malgré son désarroi, Logan éclata de rire.

— Je n'ai pas l'impression que ta mère s'inquiète beaucoup de cela.

— Alors c'est lui qui la trouvera. Et je pense que cette robe rouge est juste ce qu'il faut pour l'attirer. Viens. Les poissons mordent sérieusement aujourd'hui. Je le sens!

Logan suivit le petit garçon qui courait vers le bois.

Ce n'était pas rentable d'avoir une conscience, lui avait toujours dit Montague. Et en jouant, bavardant, pêchant avec l'enfant qui lui avait donné sa confiance, Logan découvrit combien ce précepte était vrai.

Cette fichue conscience, qu'il avait réussi à ignorer jusqu'à présent en évitant de se lier avec ses victimes, se mettait à pointer sa sale tête un peu trop souvent ces derniers temps. Même Jack se mettait de la partie, avec ses yeux pleins de reproche, comme s'il comprenait ce que son nouveau maître se préparait à faire.

Stupide. Il était stupide de s'attacher au fils de Foraine Sullivan, de se charger d'un chien qui désormais dépendait complètement de lui, d'être resté dans cette ville aussi longtemps.

Malgré les protestations de Jason, il rejeta à l'eau toutes ses prises et regagna sa voiture sans attendre le petit garçon. Il fallait bouger. De toute urgence, car bientôt ce serait trop tard. Le naufrage était imminent. Il y avait des tas d'inconvénients qu'il parvenait à supporter tant bien que mal — fuir la police perpétuellement, changer de nom tous les deux mois, peupler ses insomnies de reproches vains —, mais le pire était sa propre faiblesse ; ça, c'était carrément insupportable.

En roulant vers le motel, il prit la décision d'arrêter tout, de ramasser l'argent déjà collecté et de quitter la ville. Décision qui ne lui apporta aucun réconfort. Il tendit la main vers le chien, couché sur le siège passager.

— Dis donc, Jack, ça te plairait de voir le monde ?

Le chien lui jeta un regard morne. En caressant ses poils lisses, Logan se dit que voyager allait devenir scabreux. Plus moyen de se faire passer pour un pilote et sillonner le pays d'aéroport en aéroport. Maintenant, il y avait Jack, et cela allait lui compliquer terriblement la vie.

Quelque chose dans le regard du chien empêchait Logan de l'abandonner. Il savait ce qu'était la solitude et d'être rejeté par tous. Il avait éprouvé cette détresse. Avant Montague, personne ne s'était soucié de lui. Veiller sur Jack était un peu comme veiller sur l'enfant qu'il avait été. C'était idiot, se dit-il, et un psychiatre se délecterait à creuser ça, mais néanmoins, c'était là.

Il se gara dans le parking du motel et, suivi de Jack, pénétra dans sa chambre. L'odeur de moisi et de tabac persistait, malgré ses tentatives d'aération. A plusieurs reprises, il avait joué avec l'idée d'acheter une petite maison à Serenity, d'y mettre quelques meubles et de s'installer. Mais un reste de bon sens l'en avait dissuadé.

Il sortit son sac, y rangea ses affaires de toilette et ses vêtements. Puis il rassembla ses papiers, les livres étudiés et les notes prises. Il partait plus chargé qu'il n'était arrivé, encore une infraction aux règles de Montague.

Avant que les habitants de Serenity ne s'aperçoivent qu'ils s'étaient fait rouler, il avait largement le temps de quitter l'Etat, même avec des bagages supplémentaires et un chien.

Après avoir emballé l'ordinateur et l'imprimante, il vérifia s'il n'avait rien oublié et entreprit de compter l'argent qu'il avait raflé à la population de Serenity. La somme était inférieure à ses espérances, mais suffirait pour vivre deux ans tranquille, quelque part au Brésil, en Suède ou en Grèce... le temps que les Fédéraux se lassent de le chercher.

Il sortit de sa poche l'épaisse enveloppe que lui avait donnée Jason et compta son contenu. Trois cents dollars, très exactement, principalement en billets d'un dollar. Une liste y était jointe, sur laquelle figuraient, de l'écriture enfantine de Jason, les prénoms des enfants et la somme que chacun avait versée.

On va être riches, hein, Logan? Les mots du petit garçon résonnèrent dans sa tête et il tenta d'imaginer à quoi ressemblerait le visage innocent de Jason lorsqu'il apprendrait qu'à cause de lui, ses amis avaient perdu leurs économies, et que Logan n'était rien de plus qu'un escroc.

Il se mit en quête d'une autojustification. D'ordinaire, cela lui venait spontanément à l'esprit. Ce serait une bonne leçon, Jason s'en souviendrait toute sa vie et cela pourrait lui épargner d'autres erreurs beaucoup plus graves. Il allait comprendre que les hommes n'ont pas besoin d'avoir une sale tête pour vous frapper dans le dos.

Mais aucun de ces arguments ne fit d'effet, car il n'ignorait pas que la leçon ferait à l'enfant plus de mal que de bien. C'était pour cela que Foraine avait choisi de l'élever à Serenity, après tout. Elle essayait d'offrir à son fils l'enfance protégée dont elle avait été privée.

Et elle, que penserait-elle? Qu'elle avait toujours eu raison? Qu'il n'était qu'un vulgaire voleur qui ne prodiguait son sourire que pour mieux dévaliser ses victimes? Que la minuscule étincelle de confiance

qu'il avait allumée en elle était dénuée de valeur?
Qu'elle ne s'y laisserait plus prendre?

A sa grande consternation, un gouffre obscur se creusa dans son cœur. Que c'était déplaisant! Et toutes ces questions qui se bousculaient dans sa tête, quelle horreur! Finalement, il prit une autre enveloppe, inscrivit le nom de Jason, y glissa l'argent des enfants ainsi que la liste de leurs prénoms et la cacheta.

Puis il rameuta tout son courage pour quitter la ville définitivement.

12

La preuve était indiscutable.

Bouche bée, Foraine regardait les morceaux de tirelire éparpillés sur le bureau de Jason. Il ne s'était même pas donné la peine de les ramasser tant il avait eu hâte de filer. Lorsqu'elle avait obligé son fils à remettre les pièces dans le petit cochon, il était presque plein, elle se le rappelait parfaitement. Où était passé cet argent ?

Elle s'efforça de rester calme ; il y avait sûrement une explication. Il avait dû renoncer au kart pour lequel il économisait et décidé de s'acheter une paire de patins ou une nouvelle canne à pêche. Qu'il ne l'ait pas consultée enfreignait la règle familiale mais ce n'était pas très grave. Jason n'était qu'un enfant, après tout.

Elle partit à sa recherche. Lorsqu'elle le retrouva il revenait du lac, les poissons attachés à une ficelle, et parlait tout seul. Elle se sentit rassurée.

— Jason !

L'apercevant, un grand sourire illumina son visage. Il courut à sa rencontre.

— M'man, on en a attrapé quinze, mais Logan a rejeté tous les siens. Moi, j'en ai gardé six.

— Il faut que je te parle, dit-elle. A la maison.

Surpris par le ton de sa mère, il écarquilla ses grands yeux innocents.

— Qu'est-ce que j'ai fait ?

— Viens vite.

— C'est à cause de Logan ? demanda-t-il en trottant de toutes ses petites jambes pour rester à sa hauteur. Tu as dit qu'on pouvait pêcher ensemble. Tu te rappelles pas ?

— Si, si, grommela-t-elle avec un vague sentiment de compassion pour son enfant.

Elle poussa la moustiquaire et le fit passer devant elle.

— Mets les poissons dans l'évier. Tu les nettoieras plus tard.

Il obéit, se lava les mains et revint près d'elle.

— Qu'est-ce qu'il y a, m'man ?

Elle tira une chaise et s'installa en face de lui.

— Je vais te poser une question et je veux l'exacte vérité. Où est l'argent qui était dans ta tirelire ?

Il détourna le regard.

— J'suis désolé, m'man, mais c'était trop long de faire tomber les pièces une à une. Alors j'ai pris un marteau. Je sais que j'aurais dû t'en parler d'abord.

— Qu'est-ce que tu en as fait ?

— Eh bien, j'ai décidé que je n'avais pas besoin d'un kart. Il y a des choses plus importantes dans la vie.

Foraine sentit son cœur se serrer.

— Quoi par exemple ?

— Tu sais bien que tu es toujours à me dire qu'il faut économiser. Il y a des trucs qui sont comme des économies... sauf qu'ensuite on a plus d'argent qu'avant.

Elle comprit immédiatement ce qu'il en avait fait et pourquoi il tentait d'éluder sa question. Elle murmura :

— Jason, tu l'as donné à Logan ?

Elle se heurta à une bouche close et à un regard obstiné.

172

— Jason, je t'ai posé une question. As-tu donné cet argent à Logan ?

— Oui, dit-il, les lèvres serrées, et aussi celui qui était sous mon matelas, et aussi celui de mon dernier anniversaire et de Noël. Mais comme tous les autres à l'école ! On a rassemblé trois cents dollars. On va être riches, m'man !

— Et il l'a pris ? Il a vraiment osé faire ça ?

— Et pourquoi il l'aurait pas fait ? Nous aussi, on veut être associés. On va être des VIP, m'man.

— Non, tu ne seras rien de tout ça ! hurla-t-elle, rouge de colère, parce que je vais reprendre cet argent aujourd'hui même ! Et s'il ne veut pas le rendre, je porterai plainte et on le jettera hors de cette ville.

— Non, m'man, tu ne peux pas faire ça ! trépigna le petit garçon.

— Combien lui as-tu donné, Jason ? Combien exactement ?

— Soixante-dix dollars. Mais je veux qu'il les garde. Si tu les reprends, je trouverai un moyen de les lui rapporter. C'est pas ton argent. C'est le mien.

De rouge brique, le teint de Foraine vira au blanc crayeux.

— File dans ta chambre ! Tout de suite !

— Je te déteste ! hurla Jason. Si tu vas voir Logan, je ne te le pardonnerai jamais ! Je te détesterai jusqu'à mon dernier jour !

Elle l'empoigna par le bras et le traîna dans sa chambre.

— Maintenant, tu vas rester ici jusqu'à ce que je te permette de sortir, cria-t-elle. Et profites-en pour ramasser les morceaux de ta tirelire.

— C'est *mon* argent ! brailla-t-il.

Foraine referma brutalement la porte, et s'affala contre le battant. Avant qu'elle pût les retenir, ses larmes jaillirent. Elle mit une main devant sa bouche pour retenir les sanglots qui l'étouffaient. Maudit soit-il! Non seulement Logan Brisco détruisait l'innocence de son enfant mais, à cause de lui, son petit garçon se dressait contre elle.

Il fallait de toute urgence arrêter cet individu malfaisant.

Se forçant à reprendre son calme, elle se précipita sur le téléphone pour appeler ses beaux-parents.

— Allô?

— Betsy, j'ai besoin de vous. Pouvez-vous venir garder Jason un petit moment?

Sa belle-mère hésita un instant.

— Foraine, tu pleures?

— Vous pouvez venir, oui ou non? C'est urgent.

— Oui, bien sûr. On arrive tout de suite. Tu vas bien?

— Ça ira, bredouilla-t-elle. Mais, je vous en prie... dépêchez-vous.

Elle raccrocha et se laissa tomber sur une chaise. Jamais Jason ne lui avait parlé avec autant de violence. Leurs conflits étaient rares et espacés, et surtout sans gravité. Les mots jetés par son fils la blessaient profondément, et se retrouver dans un rôle de méchante l'écorchait vive. Mais cela ne l'empêcherait pas d'aller voir Logan pour l'obliger à restituer l'argent qu'il avait pris.

Comment avait-il pu s'emparer des économies de leurs enfants? Et cela juste au moment où elle venait de l'autoriser à pêcher avec son fils! Qu'elle était donc stupide! Tout comme les habitants de cette ville, elle méritait une leçon. Mais pas Jason!

Elle entendit une voiture freiner sur les gravillons et se leva pour ouvrir à ses beaux-parents.

— Jason est dans sa chambre. Il est puni. Il n'a pas le droit de sortir.

— Foraine, que s'est-il passé? demanda J.R. en la prenant par les épaules. Je ne t'ai jamais vue dans cet état.

— Jason a donné à Logan toutes ses économies.

Soixante-dix dollars. Il les a pris sans vergogne. Je sais ce que vous pensez de lui mais un homme intègre n'aurait jamais fait cela ! Je veux que Logan les lui rende, et c'est ce qui rend Jason fou furieux.

Betsy regarda son mari, qui hocha la tête.

— Fais ce que tu penses être bien, Foraine. C'est vrai que Logan n'aurait pas dû accepter sans ta permission.

— Et il savait ce que j'en pensais ! Il le savait !

Elle s'essuya les yeux d'un geste brusque et attrapa ses clefs.

— Je vais dire à Jason que vous êtes là et je file.

Elle s'approcha de la porte de sa chambre et, en la poussant, lança :

— Jason, tes grands-parents…

La voix lui manqua lorsqu'elle découvrit que la pièce était vide. La fenêtre était ouverte et la brise agitait doucement les rideaux.

— Jason !

Elle bouscula ses beaux-parents et se rua vers l'entrée.

— Jason ! hurla-t-elle. Jason, reviens tout de suite !

Aucune réponse. Elle traversa en courant le jardin qui la séparait des Trent et tambourina à leur porte.

Janice apparut sur le seuil.

— Foraine, que se passe-t-il ?

— Je cherche Jason, expliqua-t-elle, hors d'haleine. Il est chez vous ?

— Non. Comme Nathan a beaucoup de travail, il n'a pas pu aller jouer aujourd'hui. Quand j'ai vu Jason pour la dernière fois, c'est au moment où il est descendu du car.

— Vous êtes certaine qu'il ne se cache pas chez vous ?

— Foraine ! Vous savez bien que je ne ferais pas une chose pareille !

— Il faut que je le trouve. Il n'a pas pu aller bien loin.

Paniquée, elle s'élança en direction du bois.

— Foraine! cria Janice en courant derrière elle. Il fait trop sombre, il n'est sûrement pas là-bas!

Zigzaguant entre les arbres, la jeune femme ne s'arrêta que lorsqu'elle fut parvenue au bord du lac.

— Jason! Jason, je t'en prie, réponds-moi! criat-elle. On va parler de tout ça tranquillement chez nous.

Seul un silence lourd de menaces lui répondit. Elle tendit l'oreille, guettant le bruissement d'une feuille, le craquement d'une branche, mais n'entendit que les stridulations d'un criquet et le coassement d'un crapaud.

— Jason, je t'en prie!

Des rayons lumineux trouèrent l'obscurité du bois; deux secondes plus tard apparurent David Trent et J.R.

— On a regardé dans le débarras et sous la tente du jardin, dit David. Il n'y était pas.

— Et nous, nous avons fouillé la maison, ajouta J.R. Foraine, où penses-tu qu'il est allé? Ce n'est qu'un bébé!

— Je n'en sais rien. Continuez à chercher ici, pendant ce temps je vais avertir la police; après j'irai chez Logan Brisco.

Logan jeta un coup d'œil sur sa montre. Il était tard, les bureaux d'UPS devaient être déjà fermés, mais peut-être pas ceux de Federal Express. Il avait encore le temps d'y déposer les cartons contenant son matériel. Posant son sac sur le lit, il composa le numéro de l'aéroport d'Odessa. On lui indiqua un vol aux environs de minuit; il réserva une place.

Des coups frappés à sa porte le surprirent. Il se figea, hésitant à répondre.

Comme ils redoublaient d'intensité, il se résigna à entrouvrir légèrement le battant et aperçut Foraine.

La fureur rougissait son visage et ses yeux brillaient de colère.

— Où est Jason ? lança-t-elle.

— Jason ? répéta-t-il, interloqué. Il n'est pas chez vous ?

— Bien sûr que non ! Sinon qu'est-ce que je ferais ici, gronda-t-elle !

— Mais, je l'ignore !

Avec une force étonnante pour une femme aussi menue, elle le repoussa et pénétra à l'intérieur.

— Jason ?

— Vous voyez bien qu'il n'est pas là ! dit-il, en essayant de lui cacher les bagages entassés sur le lit.

Trop tard. Elle s'immobilisa. Ses yeux allèrent des cartons à Logan puis revinrent sur le sac de voyage.

— Vous partez en balade ? demanda-t-elle, au bord des larmes.

— Oui... non ! Foraine, qu'est-ce qui se passe ? Quel est le problème ?

— Vous !

Elle empoigna son sac et le jeta sur le sol.

— C'est vous le problème ! Vous avez pris l'argent de mon bébé, vous l'avez dressé contre moi et maintenant il est parti... et vous... vous voilà près de déguerpir, c'est bien ça ? Exactement comme je l'avais prédit !

Logan, la prenant par les épaules, l'obligea à le regarder en face.

— Qu'est-ce que vous dites ? Il est parti ? Et où ?

— Il s'est sauvé, espèce de salaud ! cria-t-elle en se dégageant de son étreinte. Qui sait où il est maintenant ? Et sans un sou puisqu'il vous a tout donné ! Et il fait nuit, et il est si petit !

Sa voix se brisa et des sanglots incoercibles la submergèrent.

— Je n'avais pas l'intention de conserver cet argent, Foraine, dit-il doucement. Vous devez me croire.

Il lui montra une enveloppe adressée à Jason.

— Tout est là. Jusqu'au dernier *cent*.

Elle essuya ses larmes et leva les yeux sur lui.

— Et aux adultes, Brisco ? Vous allez le leur rendre aussi ?

Il se détourna, vaincu. Elle avait débusqué les zones d'ombre de son caractère, ces zones sordides qui auparavant ne lui posaient aucun cas de conscience, mais aujourd'hui il mesurait toute son indignité.

— Non, j'en doute, reprit-elle. Seigneur, j'espérais tant m'être trompée ! Il y a tant de possibilités en vous ! Quel gaspillage !

Retenant un nouvel accès de sanglots, elle se dirigea résolument vers la sortie.

— Foraine, attendez !

— Je ne peux pas. Il faut que je retrouve mon fils ! cria-t-elle.

La porte claqua derrière elle, laissant Logan debout au milieu de la pièce, en proie à une sorte de vertige, se répétant les phrases qu'elle venait de lui assener, Elle pensait qu'il avait de réelles qualités et elle regrettait leur gaspillage ! Elle avait souhaité lui accorder sa confiance, malgré ses innombrables raisons de se méfier. Et voilà qu'il lui en avait donné une de plus !

Assis sur un fauteuil, Jack gémissait doucement. Es-tu vraiment aussi méprisable qu'elle le dit ? semblait-il demander à son maître. Logan contempla les quelques bagages qui contenaient toute sa vie : un sac de voyage, une serviette et deux cartons, et comprit qu'il ne pouvait pas quitter Serenity.

Pas encore.

Il saisit les clefs de sa voiture et caressa la tête du chien.

— Reste ici, Jack. J'ai quelque chose d'important à faire.

Il retrouva le petit garçon immédiatement. Il s'était réfugié dans son endroit secret au bord du lac.

Logan ne remarqua d'abord qu'un petit tas rond sur la souche. En s'approchant il reconnut la forme d'un enfant roulé en boule et emmitouflé dans un sac de couchage — pas pour se réchauffer, car on était en mai et l'air était tiède, mais pour se protéger des bruits effrayants de la nuit.

Logan s'approcha et l'appela doucement :

— Jason ?

Le petit corps sursauta et une tête se dégagea du sac de couchage.

— Oh, Logan, fit-il dans un souffle. Tu as failli me faire mourir de peur.

— Excuse-moi, murmura Logan en s'asseyant à côté de lui. Mais tu ne devrais pas rester ici tout seul en pleine nuit.

— Je ne veux pas rentrer, dit Jason en regardant d'un air obstiné vers le lac.

Il avait l'air à la fois très décidé et très, très jeune.

— Pourquoi ?

— Parce que ma mère me traite comme un bébé.

— Ta mère est malade d'inquiétude, Jason, elle est venue chez moi et elle n'arrêtait pas de pleurer. Tu ne veux pas lui faire de la peine, non ?

L'enfant garda le silence quelques minutes, puis il demanda d'une toute petite voix :

— Qu'est-ce qu'elle a dit ?

— Elle te cherche partout. Jason, prendre la fuite n'est pas une solution. Il faut rentrer et...

— Non ! Si tu es venu pour me faire revenir, tu peux t'en aller. J'ai pas peur de rester ici tout seul.

— Je le sais bien, soupira Logan, mais que comptes-tu faire exactement ? Passer la nuit sur ce tronc d'arbre ? Demain aussi ? Et que vas-tu manger ?

— Je pêcherai, répondit fièrement le petit garçon. Je ferai un feu, je cuirai mon poisson et je vivrai comme Huckleberry Finn, sans personne pour me dire ce que je dois faire.

— Jason, ta mère a raison au sujet de l'argent. Je n'aurais jamais dû l'accepter. D'ailleurs, je le lui ai rendu.

Jason s'extirpa du sac de couchage et bondit sur ses pieds.

— Tu vois ? Je savais qu'elle le ferait ! Elle a tout fichu en l'air !

— Elle essaye seulement de te protéger.

— Eh bien, je n'ai pas besoin qu'on me protège. Je suis capable de prendre mes décisions tout seul.

Logan le dévisagea longuement. Il comprit qu'argumenter plus longtemps serait inutile.

— Bon, dit-il enfin, d'accord, mais j'espère que ce sac de couchage est assez grand pour deux, parce que je reste avec toi.

— Quoi ?

— Tu as bien entendu. Je ne te forcerai pas à rentrer chez toi mais je ne te laisserai pas seul non plus.

— Et Jack ? Tu vas le laisser toute la nuit ?

— Il y survivra.

Jason ne savait plus très bien que dire.

— Bon, d'accord, tu peux rester, mais demain, j'irai ailleurs et tu ne pourras pas m'accompagner. Je ne veux pas être retardé.

Logan aurait trouvé ces mots très drôles s'il ne s'était rappelé sa propre enfance et toutes les fois où, prisonnier d'une famille nourricière, il avait projeté de s'enfuir. Lorsqu'il s'y était risqué, il avait quatorze ans, et il n'était pas plus préparé au monde que ce gamin de huit ans.

— Le coin est rudement désert, tu sais.

— Ça m'est égal.

Logan passa un bras autour de ses épaules et l'attira contre lui. Fatigué de se battre, l'enfant appuya la tête contre sa poitrine.

— Jason, je sais très bien ce que tu ressens.

— Non, tu ne le sais pas.

— Ecoute-moi. Ecoute bien l'histoire que je vais te raconter, ce n'est pas facile pour moi, et c'est la première fois que j'en parle. Es-tu assez grand pour garder un secret ?

— Bien sûr, dit-il en relevant la tête.

Logan se gratta la gorge, espérant que l'enfant ne remarquerait pas ses yeux embués.

— Il était une fois un petit garçon qui vivait avec sa maman, et c'était la personne la plus merveilleuse du monde. Il ne connaissait pas son père, mais il n'en souffrait pas parce que sa mère lui donnait tant d'amour que rien ne lui manquait.

Jason s'écarta légèrement et baissa les yeux.

— Est-ce qu'elle l'empêchait de faire de très importants investissements ?

Logan posa un doigt sur ses lèvres pour l'empêcher de l'interrompre.

— Ce petit garçon n'avait que trois ans et il ne pensait pas du tout à l'argent. Il aimait entendre sa mère lui lire une histoire, il aimait chanter des chansons avec elle, et il aimait l'heure de se coucher parce qu'elle le bordait et le serrait contre elle en lui faisant réciter ses prières.

Evoquer ces souvenirs lui était douloureux et les mots franchissaient difficilement ses lèvres. Jason écoutait en silence.

— Pendant la journée, sa maman travaillait et lui restait chez une nourrice, mais chaque soir elle venait le reprendre. Un jour elle n'est pas venue.

— Pourquoi ?

— Le petit garçon l'ignorait. Il attendit longtemps, finalement sa nourrice le fit manger et lui expliqua qu'il allait dormir chez elle parce que sa mère ne pouvait pas venir le chercher.

La voix de Logan s'enroua et il dut s'interrompre pour lutter contre une émotion trop longtemps refoulée. Il reprit d'une voix plus forte :

— Il était sûr qu'elle allait bientôt arriver mais le lendemain, elle n'était toujours pas là. Il attendit et attendit encore. Il restait toute la journée devant la fenêtre pour guetter son retour. Mais elle n'est jamais revenue. Plus tard, une assistante sociale l'a emmené, en lui expliquant qu'il allait habiter dans une nouvelle maison.

— Pourquoi ?

— Il ne le savait pas. Mais il avait très peur, parce qu'il se disait que lorsque sa mère reviendrait, elle ne le trouverait pas. Ils l'emmenèrent chez des gens qu'il ne connaissait pas, et qui n'étaient guère patients avec lui ; ils le grondaient tout le temps, parce qu'il ne voulait pas quitter la fenêtre, de peur de manquer sa mère. Il ne l'a jamais revue. Sais-tu pourquoi ?

Jason réfléchit un instant.

— Parce qu'elle ne savait pas où il était ?

— C'est ce que le petit garçon croyait. Alors, comme il était en colère après elle, il a fait des tas de bêtises, et la famille n'a plus voulu de lui. Et à chaque fois qu'on le mettait dans une nouvelle famille, cela recommençait. Jour après jour, année après année, il attendit le retour de sa mère. Il venait d'avoir huit ans lorsqu'il se retrouva seul dans le bureau de l'assistante sociale, alors il prit son dossier et, en le lisant, découvrit que le jour où il l'avait tellement attendue, elle était morte dans un accident de voiture. Ça a été le pire moment de sa vie.

Jason lui jeta un regard horrifié.

— Personne ne l'a adopté ?

— Non, personne. Et pourtant, il rêvait d'une vraie famille en qui il pourrait avoir confiance et pour qui il serait vraiment important. Prendre tout seul ses décisions, dépenser son argent comme il le voulait, ce n'était pas cela qu'il désirait ; ce qu'il souhaitait par-dessus tout, c'était se sentir chez lui, dans une maison où on l'aimerait. Mais ça n'est jamais arrivé, aussi, quand il a eu quatorze ans, il a décidé qu'il était assez grand pour se débrouiller tout seul et il s'est enfui.

— Comme moi.

— Pas exactement, corrigea Logan. Il courait après un rêve, un endroit où il serait chez lui. Toi, tu as une maison à toi.

La remarque plongea l'enfant dans une profonde réflexion.

— Qu'est-ce qu'il lui est arrivé ensuite ? Il s'est bien débrouillé, non ? Il a été heureux tout seul, je veux dire ?

— Non, Jason. Il était très seul et il a dû faire des choses malhonnêtes pour vivre. Il a perdu le peu d'enfance qui lui restait et il n'a jamais trouvé ce qu'il cherchait.

Fasciné, Jason posait sur Logan un regard immensément triste.

— Sais-tu comment s'appelait ce petit garçon ?

Il secoua la tête.

— Il s'appelait Logan Brisco.

Jason retint son souffle et regarda Logan avec déférence.

— Vraiment ?

— Oui, vraiment, murmura Logan, la gorge nouée. Et tu sais quoi ? Si une seule personne m'avait aimé comme ta mère t'aime, ma vie aurait été complètement différente.

Les larmes affluèrent dans les yeux de Jason. Logan le prit entre ses bras et le serra contre lui sans dire un mot.

Soudain, Jason se redressa.

— Logan, je veux rentrer à la maison.

13

Le visage de Foraine, lorsqu'elle aperçut son fils, rappela à Logan qu'il avait toujours rêvé que l'on se précipite vers lui avec cette expression d'amour pur et sans réserve, et des larmes de soulagement montrant combien on tenait à lui.

Très ému, il regardait la jeune femme étreindre frénétiquement son fils en sanglotant. Après de longues embrassades, elle reposa l'enfant à terre et prit à grand-peine un air sévère.

— Jason, je suis très en colère! Ne recommence jamais une sottise pareille!

— Pardon, m'man.

Elle s'agenouilla et le reprit entre ses bras.

— Où étais-tu?

Jason paraissant hors d'état de répondre, Logan intervint:

— Il était dans son coin secret près du lac.

— Pourtant je t'ai cherché là-bas! Et grand-père et David aussi... Tu ne nous as pas entendus?

— Si, avoua Jason. Mais je ne voulais pas que vous me trouviez.

Elle s'essuya les yeux et se redressa.

— Je t'aime, Jason, dit-elle d'un air grave. Tu le sais?

— Oui, je le sais, m'man, répondit-il d'une toute petite voix. Moi aussi, je t'aime.

— Tu ne te sauveras plus jamais, n'est-ce pas ?

— Plus jamais, c'est juré.

Elle se retourna vers ses beaux-parents et les Trent.

— Vous êtes témoins ? Il a juré.

Soulagés, les parents de Nathan leur souhaitèrent une bonne nuit et les Sullivan emmenèrent leur petit-fils se coucher.

Foraine attendit qu'ils se soient éloignés pour s'adresser à Logan.

— Merci, murmura-t-elle.

— Je vous en prie, n'en parlons plus.

Leurs regards se soudèrent un long moment.

— Je regrette ; tout ceci est ma faute, finit-il par articuler d'une voix enrouée.

Elle eut un petit rire triste.

— Franchement, je vous croyais déjà en route pour Mexico.

Il ne sut que répondre ; il n'y avait pas grand-chose qu'il pût lui cacher.

— Je ne vais nulle part, Foraine.

— J'ai vu vos bagages, Brisco.

— Ça ne signifie rien.

Il aurait voulu lui expliquer tant de choses, mais il garda le silence. Il était probable qu'elle n'en croirait rien.

— Vous feriez mieux d'aller vous reposer, dit-il enfin. Nous avons une leçon de bonne heure demain. Pour décoller je n'aurai pas de problème mais pour redescendre sur terre, j'aurai besoin d'aide.

Le sous-entendu la fit sourire.

— A mon avis, vous n'êtes pas encore prêt, Brisco, murmura-t-elle.

— Vous savez, Foraine, il est facile de se laisser pousser par le vent. Mais un jour ou l'autre, il faut bien se poser quelque part.

Il regagna sa voiture garée sous les arbres devant la maison de Nathan. Croyait-elle qu'il serait encore là le lendemain matin ? se demanda-t-il en prenant le volant.

Jack l'accueillit avec de grandes manifestations de joie ; visiblement, il avait cessé d'attendre Slade et considérait Logan comme son maître. D'une certaine façon, c'était une victoire : un être vivant l'accueillait avec joie et avait besoin de lui. Ce n'était qu'un animal, mais c'était déjà beaucoup.

Il s'accroupit pour le caresser et reçut en échange quelques coups de langue sur la figure.

— Je t'ai manqué ? Je crois bien que c'est la première fois que je manque à quelqu'un.

Il se leva et ouvrit la porte.

— Viens, on va faire un tour.

Ils descendirent l'escalier et traversèrent le parking vers le bosquet préféré de Jack. Logan lui parlait doucement.

— Jack, si un homme décidait de tenir ses promesses, par où commencerait-il ?

Le chien lui jeta un regard en coin avant de se remettre à gratter la terre.

— Je veux dire, par quoi commencerais-tu ?

Aucune réponse ne lui parvenant, il sentit toute la ville peser sur sa poitrine et bloquer sa respiration. Peut-être était-ce de la folie pure. Essayer de mener à bien la réalisation d'un parc et rester à Serenity, c'était fou, non ?

Lorsqu'ils rentrèrent dans la chambre, le chien, affalé sur le lit, regarda Logan défaire ses bagages.

— Je vais aborder ce problème comme une arnaque, murmura-t-il, et étudier toutes les possibilités, aussi bizarres qu'elles paraissent. J'ai déjà monté des projets a priori impossibles, et persuadé des interlocuteurs de manière tout aussi ahurissante. Pourquoi n'arriverais-je pas à convaincre des banquiers ?

Il *pouvait* y parvenir, à condition de tout planifier. Peu importait qu'il ait menti en parlant de grands investisseurs, qu'il n'ait jamais discuté avec Billy Ray Cyrus, qu'il ignorât à qui appartenait le terrain sur lequel il avait proposé d'édifier le parc. Il suffisait de s'y mettre. Immédiatement.

Pendant la nuit, des idées défilèrent dans sa tête et le tinrent éveillé. Il prit des notes, dressa des plans et, lorsque le premier rayon de soleil pénétra dans sa chambre, il pensa que jamais il ne s'était senti aussi bien.

Le défi le faisait naître à une nouvelle vie et il se sentait d'attaque pour monter le plus grand coup de sa carrière, sauf que celui-ci était parfaitement honnête.

Le lendemain matin, Foraine ne put retenir un mouvement de surprise en voyant Logan se garer devant le hangar car, malgré les événements de la veille au soir, elle était convaincue qu'il aurait profité de la nuit pour prendre le large.

Pourtant, il était là, Jack sur ses talons, prêt à prendre sa leçon comme d'habitude.

— Comment va Jason, ce matin ? demanda-t-il en pénétrant dans le bureau.

— Très bien, répondit-elle en souriant. J'avais l'intention de le garder à la maison mais il a tenu à aller à l'école.

— Bien. Je suis content qu'il soit en forme.

Elle remarqua qu'il gardait une main derrière son dos.

— Qu'est-ce que c'est ? Que cachez-vous ?

Il ramena devant lui une grande boîte enveloppée de papier-cadeau et la lui tendit.

— C'est pour vous. J'espère que la taille est bonne.

— Pour moi ? répéta-t-elle, visiblement mal à l'aise. Logan, vous n'auriez pas dû…

— En fait, c'est de la part de Jason. Enfin, plus ou moins. Ouvrez et je vous expliquerai.

Elle défit lentement le paquet et en extirpa la robe rouge qu'arborait depuis deux semaines le mannequin de Miss Mabel. Elle l'avait remarquée mais jamais elle ne l'aurait achetée. D'une part, elle était trop chère ; ensuite, la coupe en était un peu provocante et Foraine n'aimait guère attirer l'attention. Elle se força néanmoins à sourire.

— Elle est... magnifique. Mais... comment peut-elle venir de Jason ?

Logan prit un air mystérieux.

— Hier, quand il m'a donné ses économies, il m'a expliqué ce qu'il ferait de ses gains. Et sa première emplette devait être cette robe. L'objectif étant qu'ainsi parée, vous puissiez vous dégotter un mari.

— Quoi ?

Logan éclata de rire.

— Vous avez bien entendu et je n'ai rien inventé. Il pense qu'en vous faisant belle vous trouverez un mari.

Retenant difficilement un sourire, elle replia la robe et la rangea dans sa boîte.

— Vous lui avez dit, j'espère, que je ne m'étais pas mise sur le marché.

— Oui, assura Logan, mais il a rétorqué que ça ne faisait rien, et qu'en vous voyant habillée comme ça, les candidats au mariage se rueraient sur vous.

— Quel enfant ! gémit-elle en s'affalant sur une chaise.

— C'était gentil de sa part, dit Logan en posant une fesse sur le bureau. Ce matin, j'étais triste en pensant que Jason ne pouvait pas vous l'offrir. Et l'idée que vous alliez vivre seule jusqu'à la fin de vos jours m'a paru épouvantable. Aussi, j'ai jugé qu'il valait mieux ne pas perdre de temps et l'acheter dès l'ouverture du magasin.

En se mordant les lèvres pour retenir un fou rire, Foraine attrapa la robe et la lui lança au visage.

— Hé, doucement ! fit Logan en la rattrapant. Elle est magnifique, Foraine. Elle est faite pour vous.

— Ce n'est pas mon style, protesta la jeune femme. Mais merci quand même. Vous pouvez la rendre, maintenant que je l'ai admirée.

— Pas question. Elle est à vous. Je tiens à ce que vous la conserviez. Votre fils a très bon goût, même si ses motifs sont discutables.

Elle répondit en soupirant.

— Où diable pourrais-je porter ça ?

Le sourire de Logan s'effaça, sa voix prit une tonalité plus grave.

— Si vous allez dîner dans un endroit très chic, elle sera parfaite.

— Ce genre-là n'est pas dans mes habitudes.

— Il y a un délicieux restaurant français à Houston où elle serait tout à fait à sa place.

— Houston est loin d'ici.

— Pas par avion.

— C'est vrai, admit-elle en riant. Vous avez envie de faire un saut jusqu'à Houston juste pour un dîner ? Pas moi.

— La femme qui pilote une Harley est trop coincée pour ça ?

Elle lui jeta un regard sévère.

— La vérité, Brisco, c'est que j'ai déjà fait beaucoup d'excentricités. Mais je me suis rangée. Je dois penser à Jason, m'occuper de mes affaires…

— Et si cela coïncidait avec votre travail ? demanda-t-il.

Son insistance la fit sourire.

— Comment est-ce possible ?

— Facile. Je vous engage pour me conduire à Houston, puis à Dallas et enfin à Austin, là où je dois discuter avec les banquiers. Et pendant notre séjour à Houston, je vous emmènerai dîner… dans cette robe rouge.

La désinvolture avec laquelle il évoquait les

fameux banquiers inconnus la dégrisa instantanément.

— Allons, Logan. Nous savons parfaitement, vous
et moi, qu'il n'existe aucun investisseur, d'aucune
sorte. Et ne comptez pas sur moi pour vous aider à
prendre la fuite.

— Fuir ? s'exclama-t-il en posant une main sur son
cœur. Vous m'offensez, Foraine. Voyons, vous me sui-
vrez pas à pas, vous connaîtrez chacun de mes faits et
gestes. Nous prendrons des chambres adjacentes. De
plus, si vous le désirez, pendant mes rendez-vous, j'aurai besoin de confier Jack à quelqu'un. Il restera avec
vous. A titre de garantie en quelque sorte.

Malgré le désir qu'elle en avait, elle hésitait à le
croire.

— Logan, vous oubliez que j'ai vu vos bagages hier
soir ?

— Foraine, vous ne m'avez pas laissé l'occasion de
m'expliquer.

— Expliquer quoi ? Vous vous apprêtiez bien à
partir ?

— Oui, mais c'était pour m'occuper des affaires
de Serenity. Votre réaction m'a fait comprendre que
les habitants de cette ville allaient croire que j'avais
disparu. Je vais garder ma chambre, y laisser mes
vêtements, vous allez me piloter à tous mes rendez-
vous et, par la même occasion, vous garderez un œil
sur moi.

Elle le dévisagea longuement, se demandant si elle
pouvait lui faire confiance.

— Allons, Foraine. Je dois rencontrer ces gens.
C'est très important. Et je vous donne aussi l'occasion de vous assurer de ma bonne foi.

— Très bien, lâcha-t-elle enfin. J'accepte. Mais
cela va vous coûter cher.

— Votre prix sera le mien, répondit-il en riant.

— Quand partons-nous ?

— Je vous propose lundi, comme ça nous aurons

190

le temps de nous préparer, et nous ne manquerons pas le pique-nique de samedi.

— D'accord, je vais m'arranger pour me libérer à partir de lundi.

— Et n'oubliez pas la robe.

Elle le regarda dans les yeux un peu plus longtemps que nécessaire.

— Merci, Brisco. Pour la robe, et pour Jason…

Il haussa les épaules. Leurs regards restèrent soudés un long moment, lourds de mots qui ne pouvaient être prononcés.

— C'est l'heure de votre leçon maintenant. Vous vouliez que je vous apprenne à atterrir, non ?

Logan se contenta de sourire et la suivit.

Le bureau du shérif était un endroit paisible où une poignée d'hommes en uniforme, les pieds sur leur bureau, lisaient le journal, bavardaient au téléphone et attendaient qu'on ait besoin de leurs services.

— Salut, Joey, lança Foraine.

Il sursauta en reconnaissant sa voix.

— Foraine ! Je ne m'attendais pas à vous voir aussi vite.

— Votre appel a piqué ma curiosité. C'est pourquoi je suis venue immédiatement.

— Nous avons reçu une réponse du FBI.

Il posa la revue qu'il était en train de lire et attrapa une chemise.

— Montague Shelton, lut-elle sur la couverture. On y parle de Logan ?

— Non. Mais il y a quelque chose d'intéressant, reprit-il. Selon plusieurs rapports, Shelton se déplaçait avec un compagnon. Certains le décrivent comme un adolescent mais d'autres parlent d'un homme approchant de la trentaine. Avec différents noms, Mark Sanders, Larry Bird, ou Skip Parker. Et écoutez ça…

Foraine se glissa derrière lui pour lire par-dessus son épaule.

— Une des victimes, une dame fortunée, à qui ils ont extorqué dix mille dollars pour soi-disant les mettre dans une affaire immobilière, décrit le jeune homme comme ayant « un sourire charmant et amical, plutôt beau garçon, cheveux bruns, yeux bleus et une allure qui suscite immédiatement la confiance »… A croire que, même après avoir été dépouillée, elle continuait à le trouver sympathique, commenta Joey en jetant un coup d'œil à la jeune femme. Est-ce que cette description ressemble à quelqu'un qu'on connaît ?

Sourcils froncés, Foraine relut les dernières lignes.

— Ça pourrait être n'importe qui.

Joey parut surpris.

— Foraine, ça ressemble rudement à Logan. Le sourire, les yeux, les cheveux… la langue bien pendue. Et l'âge…

— Adolescent ou approchant de la trentaine ? Voyons, Joey, il s'agit de deux personnes différentes.

Elle tourna quelques pages et s'arrêta devant une série de photos prises par les caméras vidéo de banques et de guichets automatiques ; les deux personnages, manifestement déguisés, étaient impossibles à identifier.

— De quand date tout ça ?

— D'au moins quinze ans. Quand le FBI a appris la mort de Shelton, il a classé l'affaire.

— Et ils n'ont pas cherché à retrouver son comparse ?

— Ils ne possédaient aucun indice. Un type glissant comme une anguille.

Il tira un autre dossier et l'ouvrit.

— Je leur ai demandé de m'envoyer tout ce qu'ils possédaient sur lui et, franchement, c'est plutôt mince. Après la mort de Shelton, ils ont perdu sa trace. Soit il opère sous un nouveau nom et une nouvelle apparence, soit il s'est rangé définitivement.

— Ou il est vraiment très habile et ne s'est jamais laissé prendre, murmura-t-elle.

Mais cette hypothèse ne lui convenait plus. Elle se rappela ce que lui avait raconté Logan lorsqu'elle avait lancé le nom de Montague. Peut-être disait-il la vérité ; peut-être sa carrière d'escroc s'était-elle terminée avec la mort de Montague Shelton. Peut-être vivait-il désormais du bon côté de la loi.

— Foraine, je voudrais envoyer une photo de Logan au FBI. Peut-être que certaines victimes d'escroqueries le reconnaîtraient ?

— Non, protesta-t-elle vivement. Ça ne me paraît pas correct.

Il la dévisagea d'un air surpris.

— Pourquoi ? Vous ne prenez pas sa défense, quand même ? C'est vous qui le soupçonnez.

— Non, Joey. C'est simplement que… Il m'est venu quelques doutes. Pousser le FBI à ouvrir une enquête sur un éventuel innocent me fait horreur. Et le parc tomberait à l'eau.

— Je pensais que vous ne croyiez pas à ce projet ? Qu'y a-t-il de changé, Foraine ?

Elle soupira.

— Hier soir, Jason s'est enfui et c'est Logan qui l'a ramené à la maison. J'étais morte de peur, Joey. Rien ne l'obligeait à se mettre à sa recherche, mais il l'a fait. Et puis, qu'il ait pris Jack avec lui me trouble. Pourquoi un escroc s'encombrerait-il d'un chien ? Ça n'a pas de sens. Ensuite, il y a ce voyage qu'il a prévu la semaine prochaine, pour rencontrer des banquiers à Houston…

— Vous êtes en train de céder à son charme, non ?

— Non ! protesta violemment Foraine. Comment pouvez-vous dire ça ?

— Si c'est un escroc, il est bon. Et s'il est capable

de vous convaincre, alors il peut rouler n'importe qui.

— Peut-être ne ment-il pas, Joey. Peut-être que tout cela est vrai !

— Vous le pensez vraiment ?

Elle réfléchit deux minutes, pesant le pour et le contre. Puis elle rendit les armes.

— Non, pas vraiment. Allez-y, envoyez-leur les photos, Joey. Finalement, ça ne peut pas faire de mal.

— Très bien, dit Joey avec satisfaction. Il ne reste plus qu'à en obtenir une. Cela ne devrait pas être trop difficile. Il compte venir au pique-nique de samedi ?

— Oui.

— Alors j'emporterai mon appareil.

En quittant le commissariat, Foraine se sentit mal à l'aise. Une crainte diffuse l'envahissait. Comme si elle ne désirait plus savoir la vérité au sujet de Logan Brisco. Comme si elle se satisfaisait de l'image qu'il lui proposait. Celle du chic type mettant tous ses talents au service d'un grand projet. Celle d'un homme auquel elle pourrait éventuellement s'intéresser.

Ce soir-là, Jason s'installa à table avec un air songeur. Craignant qu'il ne lui en veuille toujours, Foraine prit sa main et le força à la regarder en face.

— Il y a quelque chose qui ne va pas, Jason ? Dis-le-moi.

— C'est rien, fit-il avec un haussement d'épaules accablé. Je pensais à Logan. C'est triste pour sa maman.

— Sa maman ?

— Il m'a parlé d'elle. Il a dit qu'il l'aimait et puis elle est morte quand il avait trois ans. M'man, personne ne le lui a dit, et pendant des années il a attendu et attendu qu'elle vienne le chercher. Il ne savait pas ce qui lui était arrivé.

Foraine s'agaça de la compassion qui l'envahissait.

— C'est triste, effectivement.

— Il n'a appris sa mort que beaucoup plus tard, en lisant son dossier. Tu savais qu'il avait grandi dans des familles nourricières ?

— Oui. J'ai entendu quelque chose de ce genre.

— M'man, je crois que Logan est très seul, pas toi ? Oh, il est très amical, et tout, il se fait facilement des amis, mais je crois qu'au fond il est très seul.

— C'est pour ça qu'il a pris Jack avec lui.

— Qu'est-ce que tu veux dire ?

— Eh bien, fit-elle en regardant son fils, cela m'a surprise. Il voyage beaucoup, tu sais, et avec un chien ça va être plus compliqué. Mais il s'est senti des affinités avec Jack. Peut-être était-ce ce chagrin ineffaçable d'avoir été abandonné.

— Je pige pas.

Elle lui caressa la main en souriant.

— Ça ne fait rien. Tu es très gentil de t'inquiéter pour Logan. Je suis sûre que ton amitié lui fait plaisir.

— M'man, il ne m'aurait pas rendu mon argent, ni celui des copains, s'il était un voleur. Il aurait tout gardé.

— Peut-être bien.

Foraine envoya un message à Ruth. Elle ne manquait jamais, en regagnant sa roulotte, de consulter son ordinateur, et elle la rappela peu après minuit.

— Ça va, mignonne ?

— Je vais très bien, à part deux ou trois petits problèmes.

— Par exemple ?

— Par exemple, Jason a fait une fugue.

— Une fugue ?

Elle entendit des bruits en arrière-fond et sa mère prit l'appareil.

— Chérie, tu as prévenu la police ? Tu as appelé ses copains ?

Puis ce fut son père :

— On a demandé une rançon ? Si tu as...

— Non ! Non ! cria-t-elle. Nous l'avons retrouvé. Il est à la maison.

— Oh ? Comme ça, de lui-même ?

— Eh bien, on l'en a persuadé. En fait, le type qui l'a décidé à rentrer, c'est celui sur lequel je vous ai interrogés.

— L'arnaqueur ?

— Oui. Sauf que je ne suis plus sûre qu'il en soit un. Bon, et vous, ça va bien ?

— Très, très bien. On a de bonnes nouvelles à t'annoncer.

La voix de sa mère prit le relais.

— Chérie, écoute bien. Tu ne vas pas en croire tes oreilles.

— Quoi donc ?

— On a ramassé le paquet, la semaine dernière. Ton père est un génie. Bien sûr, il a fallu quitter l'Arizona en quatrième vitesse.

— Où êtes-vous maintenant ?

— A Durango. Enfin, on dirait bien que ton père et moi allons pouvoir prendre notre retraite à la fin de l'année. Et devine où nous voulons nous installer !

— Où donc ? demanda-t-elle, le cœur battant.

— A Serenity ! Ça serait pas formidable, ça ? Réunis tous ensemble à nouveau, à fricoter Dieu sait quoi ! Je verrais mon petit-fils toutes les fois que j'en aurais envie ! Et puis on pourrait installer quelques stands dans le parc de loisirs dont tu nous as parlé.

Foraine tenta de se rassurer ; ce n'était pas la première fois que ses parents lançaient des projets farfelus en l'air. Son père reprit l'appareil et elle regretta que Ruth les ait avertis de son appel.

— Chérie, y a-t-il du nouveau pour ce parc ? Parce

que si nous devons en être, nous avons notre mot à dire.

— Maman, papa, il s'écoulera peut-être des années avant qu'il ne soit construit. D'ailleurs, Serenity ne vous plaira pas du tout. C'est très calme ici, plutôt ennuyeux ; il ne s'y passe jamais rien. Nos activités se résument à travailler et aller à l'église. Vous ne tiendrez pas un mois.

— Si c'est aussi ennuyeux, comment fais-tu pour y vivre ? Notre Foraine n'est pas femme à plonger dans la routine. Non madame ! Bon sang ne saurait mentir. Si cette ville te convient, elle nous conviendra aussi.

— En outre, ils ne prévoient pas le genre d'attractions et de stands que vous tenez. Ils cherchent de nouvelles idées, tout à fait inédites. Il n'y aura ni jeux, ni exposition de montres. Et avant d'accepter les candidatures, il sera procédé à une enquête de moralité.

Mensonges éhontés qu'elle débitait désespérément.

— Maman, reprit-elle, si papa et toi postulez, je ne suis pas certaine qu'ils vous acceptent. Ils connaissent mon passé et ils sauront exactement qui vous êtes à la minute où vous vous présenterez.

— Ce sont des détails, rétorqua sa mère. Ton père trouvera une solution.

Les tempes battantes, Foraine s'écria :

— J'entends Jason tousser. Je dois vous quitter. Mais avant, je voudrais dire un mot à Ruth.

— D'accord, chérie. Les jours vont passer vite maintenant. Avant que tu ne t'en aperçoives, nous serons à Serenity. Au revoir !

Foraine poussa un gros soupir de soulagement lorsque Ruth prit le relais.

— Foraine ?

— Il faut les convaincre de renoncer à ce projet, Ruth. Ils ne peuvent pas venir ici.

— Je sais.

— Vraiment. Ça ne marchera jamais. Les gens d'ici sont innocents et naïfs, et papa et maman sont capables de faire croire n'importe quoi à n'importe qui. Ce n'est pas possible!

Ruth hésita deux secondes et lâcha:

— Eh bien, c'est que moi aussi, je pensais venir. Un moment, du moins.

Foraine ne put retenir un énième soupir.

— Comprends-moi bien, Ruth. Je t'aime beaucoup, et j'aimerais t'avoir auprès de moi. J'aime aussi beaucoup mes parents. S'ils n'étaient toujours à l'affût d'un pigeon... Crois-tu qu'ils puissent changer?

— C'est comme si j'essayais de perdre cent cinquante kilos.

— Crois-tu qu'ils vont venir, ou bien c'est encore une idée en l'air?

— Peut-être que oui, peut-être que non.

Foraine répondit d'une voix lasse:

— Il ne me reste plus qu'à les en dissuader. Seigneur, on devrait me remettre une médaille! J'ai l'impression d'être la seule à me battre pour garder cette ville propre.

La nuit suivante, elle rêva que Logan fouillait dans les poches des clients d'un grand parc de loisirs dont les attractions ressemblaient à de grossiers dessins d'enfants; ses parents vendaient des décoctions censées guérir le cancer, la goutte, les calculs biliaires et les rages de dents; Ruth siégeait sur un tabouret et des curieux sortaient leurs billets de banque pour avoir le droit de défiler devant elle, yeux écarquillés.

Une seule chose était sûre. Si tout cela devait arriver, Serenity n'aurait plus qu'à changer de nom.

14

Tout comme le bal de la ville, le pique-nique paroissial offrait aux habitants de Serenity un bon prétexte pour se réunir. Sur fond de musique prodiguée par le groupe High Five, s'élevait un brouhaha de rires et de conversations ; l'air était chargé d'effluves de tartes aux pommes, de hamburgers, de friture de poissons et de cochon rôti. Sur la pelouse, les concurrents de la course-à-trois-pattes se préparaient ; plus loin s'organisaient des promenades à dos de poney. A proximité de l'église, on avait installé une grue au bout de laquelle pendait un élastique court et épais.

Logan sortit de sa Mercedes, Jack sur ses talons. Il ressentit une nouvelle fois l'étrange sensation de se retrouver chez lui, en famille. Sentiment persistant grâce aux hommes et aux femmes qui le saluaient gaiement et l'accueillaient comme un des leurs.

— Salut, Logan !

Jason courut à sa rencontre.

— Est-ce que tu veux bien faire la course-à-trois-pattes avec moi ? Maman m'avait promis mais elle doit sauter à l'élastique. Ça va commencer ! Dépêche-toi !

— C'est que...

Il n'eut pas le temps d'inventer une excuse ; Jason lui avait saisi la main et le tirait vers la ligne de départ en criant aux organisateurs de les attendre. Tout en se laissant ligoter la jambe à celle, toute petite, de Jason, il jeta un coup d'œil vers la grue et frémit. La course-à-trois-pattes lui parut préférable. Rien d'étonnant à ce que Foraine soit la première à grimper sur ce truc, se dit-il avec un gloussement étouffé, on peut sortir une femme d'une vie sauvage mais on ne peut lui ôter ce qu'elle a de sauvage. Et finalement cela avait son charme.

Un coup de sifflet retentit et, sans demander à son partenaire s'il était prêt, Jason s'élança.

— Eh, attends! Il faut avancer ensemble.

— Grouille-toi, Logan! Nathan et son père sont en train de nous dépasser.

Logan jeta un coup d'œil sur le père et le fils qui oscillaient à la même hauteur qu'eux.

— D'accord, fit-il. Gauche, droite, gauche, droite… Bien. Courage, on va les doubler.

Leurs jambes se déplaçant au même moment, leur allure se stabilisa.

— Alors, mon vieux, qu'est-ce qui se passe? cria Logan à David Trent. Vous vous traînez on dirait!

— Tiens bon, Nathan, hurla David. On va leur faire mordre la poussière.

La course s'accélérant, les autres concurrents furent distancés. Ne restaient plus en tête que Jason et Logan et les Trent. Sur les derniers mètres, Jason et Logan battirent leurs adversaires d'une courte tête. Excité comme un enfant, Logan ne put se retenir de sauter et de crier de joie, entraînant Jason dans un tourbillon effréné, mais le reste des concurrents arrivaient sur eux.

Logan tenta de s'échapper par la gauche, et Jason par la droite; un dixième de seconde plus tard, ils roulaient par terre et tentaient de se libérer en riant pendant que leurs poursuivants leur tombaient dessus en avalanche.

Un fou rire général les secoua. Logan parvint à

se détacher et à se relever, sous les félicitations générales.

— Bravo, Logan !

— C'était au poil, Logan ! Vous avez trouvé votre vocation !

Content d'être pour quelque chose dans l'air fier qu'arborait Jason, Logan lui ébouriffa les cheveux.

Foraine n'avait toujours pas sauté lorsque Logan se fraya un chemin dans la foule qui se pressait au pied de la grue. Il sentit son cœur se serrer à l'idée qu'elle allait se lancer dans le vide.

— Elle est folle, marmonna Lahoma.

— J'espère que le nœud est solide.

— On devrait arrêter ça avant que quelqu'un ne se tue.

— Elle s'en tirera très bien, dit Logan. Foraine est solide.

Lorsque la jeune femme arriva au bord de la plateforme, un silence inquiet se fit, seulement troublé par des rires qui venaient de l'autre côté de l'église.

— Vous êtes prêts ? lança-t-elle d'une voix ferme.

Un chœur de protestations s'éleva, ce qui eut pour effet de la faire rire. Elle compta jusqu'à trois et se jeta dans le vide. Suspendue par les pieds trente-cinq mètres plus bas, elle remonta de vingt-cinq, redescendit et ainsi de suite, tel un yo-yo endiablé, durant ce qui parut une éternité.

Quand enfin elle s'immobilisa, Logan fut le premier à s'approcher d'elle.

— Comment c'était ?

— Fantastique ! dit-elle, hors d'haleine. Détachez-moi. Je veux recommencer.

— J'hésite, dit-il. Ça vous va bien d'être suspendue par les pieds, la tête à l'envers. Vous avez l'air plus… vulnérable. Et ça vous donne un joli teint coloré. Ça me plaît bien.

— Brisco, détachez-moi !

— A condition que vous me laissiez sauter avec vous.

— Quoi ? Vous et moi, ensemble ? s'exclama-t-elle, les joues virant à l'aubergine.

— Oui.

Elle lui jeta un sourire malicieux.

— D'accord, Brisco. Allons-y.

D'un bras, il l'empoigna par la taille, de l'autre, il décrocha l'élastique et la reposa sur le sol.

Comme une acrobate ravie de sa performance, Foraine saluait la foule qui applaudissait à tout rompre.

— Vous devriez tous essayer. C'est merveilleux ! Allez, Lahoma ! Frère Tommy, vous en êtes capable !

Lahoma recula prudemment et Frère Tommy émit un petit rire contraint.

— Je vais attendre que Dieu me donne des ailes.

— Espèce de trouillard, l'asticota-t-elle. C'est enfantin. Pas plus difficile que de sauter à la corde.

Jason se précipita vers elle.

— J'y vais, m'man ! J'y vais !

La foule éclata de rire.

— Je regrette, Jason. Tu es trop jeune. Quand tu auras dix-huit ans.

— J'ai jamais le droit de m'amuser, grogna le petit garçon.

— C'est vrai, admit-elle. Tu es un pauvre enfant brimé. Tu es bien gentil de rester avec moi, vu tout ce que je te fais endurer.

Elle se retourna vers Logan et lui décocha son plus beau sourire.

— Alors vous êtes prêt, Brisco ?

— Je suis prêt, dit-il en s'inclinant cérémonieusement. Après vous, madame.

Les joues roses d'enthousiasme, Foraine empoigna les montants de l'échelle.

— Vous aviez déjà fait ça ? demanda-t-il en grimpant derrière elle.

— Non. Mais je suis souvent montée sur des montagnes russes. J'adorais ça. J'aime la sensation de ne pouvoir rien faire sinon affronter le danger et attendre que cela se termine.

— Venant de vous, ça ne m'étonne pas.

Elle éclata de rire.

— Ce n'est pas difficile à deviner. Inutile d'être psychanalyste.

— Ce qui m'étonne, c'est la vie rangée que vous menez maintenant. A part l'avion et la moto, bien sûr.

— L'équilibre, Brisco. C'est ça, la clef. L'un compense l'autre. Maintenant, regardons la mort en face et crachons-lui à la figure. Wouah !

Logan rit encore une fois mais ce fut la dernière ; parvenu sur la plate-forme, il regarda à ses pieds et s'aperçut qu'il n'y avait vraiment pas de quoi s'esclaffer.

— Heu… finalement, ça serait peut-être mieux si on sautait séparément.

— Pas question, Brisco. Un contrat est un contrat.

— Oui, mais le but était de vous effrayer, *vous ;* pas *moi !*

— Ne vous laissez pas intimider. Ne pensez pas une seconde que vous êtes à quarante-cinq mètres du sol et que si l'élastique se casse ou que vos pieds s'en détachent, vous mourrez sur le coup. A moins, bien sûr, d'atterrir correctement, ce qui ne vous vaudra que quelques minutes d'atroces souffrances. Ne pensez qu'au plaisir qui vous attend !

— Vous êtes très réconfortante, Foraine.

— En fait, c'est sans danger. J'ai tout vérifié soigneusement.

— Bon, fit-il tandis qu'une vague nausée l'envahissait. Vous êtes une spécialiste. Vous le sauriez si un malheur devait arriver.

— Je le sentirais dans mes tripes. Pour moi, je ne sens rien. Vous, par contre…

Il lui jeta un regard noir qui la fit jubiler.

— Je plaisantais. Alors, vous venez, oui ou non ?

— D'accord, allons-y.

Ils enfilèrent un harnais qui les maintint dos à dos, on leur fixa l'élastique aux pieds et on les aida à se glisser jusqu'au bord du vide. Logan tourna résolument les yeux vers le ciel.

— Comment avez-vous fait pour me convaincre ?

— C'est vous qui l'avez demandé, dit-elle. Bon. On compte jusqu'à cinq…

— Cinq, non ! protesta-t-il en prenant sa main. On y va tout de suite.

Et, avant que Foraine ait pu réagir, il se jeta dans le vide, l'entraînant avec lui.

Elle hurla tout le temps que dura la chute. Lorsqu'ils remontèrent, Logan s'amusait comme un fou. Et tandis qu'ils bondissaient et rebondissaient dans l'air, un rire contagieux les secoua, tels deux enfants qui jouent à perdre haleine.

Lorsqu'ils s'immobilisèrent, Foraine jeta d'un air malicieux :

— Est-ce que ce n'est pas mieux qu'une partie de jambes en l'air ?

— Ça y ressemble, mais je préfère ce genre d'exercice.

Une voix cria :

— Hé, Logan !

En se retournant, il aperçut Joey qui braquait un appareil photo dans sa direction.

Il pivota brusquement et présenta son dos à l'objectif.

— Zut ! cria Joey. La photo est ratée. Regardez-moi.

Logan s'écarta vivement.

— Attendez. Jason m'appelle. On verra plus tard.

Le rire de Foraine s'effaça.

— Moi aussi, j'ai entendu Jason, dit-elle à Joey. Essayez tout à l'heure.

— D'accord, fit-il en baissant la voix. Tâchez de le coincer pendant le repas. Je le photographierai à ce moment-là.

Mais Logan ne quitta pas Joey des yeux de toute la journée et parvint à l'éviter jusqu'à ce que, la pression s'intensifiant, il craignît de ne plus pouvoir se dérober. Alors il décida de s'éclipser en catimini.

Il aurait bien aimé rester et lorsque Jack et lui se retrouvèrent dans leur petite chambre à l'odeur de moisi, il s'aperçut qu'il était las de fuir. Mais il s'était trop avancé dans cette histoire et pour la première fois de sa vie, il était résolu à faire quelque chose d'honnête. Il avait déposé sur son compte suffisamment d'argent pour couvrir les chèques émis depuis son arrivée et il avait passé des heures à organiser ses rendez-vous à Houston. S'il n'avait toujours pas de grands investisseurs en vue, il en aurait sûrement à son retour. A condition qu'un imbécile comme Joey Malone ne lui mette pas les Fédéraux aux trousses avant.

La montgolfière de Clyde Keppler se balançait au-dessus des pique-niqueurs mais au lieu de l'admirer, Foraine scrutait la foule à la recherche de Logan. Où était-il ? L'instant d'avant, il baratinait un groupe d'hommes et de femmes sur le parc et les bénéfices que la ville allait en retirer, et maintenant il avait disparu.

— M'man, t'as vu Logan ? demanda Jason.

Elle regarda son fils et du pouce essuya la sauce qui lui barbouillait la figure.

— Non. Il est parti ?

— J'ai l'impression. Ça fait un moment que je ne l'ai pas vu.

— Pourquoi n'est-il plus là? demanda-t-elle, inquiète. Il avait l'air de bien s'amuser pourtant.

— Je crois qu'il ne voulait pas qu'on le prenne en photo. Mr Joey l'a rendu à moitié fou avec son appareil.

— Alors c'est à cause de ça?

— On dirait, fit l'enfant avec un haussement d'épaules déçu. Je comprends pas pourquoi. Il est pas laid du tout. J'aurais bien aimé avoir une photo de lui.

— Eh bien, j'en prendrai une pour toi, promit-elle, la semaine prochaine, quand je l'emmènerai à Houston.

— Tu mettras la robe rouge? demanda le petit garçon, les yeux brillants.

— C'est possible, si je vais dans un endroit assez chic.

— Oh, sûrement, s'écria Jason. Logan va sortir avec toi dans un endroit très chic. Il a dit aussi qu'il espérait que tu avais des chaussures pour danser.

Foraine retint un sourire.

— Eh bien, il en dit des choses, Logan.

— Et il tient parole, affirma Jason avant de s'attaquer à sa grillade. Tu verras.

L'atmosphère était tendue lorsque Logan et Foraine décollèrent le lundi matin. Logan semblait préoccupé et la jeune femme en était toujours à se demander si ce voyage était une preuve de son honnêteté ou bien un coup monté pour quitter la ville par la voie des airs.

Elle avait profité de ce qu'il chargeait les bagages à l'arrière de l'avion pour jeter un coup d'œil sur son agenda; plusieurs rendez-vous avec des directeurs de banque à Houston étaient effectivement notés. Ou bien il comptait réellement les contacter, ou il avait programmé quelque hold-up. Tristement, elle se rendit compte que si la seconde hypothèse était la bonne, elle n'en serait pas vraiment surprise.

— Alors, quel est le véritable objectif de cette balade ? demanda-t-elle lorsqu'ils eurent atteint leur vitesse de croisière.

— Discuter avec des banquiers et des investisseurs potentiels.

Il sortit une calculatrice de sa poche pour recopier les chiffres d'une liste imprimée.

— Vous allez rencontrer Billy Ray Cyrus ?

— Je ne sais pas encore. On verra.

Elle se tut un instant pour le laisser travailler, mais elle doutait fort que Billy Ray Cyrus eût quelque chose à voir avec ce « Parc du Cœur Douloureux ». C'était ridicule ! Quoique…

Le soin et le sérieux avec lesquels Logan préparait ces rencontres la troublaient. Se donnerait-il autant de mal si c'était une esbroufe ?

A la fois pour détendre l'ambiance et pour lui extorquer quelques bribes d'informations supplémentaires, elle décida de lui faire des confidences.

— J'ai eu mes parents au téléphone l'autre jour. Ils veulent prendre leur retraite et s'installer à Serenity.

Logan la regarda.

— C'est une bonne nouvelle ou une mauvaise ?

— J'ai honte de l'avouer, dit-elle en soupirant, mais je ne la trouve pas très bonne. Comprenez-moi bien. J'aime mes parents. Vraiment. Mais ils n'ont rien à faire ici.

— A cause de leur passé ?

— Non, mais leur style de vie ne correspond pas du tout à celui d'une petite ville de province. De plus, ils veulent installer des stands et des attractions dans le parc.

— Et, à votre avis, c'est une mauvaise idée ?

Elle hésita deux secondes avant de répondre.

— Brisco, ce projet ne peut réussir qu'à condition

que soient protégées l'intégrité et la douceur de Serenity. J'ai beau aimer mes parents, je doute que cela dure s'ils débarquent ici avec leurs amis.

— Vous avez raison, dit-il. Nous devrons trier soigneusement ceux qui souhaiteront s'installer ici. En fait, il nous faudra un agent pour sélectionner les candidats et surveiller leurs activités.

— Bonne idée.

Il la regarda en souriant.

— N'ai-je pas senti poindre un soupçon de confiance ? Vous commencez à vous dire que je ne suis peut-être pas un menteur ?

— Je ne sais pas moi-même ce que je crois, avoua-t-elle en lui jetant un coup d'œil. Et que suis-je censée faire pendant que vous discuterez avec vos banquiers ?

— Rester dans le cockpit et faire tourner les moteurs, jeta-t-il avec un sourire narquois.

— Je savais bien que vous vouliez filer !

Il éclata de rire.

— C'est une plaisanterie, Foraine. Vous ferez ce que vous voudrez. Rester dans votre chambre avec Jack, faire des courses, visiter la ville ou même venir avec moi.

La dernière suggestion la prit par surprise.

— Vraiment ? Je peux vous accompagner ?

— Bien sûr. Enfin, pas dans les bureaux car ce sont pour la plupart de vieux machos et j'aurai plus de chances de les convaincre si je suis seul. Mais il y aura sûrement un salon où vous pourrez m'attendre. Après tout, je vous ai promis que vous pourriez garder un œil sur moi.

Foraine décida de le prendre au mot.

— Très bien. J'irai avec vous.

— Parfait, fit-il en se remettant au travail.

Qu'il n'ait émis aucune objection ni cherché une échappatoire augmentait son étonnement. Décidément, tout s'embrouillait. Comment pourrait-elle comprendre qui il était s'il s'obstinait à se conduire normalement? Elle s'était appuyée sur la certitude que c'était un escroc. Si c'était faux, alors elle ne savait plus ce qu'elle devait penser de lui.

Grâce à l'appareil photo, elle se retrouverait dans la position du chasseur. Elle essayerait de le photographier et il l'en empêcherait, la confortant dans son opinion qu'il n'était qu'un arnaqueur.

Bizarrement, elle éprouvait le besoin de se cramponner à cette idée, car lui accorder sa confiance l'amènerait à s'avouer des sentiments qu'elle s'efforçait de nier — et qui risquaient de lui faire beaucoup plus de mal que la duplicité de Logan.

Il prit deux suites adjacentes au Adams Mark Hotel de Houston, dont le luxe inquiéta Foraine. Qui payait — les grands investisseurs ou les petits actionnaires de Serenity? Logan lui conseilla de se reposer une heure, le temps pour lui de passer quelques coups de fil. Il viendrait la prendre à l'heure du déjeuner et ensuite ils vaqueraient à leurs affaires.

Le premier appel de Logan fut pour commander une Rolls Royce avec chauffeur qui viendrait les prendre à 14 heures et les conduirait à son premier rendez-vous, technique qui s'était avérée efficace pour ouvrir des comptes à l'aide de faux chèques, obtenir des prêts sous l'apparence d'un riche businessman new-yorkais et escroquer de diverses manières un certain nombre de banques. La première impression était la plus importante, et voir une voiture de luxe s'arrêter devant leur établissement, un chauffeur à casquette se précipiter pour ouvrir la portière, et un personnage au look de *golden boy* de Wall Street en descendre était la meilleure façon de convaincre des interlocuteurs qu'il était exactement le genre d'homme d'affaires qu'ils rêvaient d'accueillir dans leur établissement.

Le reste ne relevait plus que de la persuasion.

Ensuite, Logan appela tous ceux qu'il devait rencontrer pour leur confirmer sa venue, mais en insistant bien sur le fait que s'il cherchait des associés, il se montrerait très sélectif. Ce qui, espérait-il, leur donnerait un sentiment d'urgence et de compétition. Rien n'attirait autant vers une affaire que la crainte de la laisser passer.

Le vol semblait avoir fatigué et écœuré Jack, il somnolait sur un fauteuil.

— Ça, c'était rien, mon vieux, lui dit-il. C'est maintenant que l'aventure va commencer.

Allait-il vraiment y arriver ? Trouver des investisseurs mobiliserait tous ses talents ; que l'affaire soit honnête n'y changeait rien. Pour leur extorquer les fonds nécessaires, il devrait les manipuler exactement comme il le faisait avec ses victimes précédentes. Il fallait dresser une banque contre l'autre, lâcher des noms au cours de la conversation et paraître examiner chaque candidature avec la plus grande impartialité. Et tout cela au nom de la petite ville de Serenity.

Il connaissait déjà parfaitement le terrain. Il savait l'âge de chaque banquier visé, depuis quand il dirigeait son agence, s'il avait travaillé dans d'autres endroits, et combien de temps, où il avait fait ses études, s'il était marié et avec qui, combien d'enfants il avait et surtout quels grands projets il avait menés à bien…

Mais toutes ces connaissances, il n'avait pas l'intention de les utiliser pour l'instant. Elles lui permettraient seulement d'évaluer plus précisément qui il avait en face de lui, de jauger et d'entendre ce qui n'était pas dit. Ensuite, il saurait comment ferrer, pourvu que Foraine ne vienne pas lui mettre de bâtons dans les roues. Un seul geste de méfiance de sa part pouvait les alerter, un seul mot déplacé, et il n'obtiendrait pas un sou.

Quand il la vit, il fut agréablement surpris par sa nouvelle apparence. Comprenant sans doute l'importance de l'enjeu, elle avait remonté ses cheveux en chignon et revêtu un ensemble jaune qui semblait suffisamment onéreux pour impressionner un banquier, bien qu'il provînt très certainement des soldes de Miss Mabel. Les talons hauts soulignaient sa taille élancée et lui donnaient une allure non seulement séduisante mais aussi légèrement provocante, tout en restant de bon goût. La compagne parfaite d'un homme qui avait les moyens de s'offrir une Rolls Royce avec chauffeur. Et soudain il se sentit très à l'aise. Tout allait marcher comme sur des roulettes, aussi fantastiquement qu'aurait fonctionné l'arnaque s'il l'avait menée jusqu'au bout.

— Vous êtes parfaite, dit-il.

— Vous n'êtes pas trop mal non plus.

Elle sortit l'appareil photo de son sac en guettant une brusque pâleur.

— Souriez.

A sa grande surprise, Logan lui adressa son sourire le plus séduisant et la laissa le mitrailler.

— Bon, vous avez fini ? J'ai réservé une table pour déjeuner.

Troublée par sa désinvolture, elle reposa l'appareil et lui emboîta le pas.

— Allons-y, dit-elle en verrouillant sa porte.

Elle n'avait pas prévu de faire un repas de cinq plats dans le restaurant le plus chic de l'hôtel ; les goûts de Logan étaient manifestement plus luxueux que les siens. Ne sachant qui finançait tout cela, les riches banquiers ou ses modestes concitoyens, Foraine commanda une simple salade et un verre de thé glacé.

— Vous n'avez pas plus faim que ça ? s'étonna-t-il comme on lui apportait un énorme steak.

— Pas assez pour payer ce que ça va coûter.

Il rit de bon cœur.

— Pourquoi vous inquiétez-vous ? Vous êtes mon invitée !

— Avec quel argent ? Celui de mes beaux-parents, celui des Trent ou de Frère Tommy ?

— Vous ne renoncerez jamais, n'est-ce pas ? dit-il en soupirant. Pour votre information, un des investisseurs que j'ai contactés est le propriétaire de cet hôtel ; il nous offre les chambres et les repas. Il sera très offensé si nous faisons la fine bouche.

Foraine tint bon.

— Je n'aime pas les aumônes.

— Foraine, grâce à moi, il va gagner une fortune, c'est sa manière à lui de m'en remercier.

— Quand même...

Il lui décocha un sourire charmeur et si persuasif qu'il faillit la convaincre qu'elle se comportait comme une idiote.

— Vous voulez que je commande autre chose ?

— Lorsque vous aurez terminé je prendrai peut-être un dessert.

Il exhala un soupir déçu et repoussa sa chaise.

— Bon, comme vous voudrez. Maintenant, excusez-moi, je dois m'absenter une minute. N'avalez pas mon déjeuner pendant mon absence, ajouta-t-il en riant.

En le regardant traverser la salle à manger, elle se demanda si les toilettes avaient une fenêtre : il pouvait s'enfuir et lui laisser la note...

Elle se reprocha sa sottise. Logan n'irait nulle part, sauf à la banque pour discuter du parc. Peut-être était-il temps pour elle de renoncer à sa méfiance et de lui faire confiance. Après tout, il s'était laissé photographier ; il ne serait pas resté planté devant l'objectif s'il avait quelque chose à se reprocher.

Logan ne se dirigea pas vers les toilettes mais se rua dans l'ascenseur, et sortit à l'étage où ils avaient été installés. Il avait convaincu le réceptionniste de lui donner les deux clefs, pour le cas où il se produirait un incident de ce genre. Il prit celle de Foraine, ouvrit la porte de sa chambre et se glissa à l'intérieur.

L'appareil photo était sur la table. Rapidement, il l'ouvrit et exposa le rouleau à la lumière, puis il le remit dans l'appareil et le reposa à l'endroit exact où il l'avait trouvé.

Avec un sourire satisfait, il regagna la salle à manger.

15

Ils venaient de terminer le dessert lorsque le maître d'hôtel s'approcha.

— Excusez-moi, Mr Brisco. Votre limousine vous attend.

— Merci, dit Logan, et, posant sur la table un gros billet, il ajouta : Je crois que cela devrait suffire.

— Merci monsieur.

Lorsque le maître d'hôtel se fut éloigné, Foraine s'exclama.

— Une *limousine* ?

— Oui, répondit Logan en se levant. Vous n'êtes jamais montée dans ce genre de voiture ?

— Heu... si, fit-elle, prise au dépourvu.

Abasourdie, elle le suivit sans dire un mot.

Un chauffeur attendait près d'une Rolls Royce dorée. En apercevant Logan, il ôta sa casquette et ouvrit la portière arrière.

— Bonjour, Mr Brisco.

— Bonjour, répondit Logan en inclinant la tête. Nous avons rendez-vous avec Mr Gastineau, de la MidSouth Bank, Congress Street.

Foraine hésitait.

— Logan, vous êtes sûr...

— Montez, murmura-t-il. Le chauffeur attend.

Elle s'installa gauchement sur la banquette ; Logan se glissa à côté d'elle.

— Qui donc a envoyé cette voiture ?

— Le banquier que je vais rencontrer. Et, je vous en prie, ne lui en parlez pas. Les manifestations de gratitude lui déplaisent. Il aime qu'on lui soit reconnaissant mais les remerciements le mettent mal à l'aise. D'ailleurs, il me prend pour un jeune consultant très en vogue. Nous devons paraître habitués à être traités de cette façon.

Ce n'était pas pour la duper qu'il mentait, se dit-il en regardant par la vitre, mais pour l'apaiser, la rassurer et qu'elle cesse de l'interroger sur chacun de ses faits et gestes. L'emmener n'était sans doute pas une bonne idée mais c'était elle qu'il voulait convaincre de son honnêteté.

Et pourquoi donc ? Pourquoi l'opinion de Foraine lui importait-elle à ce point ?

Il repoussa le problème à plus tard et se retourna vers elle.

— Alors, qu'en pensez-vous ?

Elle haussa les épaules avec une désinvolture simulée.

— Pour une Rolls, c'est bien.

Il éclata de rire, ce qui lui attira un regard surpris du chauffeur à travers le rétroviseur.

— Qui est votre première victime ?

Il lui décocha un coup d'œil dégoûté.

— Foraine, vous êtes toujours négative ! Ils m'ont engagé, vous vous souvenez ? J'ai trouvé l'endroit qui convient pour leur parc et maintenant je dois les convaincre que c'est l'emplacement idéal.

— Pourquoi faites-vous cela ?

— Parce que la ville en a besoin, Foraine. Et parce que c'est à Serenity que je veux vivre. De plus, je suis certain que ce sera un succès fracassant pour tout le monde.

Ses yeux s'évadant vers l'extérieur, Foraine laissait les propos de Logan s'imprimer dans son esprit.

— Saurez-vous immédiatement s'ils approuvent

votre choix ? demanda-t-elle au bout de quelques minutes de réflexion.

— Peut-être. Je l'espère.

— Et s'ils n'en veulent pas ? insista-t-elle. S'ils déclarent que cela ne correspond pas à ce qu'ils souhaitaient ? Rendrez-vous aux habitants de Serenity les sommes qu'ils vous ont confiées ?

— Ils vont accepter. Je peux me montrer très persuasif. D'ailleurs, l'argent que j'ai déjà rassemblé en dit long sur l'enthousiasme de Serenity et l'ardeur que vos concitoyens mettent à accueillir ce projet. C'est exactement le genre de communauté qu'ils recherchent.

— Vous n'avez pas répondu à ma question. Si ça ne marche pas, rendrez-vous l'argent ?

Il la regarda au fond des yeux.

— Bon, d'accord. S'ils décident de ne pas retenir Serenity, oui, bien sûr que je le ferai. Mais je vous l'ai déjà dit, non ?

Sans répondre, elle se retourna vers la vitre.

La Rolls tourna dans Congress Street ; Logan aperçut le sigle de la MidSouth sur une façade majestueuse où se mélangeaient le marbre et le verre. D'après ses souvenirs, le premier étage donnait sur la rue par une immense baie vitrée. Parfait, se dit-il. Les cadres supérieurs de la banque verraient arriver la limousine, et on lui enverrait quelqu'un d'important pour l'accueillir.

Il prit sa serviette et en vérifia le contenu. Le chauffeur arrêta la voiture le long du trottoir et Foraine s'apprêtait à ouvrir sa portière lorsque Logan la retint :

— Laissez-le faire.

Lorsque la jeune femme posa le pied par terre, elle avait le sentiment que les passants la dévisageaient et elle imagina les questions qui devaient traverser leur esprit. Qui étaient ces gens ? Des millionnaires ? Des célébrités ? Les deux à la fois ? De l'intérieur, les employés les épiaient avec une curiosité qui lui donna envie de remonter immédiatement se cacher dans la voiture.

Logan posa la main sur sa taille et l'entraîna vers la porte d'entrée.

Ils n'eurent pas le temps de la pousser ; un homme se précipitait déjà pour les accueillir.

— Bonjour monsieur, fit-il en serrant la main de Logan. Je m'appelle Andrew Seal.

— Bonjour. Logan Brisco, et voici Miss Sullivan. J'ai rendez-vous avec Mr Gastineau.

— Oui, bien sûr. Son bureau est au vingtième étage. Suivez-moi.

Foraine hésita. Devait-elle les accompagner jusqu'à ce qu'on lui fasse sentir qu'elle était de trop ? Sa curiosité la poussa à en prendre le risque.

Pendant que l'ascenseur s'élevait, Mr Seal parla du soleil qui régnait sur Houston et de la pluie qu'on attendait, puis il demanda à Logan combien de temps durerait son séjour. Les deux hommes ne s'étaient manifestement jamais vus mais elle ne s'en inquiéta pas. On ne pouvait connaître tous les cadres d'une aussi grande entreprise.

En sortant de l'ascenseur, ils se retrouvèrent dans une vaste pièce luxueuse où travaillaient en silence plusieurs secrétaires. Mr Seal fit asseoir les visiteurs et alla prévenir Mr Gastineau de leur arrivée.

Logan s'installa sur le splendide canapé avec une désinvolture que Foraine lui envia.

— Et maintenant, qu'en pensez-vous ?

— Si on aime qu'on vous lèche les bottes, c'est parfait. Et ça vous plaît, n'est-ce pas, Brisco ?

— Comme à tout le monde, non ? demanda-t-il en riant.

— Non. Moi, ça me met mal à l'aise.

— Eh bien, ne vous inquiétez pas. Mr Gastineau n'est pas un lèche-bottes. Vous allez m'attendre ici. Soyez patiente. Ça peut durer longtemps. Si vous

vous ennuyez, n'hésitez pas, prenez la voiture pour faire un tour en ville.

— Je reste ici, Brisco, dit-elle en souriant.

— Vous avez toujours peur que je prenne la fuite ?

— Sauter d'une fenêtre du vingtième étage me paraît difficile, aussi pour l'instant je suis tranquille.

— A partir du moment où vous restez dans le même immeuble que moi...

— C'est à peu près ça.

Mr Gastineau apparut, suivi de Mr Seal.

— Enchanté de faire votre connaissance, Mr Brisco, dit-il en tendant la main.

Logan s'en empara et la secoua énergiquement mais, au lieu de présenter Foraine, il se précipita dans le bureau. Grossièreté qui hérissa quelque peu la jeune femme mais, pensa-t-elle, Logan connaissait mieux qu'elle le caractère du président de la banque et s'il agissait ainsi, c'est qu'il avait ses raisons.

Logan s'installa confortablement dans un fauteuil en face du président-directeur général. Celui-ci portait son crâne chauve et ses kilos excédentaires avec une dignité de bon goût. Logan savait que malgré son attitude froide et réservée, cet homme d'affaires perspicace pesait lourd dans les milieux financiers du Texas et que s'il parvenait à l'épingler, ses confrères seraient faciles à convaincre.

— Votre excellente réputation m'a poussé à choisir votre établissement, Mr Gastineau, commença Logan. Je désire ouvrir un compte chez vous avec un premier dépôt de deux cent mille dollars, qui sera suivi d'ici un mois d'un autre, d'un million.

Ce délai lui paraissait nécessaire pour récupérer l'argent dispersé depuis dix ans de pérégrinations dans différents coffres du pays.

Gastineau s'éclaircit la gorge et questionna :

218

— Très bien, Mr Brisco. S'agit-il d'un transfert de fonds ?

— Non, je vais déposer un chèque. Le voici.

— Merci.

Le P-DG nota les mentions nécessaires puis, ôtant ses lunettes, il s'appuya au dossier de sa chaise.

— Et vous voulez ouvrir ce compte à votre nom ?

— Pour le moment, j'en aurai seul la signature mais je veux qu'il soit établi au nom de la ville de Serenity, dans le Texas.

— Vous voulez le mettre au nom d'une ville ?

— Oui, confirma Logan. Serenity m'a chargé de réunir les fonds nécessaires à la construction d'un grand parc de loisirs à proximité de la ville. Billy Ray Cyrus nous a autorisés à utiliser son nom pour en faire la promotion, un peu comme Dollywood, à Pigeon Forge, dans le Tennessee. D'autres banques ont promis d'apporter leur soutien financier. Le dépôt que je fais aujourd'hui ne représente qu'une partie des investissements déjà effectués par les habitants de Serenity. Nous avons l'intention de réaliser un complexe de grande envergure, encore plus important qu'Astro World.

Gastineau essuyait ses lunettes tout en écoutant attentivement.

— Un parc de loisirs ?

— Oui, répondit Logan d'un air assuré malgré la nuance de perplexité qu'il avait perçue dans la voix de son interlocuteur.

Il ouvrit sa serviette et reprit :

— J'ai apporté le plan, les devis des travaux, l'évaluation des bénéfices prévus pour les dix années à venir, les comparaisons avec d'autres parcs construits aux Etats-Unis... Cependant, ajouta-t-il en souriant, je ferais mieux de vous exposer chaque élément séparément. Commençons par les profits : vous pourrez voir quelle opportunité exceptionnelle ce projet peut représenter pour vous.

Il sortit les brochures qu'il avait imprimées et fait relier par Julia Peabody et lui en tendit un exemplaire.

— D'autres banques de Houston vous ont accordé leur soutien ?

— J'en ai convaincu certaines, d'autres réfléchissent encore. Cet après-midi, j'ai rendez-vous avec Alex Green, de la First Trust Bank, et demain avec John Van Landingham, de la South Federal. D'autres de Dallas et d'Austin se sont engagés. L'un d'eux — ce ne serait pas correct de ma part de le nommer — a ajouté à la participation de sa banque une somme importante prélevée sur ses propres biens. C'est une affaire en or, Mr Gastineau, que vous aurez certainement à cœur de saisir. La marge de profit est très élevée.

Fronçant les sourcils, le directeur général ouvrit la brochure et se mit à étudier les chiffres.

— Intéressant, murmura-t-il.

Logan sourit. Un de pris, encore douze, se dit-il. S'il parvenait à soutenir suffisamment longtemps la supercherie, le projet deviendrait réalité, et tous ses mensonges autant de vérités.

Une heure et demie s'était écoulée depuis que Logan avait disparu dans le bureau du P-DG, et Foraine commençait à s'impatienter. Elle eut même la tentation d'envoyer une secrétaire vérifier s'il n'avait pas filé par une autre issue mais, se jugeant ridicule, elle y renonça.

Lorsque la porte s'ouvrit enfin et qu'apparurent les deux hommes, aussi détendus et affables que de vieux amis, elle poussa un soupir de soulagement.

— Je vous ferai savoir à quelle heure se réunira le conseil d'administration, Logan. J'aimerais que vous y assistiez.

— Je m'en ferai une obligation. Et si d'ici là vous avez d'autres questions à me poser…

— Je vous appellerai.

Foraine se leva.

— Logan, fit le P-DG en souriant, vous ne m'aviez pas dit que votre ravissante épouse vous attendait.

— Miss Sullivan n'est pas ma femme mais mon pilote.

— Pilote ! Jamais je ne l'aurais deviné !

— Enchantée de faire votre connaissance, Mr Gastineau, dit Foraine en souriant.

Il prit sa main et la serra longuement.

— Pardonnez-moi d'avoir gardé Logan aussi longtemps.

— Je vous en prie.

Puis il les raccompagna jusqu'à l'ascenseur. La porte refermée, Foraine regarda Logan ; cette heure et demie de conversation ne semblait pas l'avoir fatigué.

— Comment ça s'est passé ?

— Plutôt bien. Je vois le conseil d'administration demain.

— Prendront-ils leur décision définitive ?

— C'est possible. Mais il se peut aussi que nous devions les emmener à Serenity pour leur montrer le site. Combien de passagers peut transporter votre avion ?

— Six, à l'aise, dit-elle après réflexion.

— Ça ira.

Le chauffeur jaillit de son siège pour leur ouvrir la portière. En s'installant, Foraine se sentit partagée entre deux sentiments contradictoires. D'une part, assister à la naissance du parc provoquait en elle une certaine excitation et elle était soulagée que Logan se soit bien sorti de son entrevue avec Gastineau. D'autre part, cet enthousiasme naissant lui semblait être le symptôme d'une faiblesse malsaine ;

elle ne devait pas baisser sa garde et se laisser séduire aussi facilement.

Mais, se dit-elle comme Logan se glissait à côté d'elle, ce n'était pas sa faute. Cet homme était capable de convaincre un tigre qu'il était un zèbre. Etait-ce cela qu'il était en train de faire avec elle?

Foraine décida de rester à l'hôtel pendant le deuxième rendez-vous de Logan. Il en fut très soulagé. La sentir à proximité pendant qu'il discutait le perturbait. Une réflexion ou un geste inopportuns de sa part pouvait tout anéantir; et il était certain qu'elle enregistrait chacun de ses mots. Peut-être commençait-elle à croire en lui. La scène d'adieu avec Gastineau avait été très convaincante.

Mais si elle avait assisté à sa rencontre avec Alex Green, le P-DG de la First Trust Bank, ce début de confiance aurait volé en éclats.

Logan regarda par la fenêtre le ciel qui s'obscurcissait et essaya de se détendre. Finalement, il y avait eu plus de peur que de mal.

Car il avait eu des sueurs froides lorsqu'il était sorti de sa Rolls en claironnant qu'il avait rendez-vous avec Mr Green.

«Mr» Green était en réalité une femme, et son erreur n'aurait sûrement pas échappé à Foraine. Après lui avoir raconté que tous étaient de vieilles connaissances, la gaffe était de taille. Heureusement, Mrs Green n'y avait accordé aucune importance, et il n'y avait pas de raison pour que Foraine l'apprenne.

La discussion avec Alex Green avait été difficile, autant qu'aurait dû l'être l'entretien avec Gastineau. Logan avait mis tout son charme dans la balance, sans être sûr du résultat. Pour l'argumentation, il était également passé à la vitesse supérieure, citant des chiffres, des statistiques et des analyses comparatives. La réticence manifeste de Mrs Green le poussait dans ses retranchements et il livra bataille avec autant d'ardeur que pendant ses arnaques les plus acrobatiques.

A la fin de l'entretien, il avait réussi à la persuader de venir à Serenity pour examiner le site proposé afin de pouvoir décider si l'argent de sa banque y serait judicieusement investi. Ce succès, au lieu de le doper, le laissa absolument lessivé.

Il paya le chauffeur pour la journée, ajouta un pourboire substantiel puis monta dans sa chambre et s'écroula sur son lit. Incroyable comme mettre sur pied une affaire authentique — quelques variations mises à part — était plus ardu que de monter une supercherie ! Comment était-ce possible ? Et pourtant, à l'époque, c'était la prison qu'il risquait.

La différence était l'important de l'enjeu. S'il réussissait, il deviendrait un héros pour la petite ville à laquelle il s'était attaché. Il gagnerait la confiance sans réserve de Foraine, Jason continuerait à l'admirer, et tous le traiteraient comme un des leurs.

Il ne lui restait qu'à réussir l'impossible, éviter les erreurs et prier pour que se produisent deux ou trois miracles.

Après s'être défait de sa veste et de sa cravate, il alla frapper à la porte de Foraine.

— Dure journée ? fit-elle en souriant.

— Oui, mais ça en valait la peine.

Jack contourna la jeune femme pour venir se frotter contre ses jambes.

— Tu as dû te demander où j'étais, dit-il en s'accroupissant pour le caresser. Tu n'as pas cru que je t'avais abandonné, quand même ?

Le chien lui lécha le visage et le cou, ce qui fit rire son maître.

— J'ai l'impression qu'il s'est habitué à moi. Qu'en pensez-vous, Foraine ?

— Oui. Slade serait content de le savoir heureux.

Elle contempla l'énigme vivante qu'était devenu cet homme affalé sur le sol avec son chien.

— Je l'ai emmené faire un tour il y a quelques minutes.

Logan se releva et lui tendit la bouteille qu'il avait apportée.

— Je me suis arrêté pour acheter du vin. A titre de fête anticipée.

— Que voulez-vous dire ?

— Que nous aurons bientôt un événement à célébrer.

Adroitement, elle enleva le papier argenté et ouvrit la bouteille avec le tire-bouchon qu'elle avait trouvé dans le bar.

— Mais quand aurons-nous avec certitude le résultat ?

— Ça peut prendre encore des semaines. J'ai d'autres personnes à voir. Mais ce soir, vous et moi devons décider quel jour nous pouvons revenir pour emmener Gastineau et quelques membres de son conseil d'administration à Serenity. Ensuite, il faudra prévoir le même voyage pour Mrs Green et son équipe. Vous êtes d'accord ?

Elle remplit un verre de vin et le lui tendit.

— Ça dépend. Je serai payée ?

— Evidemment. Quoique j'espérais combiner ces trajets avec mes leçons de pilotage, ce qui me donnerait des heures de vol en plus. C'est possible ?

— Bien sûr. Du moment que ce ne sont pas des heures en solo, ça peut se faire.

Le verre à la main, il attendait qu'elle remplisse le sien, mais elle reboucha la bouteille.

— Vous ne trinquez pas avec moi ?

En riant, Foraine se laissa tomber sur le canapé face à l'immense baie dominant la ville.

— Je ne bois pas.

— Pourtant, vous avez ouvert cette bouteille avec l'habileté d'une professionnelle.

— J'ai l'expérience de quantités de choses que je ne fais plus.

Il s'installa à côté d'elle.

— Un petit verre de vin ne peut faire de mal.

En souriant, elle passa une main dans ses cheveux.

— Peut-être, mais je n'en ai pas besoin. Je m'amuse très bien sans alcool.

Il avala une gorgée et lui jeta un de ses regards ravageurs qui lui devaient, elle en était sûre, les trois quarts de ses succès. Un regard capable de la retenir. De la persuader. De lui faire abandonner toute méfiance.

— Vous n'avez jamais envie de vous détendre ? Déguster tranquillement un verre et poser les pieds sous la table ?

— Avec mon passé, Brisco, répondit-elle en riant, la frontière est très mince entre se détendre et perdre la tête.

— Qu'est-ce que ça veut dire ?

— Qu'après quelques gorgées, je pourrais soit dormir pendant dix heures, soit faire du trapèze sur une ligne à haute tension. L'un ou l'autre, sans problème.

— Ce qui veut dire que vous en avez avec l'alcool ?

Elle secoua la tête.

— Je suis une femme qui va aux extrêmes. Il vaut mieux que je m'abstienne.

Déçu, Logan fit tourner le vin dans son verre en regardant le liquide glisser sur les parois.

— J'espérais trinquer avec vous. Et puis aussi j'avais envie de vous voir un peu gaie.

Le rire de Foraine le surprit.

— Je sais bien ce que vous mijotez. Vous voulez m'enivrer pour que je m'écroule et que vous puissiez me piquer mon avion.

— Non. J'espérais vous attirer dans mon lit. Vous n'avez pas oublié notre pari ?

A nouveau, le rire de Foraine fit vibrer la partie de son cœur qui n'avait pas été souvent visitée.

— Voyons, qu'est-ce que c'était déjà ? Ah oui ! Je suis censée vous supplier de coucher avec moi avant la fin du mois ? Eh bien, Brisco, le mois est presque fini.

— *Presque*, vous l'avez dit, répliqua-t-il avec son sourire diabolique. J'ai vécu une bonne partie de ma vie sur des *presque*.

— Ça ne m'étonne pas.

Leur conversation elliptique, les rires échangés et le regard troublant qu'il fixait sur elle commençaient à lui faire tourner la tête. Elle se tut, abasourdie par cet effet inattendu alors qu'elle s'était interdit d'éprouver quoi que ce soit.

— Maintenant, laissez-moi vous poser une question, reprit Logan en approchant son visage terriblement près. Si vous n'aviez pas nourri des doutes affreux sur moi, si vous m'aviez cru, si vous m'aviez accordé quelque honnêteté... y aurait-il eu une chance ?

Elle le fixa froidement au fond des yeux.

— Une chance de quoi ?

— De nous lier. De mieux nous connaître.

— Avec ou sans vêtements ? demanda-t-elle, un très mince éclat malicieux dans le regard.

— Sans, ça serait mieux, fit-il, son sourire envoûtant s'élargissant.

— Mmmm... laissez-moi réfléchir. Lorsqu'on vendra en masse des planches à voile au pôle Nord et que Saddam Hussein demandera à devenir citoyen des Etats-Unis, alors peut-être...

— Je le savais, fit-il. Je savais que nous avions notre chance.

Il se rapprocha et elle ne put s'empêcher de rire.

— C'est avec cette technique que vous avez coché autant d'entailles sur votre attaché-case, comme un cow-boy sur son pistolet ?

226

— Exactement, répondit-il, et son regard se posa sur les lèvres de la jeune femme.

Elle les lécha, laissant traîner à dessein sa langue sur la lèvre inférieure.

— Mais vous savez, murmura-t-il, il n'y a pas eu de nouvelles encoches à Serenity. Bien que j'en aie eu plusieurs fois l'occasion. Mais je n'en ai pas voulu.

— Et pourquoi, s'il vous plaît ?

— Peut-être que je voulais gagner le premier prix. Peut-être que je n'avais pas le cœur à me contenter de moins.

— Et qu'est-ce que le cœur a à voir avec ça ?

— Tout.

— La sexualité n'est pas que de la sexualité ?

— Non. Croyez-le ou non, Foraine, avec moi, les sentiments sont toujours de la partie. Sinon, je m'abstiens.

Elle rit, ce qui parut le blesser.

— Vous ne croyez pas que j'aie un cœur ?

Le sourire de Foraine s'effaça. Elle réfléchit à la question et son regard s'adoucit légèrement.

— Si, Brisco. Je sais que vous en avez un. Mais je ne suis pas sûre que vous sachiez quoi en faire.

Le regard de Logan se souda au sien. Peut-être avait-elle raison, se dit-il. Peut-être ne savait-il pas quoi en faire. A la vérité, personne ne le lui avait montré.

— Je vous l'ai dit, j'apprends vite, murmura-t-il.

La gorge nouée, elle baissa les yeux sur sa bouche, humide, tentante, exhalant une très légère odeur de vin.

— Oui, c'est vrai. Mais j'ignore ce qu'il vous reste à découvrir.

— Beaucoup, affirma-t-il avec un air grave qu'elle ne lui avait jamais vu. J'ai plein de choses à découvrir... sur l'amour et l'engagement... et l'amitié... Mais j'en ai appris de plus difficiles et je suis du genre obstiné.

Elle le savait. Et soudain elle découvrit la force du désir qu'elle éprouvait pour lui, la force du besoin qu'elle avait de lui, la force de la foi qu'elle était prête à mettre en lui...

Voilà que sa main montait vers le triangle que laissait apparaître le col ouvert de Logan, et que ses doigts en caressaient doucement les boucles soyeuses.

Ce simple contact émut violemment Logan et avant qu'il ait pu rameuter son bon sens, ses lèvres s'inclinèrent sur celles de la jeune femme ; il s'arrêta, lui laissant encore la possibilité de s'écarter et de prendre la fuite, de lui envoyer une gifle ou un coup de pied bien placé. Mais elle ne bougea pas.

Qui, d'elle ou de lui, franchit les derniers millimètres qui les séparaient ? peu importe ; lorsqu'ils se rencontrèrent, ce fut d'un commun accord. La main de Foraine se posa sur sa nuque et Logan l'attira contre sa poitrine, pressant sa bouche doucement et ardemment à la fois.

Le baiser se prolongeant, Foraine sentait une étrange faiblesse l'envahir, comme si son cœur allait s'arrêter de battre, comme si le souffle allait lui manquer, comme si tout bon sens et toute raison l'abandonnaient, sensation éprouvée dans une nacelle des montagnes russes de son père... celle qui, un peu plus tard, pendant un essai technique, avait déraillé et s'était écrasée sur la baraque de Tojo le Clown. Une chute vertigineuse, à l'égale de celle qui la menaçait à présent.

Elle interrompit le baiser et s'écarta.

— Eh bien, Brisco, souffla-t-elle, le front pressé contre le sien. Je constate que voilà un domaine où vous n'avez pas besoin de leçons.

— Vous ne manquez pas d'expérience non plus, dit-il en souriant.

Il effleura ses lèvres et Foraine s'abandonna à la chaleur de ce baiser, à la sécurité et aux promesses qu'offrait cette caresse. Mais la sécurité était vacillante, les promesses fausses. Et la jeune femme se plaisait à penser qu'elle n'était pas une idiote.

Elle se ressaisit et, posant une main sur la poitrine de Logan, interrompit leur étreinte.

— Mon expérience s'étend à d'autres domaines, Brisco. Par exemple, s'attacher à l'homme qu'il ne faut pas. Se laisser emporter par la passion.

— Il n'y a rien de mal dans la passion, protesta-t-il. Et pourquoi êtes-vous sûre que je ne suis pas l'homme qu'il vous faut ?

— Parce que je n'ai pas encore entièrement confiance en vous. Parce que je continue à m'inquiéter de chacun de vos gestes. Parce que je ne sais pas vraiment qui vous êtes.

— Je suis celui que vous voulez que je sois, chuchota-t-il, celui dont vous avez besoin.

— C'est bien ce que je crains, dit-elle en se dégageant d'entre ses bras. Je ne veux pas d'un homme fait sur mesure, Brisco. Comment faire confiance à un caméléon ?

— Un caméléon ? répéta-t-il. Vous me prenez pour un caméléon ?

— Vous vous transformez en fonction de votre environnement, Brisco. A un moment donné, vous êtes le brave gars qui bavarde chez le coiffeur et à un autre, vous montez dans une Rolls Royce et vous vous faites conduire chez les plus grands banquiers de la ville.

— Ce qui me permet d'entrer en contact avec toutes sortes de gens. Est-ce un crime ?

— Non, bien sûr que non.

— Alors où est le problème ?

— Le problème, répéta-t-elle en se creusant la cervelle car en fin de compte elle ne savait plus trop où il était. Eh bien, le problème, c'est que... j'étais absolument certaine que vous étiez un arnaqueur. Et puis il y a eu le chien, et Jason... et aujourd'hui, je vous ai vu avec ces gens ; seulement… Tout ça ne sonne pas tout à fait juste, Brisco. Je doute encore.

L'air sincèrement blessé, il se leva pour se verser un autre verre de vin.

— Vous doutez encore de moi ?

Elle recensa mentalement les éléments qui lui semblaient les plus positifs.

— Je pense que vous essayez de construire ce parc, même si je ne suis pas convaincue que le projet soit aussi avancé que vous le prétendez. Je pense que vous aimez sincèrement mes concitoyens et que vous désirez leur venir en aide.

— Vous le pensez ? Merci, Foraine. Merci infiniment. Et vous ? Que pensez-*vous* que j'éprouve pour vous ?

— Je pense que vous êtes attiré par moi, dit-elle. Non, je retire cela. Vous êtes manifestement attiré par moi. Mais c'est peut-être partiellement dû au défi que je représente. Les échecs ont sans doute été rares dans votre existence.

— Vous avez raté votre vocation, Foraine. Vous auriez dû ouvrir un stand de diseuse de bonne aventure.

— Vous savez aussi bien que moi que le plus grand talent d'un arnaqueur est de lire dans le cœur et l'esprit de son prochain. On m'a élevée pour ça, Brisco ; et vous aussi, à mon avis. Alors on se met à remarquer des détails, des expressions, des mots et, peu à peu, le cerveau assemble les pièces du puzzle jusqu'à ce que tous les espaces soient comblés, et finalement on sait parfaitement quel genre de personne on a en face de soi, ses pensées, ses réactions.

— Il y a toujours une marge d'erreur, Foraine. Qu'en faites-vous ?

— Vous avez raison. Cette possibilité existe. Mais je n'ai pas souvent fait d'erreurs. Et vous non plus.

— Vous vous êtes trompée au moins une fois. Sur le genre d'homme qu'était Abe Sullivan.

— C'est parce que je me suis laissé emporter par la passion. J'ai commis une faute, mais je ne la referai pas.

Logan la dévisagea longuement et hocha la tête.

— Tant mieux pour vous, murmura-t-il. Je ne voudrais pas que vous recommenciez. Pas même avec moi.

Ses yeux étaient tendres et compréhensifs.

— Je ne vous veux aucun mal, Foraine, reprit-il. J'ai beaucoup d'affection pour vous. Vraiment.

Un doux sourire se dessina sur les lèvres de la jeune femme et éclaira son regard.

— Croyez-le ou non, Brisco, moi aussi je vous aime bien.

Logan ne se souvenait pas avoir entendu de propos aussi agréables et, la gorge nouée, incapable de prononcer un seul mot, il lui adressa un sourire timide.

Sourire qu'elle lui rendit.

— Bon, alors, vous allez m'emmener dîner, oui ou non ? finit-elle par demander.

— Bien sûr ! s'écria-t-il, la voix enrouée. Je vous emmène au Grand Caruso, comme promis. Vous n'avez pas oublié votre robe rouge ?

— Evidemment que je l'ai emportée. Jason y tenait absolument.

— Oui, Jason et moi... nous avons établi une stratégie.

— Une stratégie pour quoi ? demanda-t-elle en riant.

— Pour vous trouver un mari, répondit-il en ouvrant la porte. Que vous le vouliez ou non.

16

— Ça me rappelle ce restaurant dans le film *Le Temps d'un week-end*, remarqua Foraine pendant qu'ils s'asseyaient dans une salle décorée à la façon d'un théâtre européen. Vous vous rappelez lorsque Al Pacino danse avec cette fille ?

— Je vais rarement au cinéma, répondit Logan qui prenait plus de plaisir à admirer la femme assise en face de lui que le décor.

— Vous n'aimez pas ça ?

— Autrefois, si. Lorsque j'étais plus jeune, j'y trouvais une merveilleuse occasion de m'évader. A présent, je n'en ai plus le temps. A propos, vous ai-je dit combien vous êtes belle dans cette robe ?

— Au moins une demi-douzaine de fois, répondit-elle en souriant.

— C'est tout ? Parce que vous êtes vraiment sensationnelle. Jason savait ce qu'il faisait.

Feignant un air dégoûté, elle jeta un coup d'œil sur sa montre.

— Je la porte déjà depuis près d'une heure et on ne m'a toujours pas demandée en mariage. Cette chasse au mari s'avère plus laborieuse qu'on ne me l'avait promis.

— Je le ferais bien, dit-il en riant, mais je doute que vous acceptiez.

— Vous avez raison, fit-elle en plantant son menton sur son poignet. Le mariage, ce n'est pas pour moi. Il y a des femmes qui en ont besoin mais ce n'est pas mon cas.

— Oh, vraiment ? s'étonna-t-il. Vous n'avez pas besoin qu'on vous protège, qu'on vous jure fidélité et qu'on vous aime ? Vous n'avez pas besoin de romantisme ? L'amour physique, vous n'en avez pas besoin non plus ?

Elle rit.

— Votre question implique-t-elle que je pourrais trouver tout ça en me mariant ? On se sent difficilement en sécurité quand votre époux court derrière tout ce qui porte jupon et les serments de fidélité prennent alors un goût amer. Quant au romantisme… je le trouve dans les livres et au cinéma.

— Et le sexe ? risqua-t-il avec un sourire en coin qu'elle lui rendit.

— Je connais des unions parfaitement platoniques.

— Celle de vos parents n'est pas heureuse ?

Avec un soupir, elle promena son regard sur la salle et réfléchit un instant avant de répondre.

— Je pense que si. Ils s'occupaient certainement plus l'un de l'autre que de moi. Mais rien dans ma famille n'est conventionnel et je ne cherche pas à les imiter. Ce qui me rappelle quelque chose… Je vous ai dit qu'ils pensaient prendre leur retraite à Serenity, vous vous en souvenez ? Que se passera-t-il si je n'arrive pas à les en dissuader ? S'ils débarquent, bien décidés à vous forcer la main pour être admis dans le parc, comment réagirez-vous ?

Logan se sentit transpercé par son regard.

— Sans vous offenser, Foraine, je trouve qu'ils n'ont pas le profil des employés que je souhaite recruter.

Foraine tenta de cacher son soulagement.

— Et s'ils proposaient d'investir une grosse somme ?

Une semaine plus tôt il aurait accepté, mais c'était

233

avant que le parc ne devienne un projet réel, avant qu'il n'ait décidé de transformer ses mensonges en vérités.

— Je regrette, Foraine, mais non, je ne les accepterais pas.

— Merci, mon Dieu, fit-elle en soupirant.

— Je ne comprends pas.

— Je vous testais. Et vous avez merveilleusement passé l'épreuve.

— Pourquoi? Vos parents ont renoncé à venir à Serenity?

— Je ne sais pas encore. Pour le moment ils l'envisagent sérieusement... Voyez-vous, Brisco, ajouta-t-elle en se tortillant, l'air gêné, votre histoire n'a pas encore emporté mon absolue conviction, mais si cela arrivait réellement, mon principal souci serait de protéger mes concitoyens. En soi, le projet me déplaît, cependant, si c'est ce que tous désirent, il ne me restera plus qu'à faire de mon mieux pour que la ville n'en souffre pas.

— J'en suis bien conscient. Et c'est pourquoi je pensais vous confier un poste important.

— Oh, non, je ne veux pas m'en mêler.

— Ecoutez quand même. Cela pourrait ne pas vous déplaire, insista-t-il. Je pensais vous proposer le contrôle des activités. A vous de vous assurer de l'intégrité de ceux qui travailleront dans le parc, et que les attractions y seront parfaitement régulières.

La jeune femme, l'air impassible, rétorqua:

— Cela fera de moi votre adversaire; je passerai mon temps à tout remettre en question.

— Ne sommes-nous pas déjà adversaires? Franchement, je finis par y prendre goût.

— Vous plaisantez. Ce serait comme si vous vous tiriez une balle dans le pied.

— Non, ce serait m'assurer que je n'ai rien oublié. Je serai très occupé, Foraine, et je ne pourrai pas tout contrôler. Personne à Serenity ne peut mieux que vous flairer le danger.

L'air songeur, elle s'appuya contre son dossier.

— Et que deviendront mon service aérien et mon école de pilotage ?

— A vous de décider. Vous pourrez continuer à les faire tourner, ou bien les confier à un employé. Il faudra vraiment développer l'aéroport. Ce sera indispensable. Soit vous agrandirez les installations actuelles pour pouvoir accueillir l'énorme trafic que le parc va générer, soit un autre construira un second aéroport, et c'est lui qui en retirera tous les bénéfices. A votre place, je ne laisserais pas passer une aussi belle occasion.

— Je ne cherche pas à m'enrichir, Brisco. Mes parents n'ont cessé de courir après la fortune, et cela ne les a menés nulle part.

— Vous avez un système de valeurs plus solide qu'eux, Foraine. Si vous gagnez beaucoup d'argent, vous saurez le gérer sainement, sans qu'il vous monte à la tête, et vous ne le dilapiderez pas dans de vaines combines. En outre, vous laisserez un pécule à Jason.

— Je laisserai à Jason une enfance vraie, répondit-elle. Et des valeurs. Et la sécurité et la paix de l'esprit. Ne comprenez-vous pas combien tout cela est précieux ?

Le visage de Logan se rembrunit et il baissa les yeux sur son assiette.

— Si. Que n'aurais-je donné en échange de tout cela quand j'étais enfant !

— Et moi donc, murmura-t-elle.

Le pianiste entama une musique vieillotte et romantique.

— Nous avons beaucoup de points communs, Foraine. Beaucoup plus que vous ne voulez l'admettre.

— Je sais.

235

Leurs regards se soudèrent avec une émotion qu'ils s'efforcèrent de refouler.

— Voulez-vous danser ? demanda Logan. Vous êtes trop belle pour rester dans l'ombre.

Le sourire de Foraine l'emplit d'un plaisir intense ; il se leva et l'entraîna vers la piste.

Leur couple dégageait une telle harmonie qu'on aurait dit qu'ils avaient l'habitude de danser ensemble depuis toujours.

Dans l'anonymat de la foule, ils n'étaient plus des ennemis mais deux êtres qui déchiffraient les pensées secrètes l'un de l'autre et qui commençaient doucement à se comprendre.

Il baissa les yeux sur la jeune femme et s'émerveilla encore de sa beauté, de son élégance, de son charme. Mais elle était coriace, comme lui... Une survivante. Une lutteuse. Une battante. Rien ne l'empêcherait de mener la vie qu'elle s'était choisie. Pas même Logan.

Etait-ce à cause de la musique douce ou du poids tendre du corps de Foraine dans ses bras ? Logan approcha ses lèvres des siennes et, avant qu'il ait pu se retenir, il l'embrassait avec une ferveur qui le surprit.

Foraine s'abandonna à son baiser, s'autorisant à s'en délecter et à y répondre.

La musique s'arrêta en même temps que leur étreinte et ils regagnèrent leur table. Malgré tous ses efforts pour garder la tête froide, Foraine s'aperçut qu'elle n'avait plus envie de lui résister.

Elle était ensorcelée et craignait de ne pouvoir y faire grand-chose.

Lorsque le taxi s'arrêta devant l'hôtel, ils entendirent jaillir du bar voisin un flot de musique country.

— Vous aimez ce genre de musique ? demanda Logan.

— Parfois. Et vous ?

— Parfois, répéta-t-il avec un petit rire. Je vous ai vue danser comme une folle au bal mais, honnêtement, je vous aurais plutôt crue du genre rock... Venez. Allons voir.

Il l'entraîna à l'intérieur et ils s'installèrent au fond de la salle pour écouter un artiste en train d'interpréter une chanson de Clint Black.

— Il est rudement bon, remarqua Logan.

Foraine étudiait les visages qui l'entouraient, habitude prise pendant son enfance et dont elle ne s'était jamais défaite. Son attention fut attirée par un homme qui arborait un chapeau de cow-boy et des lunettes de soleil, ce qui l'intrigua. Qui pouvait porter de tels accessoires dans une boîte de nuit ?

Se faufilant entre les tables, il semblait chercher une place, mais Logan et Foraine occupaient les dernières disponibles.

Soudain, elle le reconnut.

— Eric Hart.

— Non, c'est une chanson de Clint Black, rectifia Logan.

— Non, chuchota-t-elle. Là, tout près. Le type avec les lunettes de soleil. C'est Eric Hart.

Logan fronça les sourcils.

— Il lui ressemble mais vous vous trompez sûrement. Que ferait-il ici tout seul ? C'est une des plus grandes stars de la country.

— Je l'ignore, mais c'est bien lui. Regardez son allure et le tatouage sur sa main. C'est Eric Hart ! Il cherche une place.

Elle avait à peine terminé sa phrase que Logan s'était rué sur la vedette et lui serrait la main énergiquement. Ahurie, elle le vit désigner leur table et y entraîner résolument la star.

Très gênée, Foraine se leva.

— Eric, je voudrais vous présenter Foraine Sullivan.

— Enchanté de faire votre connaissance, ma'ame.

237

J'espère que je ne vous dérange pas. Votre ami m'a proposé de me joindre à vous.

— Je vous en prie, bredouilla-t-elle en jetant un regard incrédule sur Logan. Vous vous connaissez?

Eric éclata de rire.

— Non, mais j'ai l'impression que Logan ne rencontre que des gens qu'il connaît.

Il s'inclina vers elle et reprit à mi-voix :

— Je suis épaté par votre perspicacité. J'espérais ne pas être reconnu.

— Oh, nous n'attirerons pas l'attention sur vous, promit-elle pendant qu'il faisait signe à la serveuse de lui apporter une bière. Qu'est-ce qui vous amène ici ?

— Un concert demain soir. J'aime bien arriver la veille pour me détendre avant le début de la tourmente.

L'orchestre entama un de ses airs célèbres, « Dream Scape ». Hart se tourna vers l'estrade.

— Hé là ! Il est meilleur que moi, dit-il en riant de bon cœur.

Une heure plus tard, ils étaient plongés dans une conversation sur le parc et Foraine, horrifiée, entendit Logan proposer des actions au chanteur. Profiter d'un instant d'intimité pour extorquer des fonds à une relation nouvelle lui parut extrêmement incorrect.

Mais ce n'était pas l'argent qui intéressait Logan.

— Nous cherchons une vedette pour parrainer le parc. Vous savez, un peu comme Dollywood. Vous avez exactement l'envergure qu'il nous faut.

Avec un sourire forcé, Foraine lança un petit coup de coude à Logan.

— Je croyais que vous en aviez déjà parlé à Billy Ray Cyrus ?

Il ne parut pas le moins du monde embarrassé par sa remarque.

— Aucun engagement n'a été pris, ni de son côté ni du mien. Et, honnêtement, Cyrus n'a pas encore fait ses preuves, on ignore ce qu'il deviendra. Eric s'est imposé depuis longtemps, il est quasiment une légende.

De la main, il décrivit un large arc de cercle.

— Je vois ça très bien. Hartland.

— Hartland ? répéta Foraine, complètement effondrée.

Eric ne semblait pas trouver du tout l'idée absurde.

— Ça me plaît, dit-il. Un parc de loisirs. Hmmmm. Je n'y avais pas pensé. Quel genre d'investissement devrais-je faire ?

Ça y est, se dit Foraine, accablée. *C'est maintenant qu'il va s'en prendre à son argent.*

— Ça reste à négocier. Vos profits seront énormes grâce aux royalties. Les boutiques seront pleines de petits cadeaux portant votre nom et votre photo, et aussi vos disques, et certaines attractions pourront reprendre vos thèmes préférés. Il est même possible que vous n'ayez pas du tout besoin d'investir. En échange de votre nom, vous recevrez déjà un bon paquet d'actions.

— Ah ! Du merchandising ! Voilà qui me paraît très intéressant ! s'écria Eric. Combien de temps restez-vous à Houston ?

— Nous partons après-demain, répondit Logan.

— Parfait. Etes-vous libre demain à dix heures ? Nous en discuterons avec mon agent.

— Volontiers.

— J'habite ici, au 12e étage, dit-il en extirpant une carte de sa poche arrière. Voici mon numéro de téléphone. Appelez-moi avant, sinon on ne vous laissera pas passer.

— Très bien, fit Logan en lui serrant longuement

la main avant de se retourner vers la jeune femme : vous voulez rentrer, Foraine ?

— Oui, je suis un peu fatiguée. J'ai été enchantée de faire votre connaissance, Eric.

— Moi aussi, et il est bien possible qu'on soit appelés à se revoir souvent désormais.

Ils quittèrent la boîte de nuit et rentrèrent à l'hôtel.

— Je ne sais que penser de tout ça, dit-elle en jetant un coup d'œil perplexe à Logan.

— Ça s'appelle se trouver au bon endroit au bon moment. Vous rendez-vous compte de ce qui va se passer s'il accepte ? Ce sont les banquiers qui vont *nous* appeler, et non le contraire.

— Je croyais qu'ils vous appelaient *déjà* ? Et que faites-vous de Billy Ray Cyrus et de votre Parc du Cœur Douloureux à la noix ? Brisco, ce n'étaient que des mensonges ?

— De l'optimisme, corrigea Logan. Moi, j'appelle ça de l'optimisme. Mais je préfère Eric Hart et je pense que tout le monde à Serenity sera de mon avis. Simplement, je n'osais pas en rêver.

— Hartland, dit-elle en sortant de l'ascenseur. Ce n'est pas un peu banal ?

— Et Dollywood ? Opryland ? C'est banal ?

Ils arrivèrent devant la porte de Foraine. Quand elle engagea sa clef dans la serrure, il appuya ses mains sur le mur, au-dessus de sa tête.

— Dites donc, vous portez chance. Vous le saviez ?

— Ne comptez pas là-dessus, murmura-t-elle. Vous n'en aurez pas avec moi ce soir.

— Nous avons passé une agréable soirée, non ?

Son regard insistant l'obligea à détourner la tête.

— Oui, c'est vrai.

— La deuxième partie n'était guère romantique mais, si vous me laissez entrer, la troisième pourrait l'être.

— Jack vous attend, murmura-t-elle.

— Jack peut attendre, répliqua-t-il en s'inclinant sur elle.

Lorsque les lèvres de Logan effleurèrent les siennes, elle ferma les yeux et savoura la sensation étrange d'un cœur qui s'emballe sur un rythme fou mais, posant une main sur la poitrine de Logan, elle le repoussa doucement.

— Vous êtes un homme intéressant, Logan Brisco.

— Cela signifie-t-il que vous êtes intéressée ?

— Cela signifie que je suis intriguée, répondit-elle dans un souffle.

— Alors vous pourriez baisser un peu votre garde.

— Oh non. Au contraire, cela me fait la relever.

— Vous continuez à vous méfier de moi, n'est-ce pas ?

— Le problème, répondit-elle avec un sourire, c'est que je me méfie de moi. Vous l'avez dit et vous aviez raison. Je ne veux pas me fournir la corde pour me pendre. L'enjeu est trop important.

Elle déposa un rapide baiser sur la joue de Logan et pénétra dans sa chambre en en refermant précipitamment la porte.

17

— Il me faut un avocat.

Foraine tourna la tête vers Logan aux commandes de l'avion.

— Un quoi?

— Un avocat, pour rédiger les contrats que nous allons établir.

— Il y en a deux à Serenity. Alan Robard est celui qui conviendra le mieux, c'est lui qui s'est occupé de mon divorce.

— Je connais Alan. C'est un de nos investisseurs.

— Eric s'est engagé?

— Il en est là, fit Logan en écartant d'un millimètre le pouce et l'index. Il compte venir à Serenity la semaine prochaine mais c'est top secret, aussi n'en dites pas un mot.

— Les banquiers aussi, c'est top secret?

— Je préfère, tant qu'ils n'ont pas signé.

Cette histoire de secret la tracassait.

— Vous aviez dit que Billy Ray Cyrus s'était quasiment engagé, c'était faux, n'est-ce pas?

— Pas exactement.

— Vous mentiez, oui ou non?

— Je n'ai jamais prétendu que c'était une affaire faite. Je me contentais de montrer les cartes que j'avais en main.

— Mais votre jeu était truqué.

Il lui jeta un regard ennuyé.

— Où voulez-vous en venir ?

— A ceci : vous avez utilisé le nom de Cyrus pour pousser aux investissements, lesquels investissements vous ont servi pour impressionner les banquiers, et ce sont les banquiers qui ont décidé Eric Hart. C'est l'effet boule de neige mais, n'étant sûr à cent pour cent d'aucun d'entre eux, il vous faut jongler adroitement.

— J'ai confiance en mes talents. Foraine, il y a longtemps que je fais des affaires. J'y ai acquis une certaine expérience. Et j'y suis plus habile que n'importe qui de ma connaissance.

— Quelles sont celles que vous avez menées à bien ?

La question le prit au dépourvu.

— Des tas.

— Citez-m'en quelques-unes.

— J'ai réalisé de grandes promotions immobilières sur la côte Est. J'ai mis en valeur des dizaines d'hectares de terrains agricoles. J'ai participé au rachat d'un important hôpital du Kentucky.

— Comment s'appelait-il ?

Il lui jeta un regard exaspéré.

— Où voulez-vous en venir, bon sang ? Vous croyez que j'ai inventé de toutes pièces Gastineau et sa banque ? Qu'Eric Hart n'était qu'un comédien payé pour que vous butiez sur lui et vous convaincre de ma loyauté ?

— Je pense que vous êtes tout à fait capable de tricher pour atteindre un objectif honnête.

Il se tortilla sur son siège.

— Ce n'est pas facile de monter un projet de cette envergure, Foraine. Cela demande du travail, de l'imagination, de l'entregent ; on ne peut pas entrer dans une banque les mains vides et dire : « S'il vous plaît, associez-vous avec moi. » Il faut prouver que d'autres l'ont fait, avoir une ligne de conduite bien au point. Vous n'avez pas lu *The Art of the Deal*?

— De Donald Trump? demanda-t-elle en riant. Est-ce que ce n'est pas le type qui avait un kilomètre de créanciers à sa porte et qui a dû vendre tous ses actifs, l'un après l'autre?

— Il est retombé sur ses pieds et se débrouille fort bien à présent. Merci pour lui.

— Oui, selon ses communiqués de presse. Et ce n'est pas parce que Donald Trump jongle en affaires que c'est bien. Ça ressemble terriblement à ce que mes parents ont l'habitude de faire.

— Ne soyez pas aussi cynique. Tout le monde a envie de s'enrichir, Foraine. Et ma tâche est de convaincre tous ces gens qu'avec moi ils le peuvent. Grâce à Dieu, ils ne sont pas aussi têtus que vous; l'essentiel, c'est que personne ne soit lésé.

— En êtes-vous certain?

Il croisa son regard et se félicita qu'elle ait refusé de le laisser entrer dans son lit. Elle lui aurait donné une confiance qui à l'heure actuelle pèserait une tonne sur son cœur.

— Oui, Foraine, j'en suis sûr. Complètement. Vous ne me croyez pas?

— Je commence, tout doucement.

Logan vérifia les instruments en se disant que le jour où elle lui accorderait sa confiance serait le plus beau de sa vie, et il était résolu à ce que cette confiance ne soit pas mal placée.

La semaine suivante, l'avion de Foraine transporta vers Serenity des cargaisons de banquiers. Logan accumulait les heures de vol en pilotant les trois quarts du temps. La jeune femme ne perdait pas un mot des propos échangés, de vraies discussions, au sujet de vrais problèmes: appels d'offres, financement, logistique, répartition des dividendes, et elle était surprise de voir à quel point Logan était préparé à toutes les questions.

Enfin, lorsque Eric Hart se posa sur la piste aux commandes de son Cessna, elle pensa que toute cette folle histoire allait peut-être devenir réelle.

Et que Logan était peut-être bien venu à Serenity pour y rester.

Une semaine plus tard, Joey lui rappela la photo qu'elle avait promis de lui fournir.

— C'est fait, dit-elle. Il est resté devant l'objectif comme si ça n'avait aucune importance ; j'en ai pris plusieurs, mais elles ne sont pas encore développées.

— Apportez-les-moi quand ce sera fait. Je veux m'en occuper sans tarder.

— Joey, fit-elle d'un ton hésitant, je crois que je me suis trompée. Logan travaille vraiment à la construction de ce parc. Ça me paraît trop avancé maintenant pour n'être qu'une arnaque.

— Hé, vous me laissez tomber ?

— Non... mais j'ai honte de me faufiler dans son dos pour creuser dans la boue... enfin, s'il s'avère qu'il est honnête.

— Ça y est, vous voilà accrochée, vous aussi ? Il vous a ensorcelée comme les autres ?

— Non, protesta-t-elle d'une voix qu'elle aurait aimée plus vigoureuse. Simplement, je le connais mieux.

— Et vous lui faites confiance ?

— Un peu plus qu'avant, c'est tout.

— Eh bien, pour cette petite étincelle de doute qui reste dans un coin de votre cerveau, et pour le mien, pourriez-vous faire développer ce rouleau le plus rapidement possible ?

— D'accord, dit-elle en se levant. J'y vais immédiatement.

— Hé, Foraine ? la rappela-t-il comme elle s'apprêtait à sortir. Vous n'avez pas réellement envie de savoir. C'est ça ?

— Si, répondit-elle d'une voix lasse. Mais s'il est malhonnête, je doute qu'il y ait une seule personne ici qui soit prête à le croire. D'ailleurs, pourquoi se serait-il laissé photographier si c'est réellement un escroc ?

Lorsque Foraine apprit que toutes les photos étaient ratées, le doute qui vacillait au fond d'elle se ranima.

— Qu'est-ce qui s'est passé ? demanda-t-elle à Ben Walker, le photographe.

— Le film pouvait être mauvais, ou bien il a été exposé à la lumière, ou encore l'appareil est défectueux.

— Il fonctionnait très bien jusqu'à présent, marmonna-t-elle, dépitée. Vous n'avez même pas pu en sauver une ?

— Aucune. Je regrette.

En revenant au bureau du shérif, elle réfléchit aux différentes explications possibles. Cette coïncidence était difficilement admissible. Pourtant, c'en *était* une. Il fallait que c'en soit une, car l'alternative n'était pas envisageable.

— Logan ne s'est jamais approché de l'appareil ? demanda Joey lorsqu'elle lui rapporta l'incident.

— Non, jamais. Ce n'est qu'une coïncidence… Mais ne vous inquiétez pas, ajouta-t-elle précipitamment. Je vais recommencer. Le goûter d'anniversaire de Jason a lieu ce week-end. Je prendrai des photos des enfants, et de Logan aussi, comme par hasard.

Logan avait l'air fatigué lorsqu'il ouvrit sa porte mais en reconnaissant Foraine, son regard s'éclaira.

— Je pensais à vous justement.

— Ah oui ? Et que pensiez-vous ? demanda-t-elle en entrant dans la chambre.

Avec un petit rire, il referma derrière elle.

— Eh bien, ça ne vous plaira peut-être pas d'entendre ça, mais vous me manquiez. Depuis notre retour de Houston, j'ai été aspiré dans un tourbillon et je n'ai pu vous voir que dans l'avion, entourée d'une grappe de banquiers bavards. Finalement, je préfère votre compagnie à n'importe quelle autre.

— Voilà qui est curieux, étant donné que je suis celle qui vous cause le plus de problèmes.

— Plus tellement maintenant.

Elle se hâta de passer à un autre sujet.

— J'aimerais que vous veniez à l'anniversaire de Jason, dit-elle. Il aura huit ans samedi.

Logan eut l'air ému et elle comprit que l'invitation le touchait sincèrement.

— Vraiment ? Vous souhaitez ma présence ?

— Si ce n'était pas le cas, je ne serais pas ici. Et Jason y tient beaucoup. C'est à trois heures.

— Je viendrai.

Le silence retomba, tendu, et lorsque leurs regards se croisèrent, elle faillit chanceler. Elle ne recula pas quand Logan fit un pas vers elle, puis un autre, jusqu'à ce qu'elle sente la chaleur de son corps tout contre elle et son souffle sur ses lèvres.

— Il y a quelque chose que je voudrais vous dire, Foraine, murmura-t-il.

— Oui ?

— Depuis ma toute petite enfance je refoule mes émotions mais depuis mon arrivée à Serenity, et surtout depuis que je vous connais, elles ne cessent de me remplir de sentiments lumineux.

Les yeux de Foraine s'embuèrent et, lorsqu'il s'inclina pour l'embrasser, elle sentit ses propres émotions dépasser la luminosité et virer à l'explosion. Son cœur exigeait qu'elle abandonne ses doutes et, malgré ses efforts désespérés, elle ne put contenir plus longtemps la force de ses sentiments.

Il se détacha de ses lèvres et caressa son visage du bout des doigts.

— Il… il faut que je m'en aille, souffla-t-elle. Jason est chez Nathan et j'ai promis que je n'en aurais pas pour longtemps.

— D'accord, fit-il en laissant retomber sa main. A samedi.

— Oui… A trois heures, bredouilla-t-elle.

Remballant tant bien que mal ses sentiments, en quittant le motel il lui fut très difficile de se retenir de courir à toutes jambes, soit vers lui, soit bien loin, très loin.

Logan fut l'élément explosif de l'anniversaire de Jason. Ce qui n'avait rien d'étonnant, se dit Foraine en filmant ses facéties avec les enfants.

— Recommence, Logan !

— Jette-moi en l'air !

— A moi, Logan !

Leurs voix joyeuses couvraient la musique censée les attirer autour du goûter mais ils étaient bien trop occupés à sauter avec Logan sur le trampoline que Foraine avait offert à son fils. Il bondissait et lançait en l'air les petits invités comme si c'étaient des ballons de basket.

A aucun moment il n'avait paru ennuyé d'être filmé au Caméscope, mais lorsque les enfants acceptèrent de se rassembler pour couper le gâteau et qu'elle sortit un appareil photo pour immortaliser la scène, elle remarqua qu'il semblait montrer une légère appréhension. Il s'arrangeait pour sortir de son champ de vision et lorsqu'elle parvint à le coincer, il chaussa une paire de lunettes, un gros nez rouge et s'accroupit brusquement en faisant le clown.

Agacée, elle finit par le houspiller :

— Dites-moi, Logan, pourquoi ne voulez-vous pas vous laisser photographier ?

— Parce que je ne suis pas photogénique. J'ai toujours les pupilles d'un rouge démoniaque. En plus, je partage avec les Indiens une vieille superstition selon laquelle on pourrait voler mon âme.

— C'est ridicule. Vous n'êtes pas indien.

— De toute façon, vous l'avez déjà fait à Houston.

— Les photos étaient ratées. Le rouleau devait être abîmé.

— Oh, quel dommage, fit-il sans conviction.

— Laissez-moi vous prendre avec Jason. Cela lui ferait très plaisir.

— Non, ce n'est pas la vraie raison, riposta-t-il avec une expression grave. Vous voulez une photo pour enquêter sur mon compte. Tant qu'à faire, je peux vous laisser prendre mes empreintes digitales. Et des radios dentaires, ça vous intéresserait ?

— Vous en avez ?

— Bien sûr que non, et vous ?

— Heu… non.

— Vous voyez bien… Bon, allez-y. Je n'ai rien à cacher. Sans compter que vous n'avez pas cessé de me filmer depuis le début de l'après-midi.

Elle recula et lança :

— Souriez, Logan. Faites comme si vous trouviez cela très amusant, lança-t-elle en prenant plusieurs photos.

Lorsqu'elle eut terminé, son sourire s'effaça et il demanda d'une voix lasse :

— Une question, Foraine. Vous me soupçonnez toujours de vouloir déguerpir avec l'argent ?

— Non, je ne le crois plus.

— Alors pourquoi tenez-vous tant à me prendre en photo ?

— A titre de souvenir, peut-être !

— Et peut-être que vous les enverrez au FBI pour savoir si par hasard je ne suis pas sur la liste des dix criminels les plus recherchés.

Gênée de le voir frôler la vérité, elle soupira.

— Ça a l'air de vous tracasser, Brisco.

— Pas du tout. Alors, je vous en prie, faites-en plusieurs tirages et envoyez-les un peu partout. Agrandissez-les et affichez-les. Collez-en sur des cartons de lait. Enfin, si vous n'avez rien de mieux à faire.

Elle le dévisagea longuement ; sa désinvolture était-elle sincère ou feinte ? Un ballon roula jusqu'à ses pieds ; elle le ramassa et le lança à Logan.

— Ils vous appellent, Brisco.

Logan se contenta de rire et rejoignit les enfants.

Une fois seul, le masque de Logan se défit. Sa désinvolture de l'après-midi n'était plus de mise et il s'inquiétait sérieusement. Il aurait dû deviner qu'il ne pourrait éviter éternellement d'être photographié. C'était même sans doute la seule raison qui avait incité Foraine à l'inviter à l'anniversaire de Jason.

Dire qu'il avait cru que c'était par amitié !

Jack se blottit contre lui.

— Je savais bien qu'un jour il me faudrait payer pour mes péchés, murmura Logan en caressant ses poils drus. Mais j'avais imaginé que ça se limiterait à la prison.

C'était pire. Il était sur le point d'aboutir d'une manière parfaitement honnête, de monter une opération qui exigeait un travail ardu, beaucoup d'ingéniosité et tout son talent si souvent utilisé à de tristes fins. Foraine commençait à lui faire confiance et c'était pour lui la plus grande victoire de sa vie. Mais elle semblait vouée à l'échec.

Si elle expédiait les clichés au FBI et si les Fédéraux les présentaient à des victimes de ses escroqueries, il était fort probable qu'il serait reconnu. La plupart de ses méfaits avaient visé de grandes sociétés, où il était peu probable qu'on se rappelle son visage. Mais les projets bidon de promotion immobilière présentaient un caractère plus personnel, et ceux qui en avaient fait les frais ne l'auraient pas oublié...

Alors que faire ? Rester tranquille en attendant que le FBI frappe à sa porte ou bien courir chez Foraine pour exposer la pellicule à la lumière ?

Aucune de ces options n'était envisageable. Il essaya d'imaginer ce qu'*elle* éprouverait lorsque la police débarquerait chez elle et lui confirmerait tous ses soupçons.

Les baisers échangés... si doux, si envoûtants... auraient l'air d'une tricherie supplémentaire. Les propos, la camaraderie, les rires... tout prendrait l'allure d'une farce cruelle. Elle ne méritait pas ça.

Pourquoi ne pas essayer de la dissuader de les envoyer ? Cela ne demandait qu'un peu de persuasion. Après tout, il était passé maître en la matière. Et de toute façon, il n'avait plus rien à perdre.

Sans Jason, la maison semblait bien vide. Foraine, allongée dans son lit, n'arrivait pas à trouver le sommeil ; elle écoutait les bruits joyeux qui venaient du bois voisin où le père de Nathan avait emmené les garçons camper pour fêter à la fois l'anniversaire de Jason et la fin de l'année scolaire. Mais ce n'était pas ce calme inhabituel qui la tenait éveillée. C'était Logan.

Il s'était merveilleusement comporté avec les enfants et, sans lui, la fête n'aurait pas été une telle réussite. Elle avait du mal à admettre les deux aspects diamétralement opposés de son caractère... tout en les comprenant.

Les yeux fermés, elle évoqua le baiser échangé dans la chambre du motel, lorsqu'elle était venue l'inviter. Il s'était montré à la fois tendre et avide, doux et sauvage. Comment se comportait-il au lit ?

Elle se rappela le pari qu'il avait fait et s'aperçut que le mois était fini. Elle ne l'avait pas supplié de coucher avec elle mais il avait eu partiellement raison en prédisant qu'elle serait séduite. Qu'il s'agisse d'un pari ou non, le gagnant ramasserait tout. Le corps, le cœur et l'âme.

On sonna à la porte ; elle se leva et enfila une robe de chambre. Ce devait être Jason, supposa-t-elle. Il devait avoir froid ; à moins que les moustiques ne se soient déchaînés.

Elle traversa le salon et regarda par la fenêtre. Ce n'était pas son fils qui attendait sur le seuil, mais Logan.

Son cœur fit un saut périlleux ; elle resserra sa ceinture d'un geste machinal et ouvrit.

— Logan ?

Il ne fit pas un pas. Les mains dans les poches, il appuya son épaule sur le chambranle de la porte.

— Je n'arrivais pas à dormir, murmura-t-il. Je pensais à vous.

Reculant lentement, elle lui fit signe d'entrer. Et voilà, on y était. Le moment était venu de sortir du bois. D'affronter le chamboulement qu'il avait opéré dans son cœur.

— Et que pensiez-vous ?

— Que je n'avais pas été tout à fait franc, dit-il d'une voix étouffée. Que vous méritiez beaucoup mieux.

— Je vous écoute.

Il prit sa main, la mena vers le canapé et s'assit à côté d'elle. Elle remonta ses jambes contre elle comme pour se protéger des coups qu'elle s'attendait à recevoir.

— Aujourd'hui, quand vous m'avez photographié... j'ai menti en prétendant que je m'en fichais. En vérité, je cherchais à l'éviter.

Le cœur de Foraine se serra brusquement.

— Pourquoi ?

— Parce que... je vous l'ai déjà dit, j'ai été lié de très près avec un homme recherché dans plusieurs

Etats. Et à cause de cela... eh bien, j'ai peur de ce qu'on peut en déduire. Je ne vous ai pas caché que j'avais eu un passé mouvementé, Foraine. Exactement comme vous.

— Mais si vous n'êtes pas un criminel, vous ne risquez rien.

— C'est faux. Vous étiez toujours avec vos parents quand ils montaient des escroqueries. Le FBI a peut-être un dossier sur vous. Ce qui ne signifie pas que vous soyez une criminelle.

— Exact, admit-elle. Bien que les arnaques de mes parents aient toujours été à petite échelle.

— Le problème est le suivant : si vous leur envoyez ma photo, qu'ils se mettent à fouiller dans mon passé et découvrent mon association avec un malfaiteur, que deviendront le parc et l'argent déjà investi ? Ce projet est réel, Foraine. Je veux le mener à bien. Mais il faut me faire confiance.

— J'aimerais, murmura-t-elle, les yeux brusquement emplis de larmes. J'aimerais vraiment.

— Foraine, reprit-il en soulevant son menton d'un doigt, je ne vous laisserai pas tomber. Je suis allé trop loin pour ça. Je vous en prie, je vous en supplie, accordez-moi votre confiance.

Les larmes qui ruisselaient sur ses joues furent la seule réponse qu'elle put lui donner mais son cœur avait franchi la ligne de démarcation entre le doute et la confiance. Elle lui accorda sa foi et crut ce qu'il disait.

Lorsqu'il l'embrassa, une onde explosa en elle, brûlante et sauvage, une sensation qu'elle avait oubliée depuis longtemps. Il était venu à elle, et il la désirait, et elle... elle aussi, de toutes ses forces.

Lorsqu'il la souleva, l'emporta dans la chambre et la déposa doucement sur le lit, elle ne résista plus. Elle n'avait plus peur, elle ne redoutait plus rien.

Ils firent l'amour avec une passion, une fougue et une tendresse absolues. Ils se donnèrent tout entiers l'un à l'autre. Corps, cœur et âme. Ni compromis, ni réserve ; ils en étaient incapables.

Logan était allongé à côté d'elle, la serrant contre lui. Cependant, ce qu'elle lisait sur son visage n'était pas de la joie mais du désarroi.

— Qu'y a-t-il ? Tu regrettes ?

— Non. Je suis heureux d'être avec toi.

— Alors quoi ?

Son regard se brouilla.

— Foraine, j'ai couché avec des tas de femmes mais jamais je ne me suis senti proche d'aucune. Sauf aujourd'hui.

Elle sourit.

— Je suis sérieux, insista-t-il. Avec toi, j'ai trouvé enfin un havre. Je t'appartiens.

— C'est ce que j'éprouve aussi.

Ils se regardèrent au fond des yeux quelques secondes puis il s'allongea sur le dos en fixant le plafond.

— Logan, que se passe-t-il ? Je vois bien que ça ne va pas. Explique-moi.

— Je ne veux pas de mensonges entre nous.

Elle sentit qu'il s'obligeait à poursuivre :

— Foraine, comment réagirais-tu en apprenant que tu avais raison sur toute la ligne ?

Une main de glace serra son cœur. Elle se redressa brusquement.

— Qu'est-ce que tu dis ?

Il n'y avait plus aucune réserve dans le regard de Logan.

— Foraine, comment réagirais-tu si je t'avoue que tout ce que tu as soupçonné était vrai ? Mais j'ai changé, aujourd'hui, et je veux te le prouver.

L'horreur submergea la jeune femme à l'idée qu'elle avait tout compris, mais que malgré tout elle lui avait cédé. Attrapant sa robe, elle se réfugia à l'autre bout de la pièce.

— J'avais... j'avais raison? Tu... tu t'apprêtais à dépouiller ma ville?

— Ce n'est plus vrai, se hâta-t-il de répliquer. Les banquiers, Eric Hart et tout le reste, c'est du réel. Je me suis donné un mal de chien pour mener tout ça à bien. Mais il m'est impossible de te mentir plus longtemps.

Les traits crispés, elle s'adossa contre le mur et hocha la tête.

— Pourquoi ne peux-tu plus me mentir?

Elle le suppliait presque de revenir sur son aveu, pour que cela lui permette de regagner le confort obscur des mensonges et de prolonger les instants heureux.

Mais ce n'était pas ce qu'il désirait.

— Foraine, où étais-tu lorsque tu as pris conscience que tu ne voulais plus mener la même vie que tes parents?

— J'étais... dans une petite ville de l'Utah. Nous avions roulé toute la nuit par peur d'être rattrapés. Je ne sais plus à cause de quoi.

— Et tu savais, n'est-ce pas, qu'arriverait le moment où il te faudrait sauter du manège endiablé sur lequel tu étais née et avais grandi?

Elle se recroquevilla à ce souvenir.

— Je ne me suis jamais sentie aussi seule de ma vie. Ni aussi effrayée. Je n'avais pas peur d'être arrêtée avec mes parents et mise en prison... mais surtout de ne pas arriver à échapper à ce cycle infernal.

— Moi aussi, j'ai ressenti cela, dit-il, le bleu de ses yeux plus brillant que d'ordinaire. Et plus je m'attachais à toi, plus j'étais terrifié. Mais je veux réaliser ce projet et j'y parviendrai.

Les mots pénétraient lentement dans la tête de la jeune femme et elle laissa une pointe d'espoir se faufiler dans son cœur.

— Que c'est donc difficile! soupira-t-il.

Il se leva et se planta devant la fenêtre, les yeux

fixés sur la nuit obscure, cherchant les mots pour la convaincre.

— Foraine, quand tout a commencé c'était bien sûr une arnaque. Tu l'as compris dès le jour de mon arrivée en ville. Mais… ces dernières semaines, je me suis engagé réellement dans l'édification de ce parc. Et j'y suis presque arrivé.

Serrant les poings, il pivota vers elle.

— Je peux quasiment le voir, tel que je te l'ai décrit, mais…

— Mais quoi ?

— Mais réaliser un projet authentique est bien plus terrifiant que de créer une illusion… Je veux transformer mes mensonges en réalité, Foraine. Est-ce que tu comprends ? J'essaye de toutes mes forces.

Foraine sentit ses doutes s'évanouir.

— Pourquoi ?

— Parce que…

Sa voix se brisa et il s'éclaircit la gorge.

— Parce que pour la première fois de ma vie, j'ai trouvé une population que je considère comme ma famille. D'une certaine façon, c'est aussi égoïste que de monter une escroquerie, c'est vrai, mais aujourd'hui j'ai envie de vivre dans une ville où je me sente chez moi.

Elle inspira profondément en réfléchissant à sa déclaration.

— Egoïste ou non, finit-elle par lâcher, c'est beaucoup plus honorable, Logan.

Il avait l'air à la fois impuissant et tourmenté.

— Tu mérites un homme d'honneur, Foraine.

Une paix inattendue envahit Foraine et malgré ce qu'il venait d'avouer, ce qu'elle savait déjà et avait toujours su, elle se sentit plus proche de lui qu'elle ne l'avait jamais été de personne d'autre.

Elle traversa la pièce et, se levant sur la pointe des pieds, glissa les bras autour de sa nuque. Il posa son front sur l'épaule de la jeune femme et des sanglots lui échappèrent, ceux d'un petit garçon abandonné qui croyait que sa mère ne l'aimait plus, contenus depuis des années et des années... les sanglots d'un homme terrifié à l'idée de se retrouver, une fois de plus, rejeté.

Elle le serra dans ses bras et pleura avec lui jusqu'à ce qu'ils aient épuisé chagrin passé et frayeur présente. Et lorsqu'ils refirent l'amour, ce fut avec une tendresse et une douceur infinies.

Foraine, blottie dans les bras de Logan, sentit que le sommeil l'emportait, et n'eut que le temps de murmurer :

— J'ai confiance en toi, maintenant.

Elle ne vit pas ses yeux brillants de larmes et ne sut pas quelles pensées tournoyaient dans sa tête. Et elle ne se réveilla pas lorsqu'il se glissa hors du lit.

18

Les coups violents que Jason frappait à la porte d'entrée la firent sursauter. Foraine se retourna précipitamment pour réveiller Logan.

Sa place était vide.

Elle se hâta d'enfiler une robe de chambre et courut ouvrir à son fils. Au passage, elle jeta un coup d'œil vers la salle de bains en espérant qu'il n'en jaillirait pas tout nu au moment où le petit garçon pénétrerait dans la maison.

Hirsute et dépenaillé, son fils ressemblait à un petit orphelin des rues.

— Jason, il est six heures du matin, gronda-t-elle en retenant un sourire.

Lâchant son sac de couchage orné d'une tortue Ninja, il se glissa à l'intérieur.

— Tu n'aurais pas pu dormir un peu plus longtemps ? demanda-t-elle en ramassant son sac.

— On étouffait, m'man, et Mr Trent ronfle. Je veux aller dans mon lit.

Elle embrassa une joue poisseuse et lui donna une petite tape sur les fesses.

— Bon, d'accord, jeune homme de huit ans. Dormez bien, maintenant.

En bâillant, il se débarrassa de ses sandales et se dirigea vers sa chambre. Elle le suivit en jetant à nouveau un coup d'œil vers la salle de bains. La porte était ouverte mais Logan n'y était pas. Elle aida Jason à se coucher et le borda.

— Bonne nuit, m'man, marmonna-t-il.

— Bonjour, chéri, fit-elle avec un sourire narquois.

A la cuisine, elle chercha à voir s'il s'était servi une tasse de café ou de thé, ou s'il avait laissé un message, mais aucune trace de lui. Refermant étroitement sa robe de chambre, elle retourna à l'extérieur et examina les alentours. La voiture de Logan n'était plus là.

Pourquoi était-il parti sans la réveiller ?

Différentes explications traversèrent son esprit : il avait eu pitié du pauvre Jack seul au motel, ou bien il avait craint le retour inopiné de Jason, ou encore, pour ne pas la gêner, il avait préféré partir avant que les voisins ne remarquent sa voiture.

Quand même, il aurait pu la prévenir.

Elle regagna sa chambre et se laissa tomber sur le lit. Elle aurait aimé qu'ils se réveillent ensemble, pour pouvoir le regarder au fond des yeux à la lumière du jour et vérifier si les sentiments partagés pendant la nuit étaient authentiques, retrouver sa détermination farouche, sa vulnérabilité attendrissante, sa sincérité émouvante. Elle avait besoin d'entendre une nouvelle fois ses promesses.

Mais il était parti, et elle se trouvait confrontée à l'impression pénible que, leur intimité ayant été brisée brutalement, il leur serait difficile de la rétablir.

Elle se dit qu'elle allait prendre une douche et se lancer dans une frénésie ménagère, ou encore tondre la pelouse, mais faire comme si rien n'avait changé ne lui ressemblait pas.

Aussi resta-t-elle à réfléchir. Qu'espérait-elle à présent ? Devait-elle seulement attendre quelque chose ?

Oui, se dit-elle aussitôt. Jamais elle ne s'était sentie aussi proche d'un homme, et cela lui donnait le droit d'attendre qu'il tienne parole, de même qu'il était en droit d'attendre d'elle qu'elle garde secrètes ses confidences.

Mais pendant que tous ces droits défilaient dans sa tête, elle se demanda avec inquiétude si elle avait celui qu'elle désirait le plus — dont elle avait le plus besoin —, celui d'admettre qu'elle était tombée amoureuse de lui. Et elle décida qu'elle n'allait pas se cacher derrière les travaux ménagers en attendant qu'il se manifeste.

Du tiroir de sa table de nuit elle sortit son carnet d'adresses et composa le numéro de téléphone du motel.

— Doc? C'est Foraine, à l'appareil. Excusez-moi d'appeler aussi tôt. Pouvez-vous me passer la chambre de Logan, s'il vous plaît?

L'homme hésita une seconde avant de répondre:

— Je regrette, Foraine, mais il a rendu les clefs il y a une heure environ.

Elle sentit son cœur tomber en chute libre dans sa poitrine et il lui fallut un instant pour retrouver sa voix.

— Que voulez-vous dire?

— Il a expliqué qu'il s'absentait plusieurs jours et que je pouvais disposer de sa chambre.

— A cinq heures du matin?

Elle s'agrippa au montant du lit pour ne pas chanceler.

— Où est-il allé, Doc?

— Il a parlé de Dallas. Et des investisseurs.

Elle se couvrit le visage d'une main. Ses poumons semblaient s'être contractés au point de lui couper le souffle.

— Lesquels? Quels investisseurs, Doc? C'est dimanche. Les banques sont fermées aujourd'hui.

— Je vous répète ce qu'il m'a dit, Foraine. Je ne sais rien de plus.

Lorsqu'elle raccrocha, les murs de la chambre se mirent à tourner autour d'elle, elle retomba sur le lit, les yeux dans le vide, se laissant pénétrer par la vérité et tentant de l'affronter.

Comment avait-elle pu croire qu'il parlait sérieusement?

Après une ultime escroquerie amoureuse, Logan avait pris le large en emportant l'argent de ses concitoyens. Et, par-dessus le marché, il s'était livré à une grande scène d'aveux.

En ce moment même, au volant de sa Mercedes, il devait rire à perdre haleine.

Une vague de désespoir la submergea, immédiatement suivie d'un accès de rage. Elle aurait voulu crier, pleurer, déchirer, casser. Et aussi le blesser, le haïr, l'*arrêter*. L'idée de rameuter tous les habitants de la ville pour qu'ils se lancent à sa poursuite la traversa. Mais pourquoi la croiraient-ils plus qu'auparavant?

Joey était son seul recours.

En tremblant, elle composa le numéro du policier. A la quatrième sonnerie, il répondit d'une voix pâteuse.

— Allô?

— Joey, j'avais raison, lâcha-t-elle tout à trac. Il est parti!

— Foraine?

— Joey, écoutez-moi. Il a filé il y a à peu près une heure. Vous pouvez peut-être encore le rattraper.

— Foraine, de qui parlez-vous?

— Réveillez-vous, Joey! hurla-t-elle dans l'appareil. Je parle de Logan Brisco.

— Où est-il parti?

Ses larmes jaillirent avec violence et sa voix se fêla.

— Il a déguerpi, Joey. Exactement comme je l'avais prédit.

— Foraine, vous allez bien?

— Non! hurla-t-elle. Je ne vais pas bien du tout. Je me suis fait avoir, comme tout un chacun dans cette ville. Joey, je vous en prie, faites quelque chose !

— J'arrive.

— Non. Vous n'avez pas compris. Ne venez pas ici. Courez-lui après !

Elle raccrocha et les sanglots la submergèrent. Comment avait-elle pu être aussi bête ? Comment avait-elle pu se laisser piéger aussi sottement ? Comment avait-elle pu s'éprendre d'un individu dont elle avait toujours su qu'il n'était qu'un menteur ?

La sonnerie du téléphone retentit et une lueur d'espoir la traversa. C'était peut-être Logan, avec une très bonne explication...

— Allô ?

— Foraine, c'est Joey.

Son cœur s'effondra à nouveau et elle détesta d'avoir espéré, ne fût-ce qu'une seconde, son appel.

— Foraine, je viens d'avoir Doc au téléphone et il est à peu près certain que Logan reviendra.

— Alors pourquoi a-t-il quitté la ville à cinq heures du matin, un dimanche, sans prévenir ?

— Il l'a dit à Doc. Foraine, je crois que vous exagérez un peu, non ?

— Exagérer ? répéta-t-elle. C'est tout ce que vous trouvez à dire ? Vous n'allez pas le poursuivre ?

— Foraine, rien ne prouve qu'il ait commis une malhonnêteté !

— Que vous faut-il, Joey ? Des aveux écrits ?

— Non, mais on ne peut pas se lancer aux trousses d'un homme pour la seule raison qu'il a quitté sa chambre d'hôtel. Peut-être est-il avec une femme ou un truc de ce genre.

— Eh bien, si c'est le cas, c'est l'étalon le plus actif de la ville ! s'exclama-t-elle.

Puis, comprenant ce que son cri impliquait, elle reprit d'un ton plus modéré :

— D'accord, Joey, ne bougez pas. Mais n'oubliez pas que je vous aurai prévenu.

Elle raccrocha et arpenta nerveusement la chambre. Que faire, à présent ?

Le côté ironique de la situation lui fit l'effet d'une douche froide. Comment pourrait-elle aller à l'église, regarder ses concitoyens dans les yeux et leur annoncer qu'ils s'étaient fait avoir ? Comment pourrait-elle les blâmer alors qu'elle avait donné à Logan ce qu'elle avait de plus précieux !

La vérité était qu'elle n'était pas plus maligne qu'eux, et c'était la leçon amère que lui avait donnée Logan. Il l'avait vaincue de la façon la plus personnelle qui fût — en la séduisant, et en l'obligeant à lui faire confiance.

Ses remords l'anéantissaient ; jamais elle n'aurait l'audace d'affronter ses amis avec sur le cœur un tel sentiment d'échec. Elle sortit sa valise et y empila rapidement quelques vêtements.

Il lui fallait partir. Aller quelque part où on ne lui répéterait pas constamment qu'elle exagérait, que Logan était incapable de commettre un tel forfait, qu'avec lui leur argent, leurs cœurs, leurs âmes étaient en sécurité. Elle s'habilla et courut réveiller Jason.

— Chéri, allons, debout.

Jason entrouvrit un œil.

— Qu'est-ce qu'il y a ?

Elle ouvrit les tiroirs de sa commode et commença à en sortir ses affaires.

— On part en voyage.

Il se redressa en se frottant les yeux.

— Où ça ?

— Je ne sais pas. Et si on allait au Nouveau-Mexique voir grand-père et grand-mère et tous leurs amis forains ?

Le visage de l'enfant s'illumina.

— Super ! cria-t-il en sautant du lit. Ça fait des années que je ne les ai pas vus. Je pourrai faire les montagnes russes, m'man ? Je suis assez grand maintenant !

— On en parlera dans l'avion, répondit-elle d'une voix enrouée.

Une immense tristesse envahit Foraine lorsqu'elle aperçut la foire avec ses grandes roues et ses montagnes russes dressées vers le ciel. Scratch, l'avaleur de sabres, que ses parents avaient envoyé l'accueillir à l'aéroport, sortit son laissez-passer pour le présenter à l'entrée.

— Regarde, m'man ! Regarde la grande roue ! Nathan est monté dessus à la foire de l'Etat et elle s'est coincée, et il a dû rester assis dedans toute une heure jusqu'à ce que son papa grimpe le chercher.

Foraine rit.

— Je t'ai déjà dit de ne pas croire tout ce que raconte Nathan.

— Mais quand même, j'ai pas peur. Je pourrai y aller ?

— On verra.

Les odeurs de barbe à papa, de brochettes, de pâte à berlingots et de petits pains à la cannelle qui flottaient dans l'air ressuscitèrent ses souvenirs d'enfance ; elle se revit en train de grignoter des friandises en déambulant dans les allées ; elles constituaient ses seuls repas sauf pendant les trajets, où la famille avalait un sandwich dans le camion. Souvenirs qui la réconfortèrent un peu. Peut-être n'était-il pas trop tard pour trouver de nouvelles réponses aux questions que lui posait la vie.

Ils traversèrent le terrain jusqu'à l'endroit où étaient stationnées les roulottes. Celle de ses parents était plutôt délabrée ; les stores en étaient déglingués et un bon nettoyage n'aurait pas été inutile ; la bâche qui était censée faire office de porche tombait en lambeaux. Sur le côté, des lettres délavées proclamaient : « Douglas Carnivals Limited ».

— Tes parents sont chez le shérif, expliqua Scratch. Ils ont dit que tu les attendes ici, à moins que tu ne veuilles te promener dans le parc.

— Qu'est-ce qu'ils font chez le shérif ? Il y a un problème ?

Scratch haussa un sourcil et fit une grimace.

— Rien qu'ils ne puissent arranger avec quelques billets, dit-il en allumant un cigare.

— Et Ruth ?

— Elle est à son poste. Elle fera une pause d'ici une heure et je prendrai sa suite. Sas et Peg sont dans la roulotte de Tojo. Tous les autres travaillent.

— C'est qui, Sas et Peg ? demanda Jason.

— C'est...

— Les danseuses du ventre, expliqua Scratch.

— C'est quoi, des danseuses du ventre ?

Foraine jeta à Scratch un regard lui ordonnant de se taire.

— Des jeunes filles qui aiment danser, répondit-elle en affectant un air léger, mais on va les laisser tranquilles, elles sont sans doute en train de se reposer.

— D'accord ! Est-ce qu'il y a des toilettes quelque part ? J'ai besoin d'y aller.

— Les chiottes les plus proches sont à côté du Palais des Singes, indiqua Scratch.

— C'est quoi, des chiottes ?

— Une sorte de salle de bains, répondit Foraine. Mais allons chez grand-père et grand-mère, c'est sûrement plus propre.

— Après ça, on pourra faire un tour, m'man ? J'ai faim et ça sent terriblement bon !

— Bien sûr.

Elle prit la clef que lui tendait Scratch et déverrouilla la porte.

— Nous allons d'abord nous rafraîchir un peu et

ensuite nous verrons combien d'hydrates de carbone et de graisse tu pourras absorber.

— Super !

Il se rua à l'intérieur.

— Merci, Scratch, lança Foraine avant de rejoindre son fils.

— De rien, Foraine. Content de te revoir parmi nous.

Jason avait déjà trouvé la salle de bains. En pénétrant dans la roulotte, Foraine fut assaillie par une vague de nostalgie. C'était sa maison, telle qu'elle avait toujours été. C'était ici qu'elle avait dormi, mangé, voyagé, étudié. C'était ici qu'elle avait rêvé... d'une autre existence, d'une vie de famille normale où les journées des enfants ne seraient pas remplies de désirs déçus.

— Hou là là, m'man ! C'est super ! C'est là que tu habitais ?

— Oui, c'est là.

— Mais où était ta chambre ?

— Je dormais là, sur ce divan. Grand-père et grand-mère couchaient dans cette petite pièce au fond.

L'enthousiasme de Jason s'effrita légèrement.

— Où tu mettais tes jouets ?

— Je n'en avais presque pas mais je lisais beaucoup. Et il y avait toujours la fête. Je pouvais participer à toutes les attractions. Et puis j'avais le camion des animaux.

— Le quoi ?

L'air malicieux, Foraine lui fit signe de la suivre.

— Viens par ici, dit-elle, contente d'avoir au moins un spectacle décent à lui montrer.

Ils se faufilèrent jusqu'au semi-remorque garé à l'extrémité du parc. Foraine grimpa sur le bord du châssis et en souleva la porte.

— Waouh ! cria Jason.

Des milliers d'animaux en peluche étaient entassés en une montagne douillette et branlante. Des poupées de chiffon, des chiens, des nounours attendaient de rejoindre les stands où ils seraient offerts aux gagnants.

Jason en empoigna une demi-douzaine et, en pouffant de rire, s'affala sur les autres.

— A qui sont-ils?

— Aux forains. Ce sont les prix qu'ils distribuent. Je jouais ici très souvent.

— Vraiment? On te le permettait?

— Bien sûr. Ils ne valent pas très cher, mais pour jouer ou tirer trois coups de carabine, le pigeon doit débourser un dollar. Pour arriver à gagner, il doit en dépenser vingt ou trente.

— C'est quoi, un pigeon?

Elle sursauta, surprise d'avoir utilisé ce terme devant son fils.

— Je voulais dire... le client.

— Pourquoi tu l'appelles comme ça?

Elle se résolut à parler franchement.

— Parce que ici, il n'y a pas que des gens honnêtes. Beaucoup ne pensent qu'à ramasser le plus d'argent possible. Et ils ne considèrent pas les clients comme des personnes intéressantes... ni même comme des êtres humains. Ils ne sont pour eux que des cibles à ne pas rater.

— Et toi aussi, tu les voyais comme des pigeons?

— Hélas, oui, admit-elle en soupirant. C'est ce qu'on me répétait tout le temps.

— Alors, moi aussi, je vais les appeler comme ça. Chouette, quand je jouerai, j'en serai même un!

— Pas si je peux l'empêcher, dit-elle en se laissant tomber sur une pile d'ours en peluche. J'espère arriver à t'apprendre à ne pas te laisser piéger, Jason, et à devenir plus malin que les autres.

— Comme toi?

Des larmes montèrent inopinément à ses yeux; elle hocha la tête.

— Jason, si le mystificateur est bon, je m'y laisse prendre comme n'importe quelle personne.

Son regard s'évada au-delà des roulottes. Revenir ici équivalait à régresser, se dit-elle, et pourtant il le fallait. Chacun, à un moment ou un autre, a besoin de regarder d'où il est parti.

Où se réfugierait Logan lorsqu'il serait au bout du rouleau ? Où était-il ? A Tahiti en train de compter son argent ? A combien estimait-il le fait qu'elle ait couché avec lui ? Combien la confiance ? Et combien l'amour ?

— M'man, je ne comprends pas. Qu'est-ce que c'est, un mystificateur ?

Foraine jeta un coup d'œil à son fils dont la tête dépassait tout juste du tas de peluches.

Elle sourit et refoula ses larmes.

— C'est un peu comme un escroc, mais ne te tracasse pas pour ça.

Elle ne pouvait s'empêcher de penser que, même en s'enfuyant le plus loin possible, on n'échappait pas à son passé.

Découverte pénible, dont elle aurait bien fait l'économie. Et la pire était qu'elle y découvrait encore un point commun avec Logan.

— Hé, tu crois que grand-père me permettrait d'en prendre un ?

La question de Jason l'extirpa de ses pensées et il lui fallut une minute pour revenir à la réalité.

— Sûrement.

— Mais je préférerais le gagner. C'est plus amusant.

Comment lui faire comprendre, sans le choquer, que les jeux étaient truqués ? Elle n'était pas encore prête à le lui révéler. C'était comme expliquer que le Père Noël n'existe pas. D'une part, on sait bien que son enfant ne pourra y croire éternellement, mais par ailleurs, démystifier une belle légende est trop cruel.

— Foraine, mon bébé chéri !

Le cri la fit se retourner. Une petite dame aux cheveux platine se précipitait vers eux.

— Maman !

Elle bondit du camion et se jeta dans les bras de sa mère qui l'entraîna dans une farandole échevelée.

— Tu as l'air d'une dame de la haute ! s'exclamat-elle en reculant d'un pas pour l'admirer. Comme si tu passais tes journées chez la manucure et le coiffeur. C'est ça que tu fais, Foraine ? Tu es devenue une femme oisive ?

— Bien sûr que non, maman. Je suis pilote, tu le sais bien. Et cela fait au moins trois ans que je ne me suis pas fait les ongles.

— Tu dois manger des choses plus saines, des légumes verts et tout et tout. Où est mon petit-fils ?

— Dans le camion. Sous une pile de peluches. Tu le reconnaîtras sans peine. C'est le seul qui ne soit pas violet ou jaune canari.

— Là où tu étais toujours fourrée... Jason ? Jason, viens faire un gros baiser à ta grand-mère !

La tête de Jason émergea d'une montagne soyeuse.

— Oui ?

— Ô mon Dieu, cria la mère de Foraine, c'est un vrai petit homme ! Comment as-tu fait pour grandir aussi vite ?

Jason s'extirpa comme il put de son nid douillet et enjamba les jouets en chancelant.

— Heu... je ne sais pas.

— Quel âge as-tu maintenant ? Cinq ans ? Six ans ?

— J'ai huit ans, rectifia-t-il, l'air indigné. C'était hier mon anniversaire.

— Huit ans ? Grands dieux, Foraine, il a déjà huit ans ?

— Eh oui, maman !

— On a du temps à rattraper, n'est-ce pas ? Sans parler des cadeaux d'anniversaire. Viens avec moi, Jason. Je vais te faire visiter le parc. Et si ça t'amuse, tu pourras même nous aider.

— Super ! Je peux, m'man ?

Foraine effleura le bras de Lila.

— Non, maman, il reste avec moi.

— Seigneur, je suis sa grand-mère ! De quoi donc as-tu peur ?

Le visage cramoisi, Foraine regretta d'avoir à combattre à peine arrivée.

— Parfois... tu es un peu distraite. Tu pourrais l'oublier.

— Mais non ! N'est-ce pas, Jason ?

— Je ne veux pas que tu le fasses travailler.

— Voyons, que pensais-tu que j'allais lui faire faire ? Je pensais simplement lui proposer de faire le boniment à l'entrée du Palais des Merveilles. Est-ce que ça te plairait, Jason ? On te donne un micro et tu fais semblant de parler, pendant ce temps un disque tourne.

Foraine revit les monstres exposés à l'intérieur du Palais des Merveilles. C'était là que Ruth, la femme obèse, restait assise des heures sous les regards abasourdis des curieux ; à quelques mètres d'elle, Scratch avalait son sabre et Bounce, le contorsionniste, faisait des nœuds avec son corps. C'était là qu'Alessandro, l'hermaphrodite, se pavanait et que Georgie Jingles se présentait comme un centaure. C'était là encore que Snake se déshabillait pour montrer les tatouages dont son corps était couvert et que Burt sautait dans le feu.

L'endroit le plus horrible de la foire était malheureusement celui qui fascinait le plus les enfants.

— S'il te plaît, laisse-moi y aller !

— Maman, j'ai promis de l'emmener sur la grande roue. Tu n'en as plus envie, Jason ?

— Oh, si ! Et après je pourrai aller avec grand-mère ?

— On verra, dit-elle en lui prenant la main.

L'air dégoûté, Lila planta les poings sur ses hanches.

— Ta mère a peur que ça te plaise trop et que tu

270

veuilles devenir forain plus tard. Et je ne vois pas ce qu'il y a de mal à ça.

— Jason veut devenir président, n'est-ce pas ?

— Non ! s'écria-t-il. Je serai astronaute. Ou bien joueur de base-ball.

— Comme tu vois, il a beaucoup réfléchi à son avenir, fit remarquer Foraine en souriant.

— A moins que je ne devienne sultan, comme Logan, jeta Jason après réflexion.

— Un quoi ? s'étonna Lila. Il connaît un sultan ?

— Non, fit Foraine en regardant son fils d'un air perplexe. Tu veux dire consultant ?

— Oui ! C'est ça que je veux devenir. Un type qui fait des plans formidables et qui pousse tout le monde à investir.

Le sourire de Foraine s'effaça.

— Voilà qui n'est pas trop éloigné de l'état de forain, n'est-ce pas, maman ?

— C'est qui, ce Logan ? Le type du parc de loisirs ? Lui as-tu parlé de nos projets de retraite, Foraine ?

Elle s'apprêtait à répondre lorsqu'une voix familière l'appela par son nom. Zigzaguant entre les roulottes, sa plus vieille amie et sa chère confidente, son professeur et son mentor, son philosophe personnel, arrivait au volant d'une voiture de golf.

— Ruth !

Lâchant Jason, elle courut se jeter dans les énormes bras de la femme. La dernière fois qu'elle l'avait vue, elle pesait deux cent cinquante kilos mais Foraine avait l'impression qu'elle avait encore grossi. Ruth la serra avec chaleur contre son corps massif qu'un rire secouait tout entier.

— Que tu es belle, bébé !

Foraine remarqua que les yeux de Ruth s'embuaient.

— Et ton petit ?... C'est lui, Jason ?

S'étirant de toute sa taille, Jason tendit une main cérémonieuse.

— Jason Sullivan.

— Appelle-moi Ruth, fit-elle en l'agrippant pour le presser contre ses seins volumineux.

Puis des sanglots la secouèrent comme si elle retrouvait un enfant perdu depuis longtemps.

— Que tu es mignon! Et toi, Foraine, tu es superbe! Comme une princesse de conte de fées. Ô mon Dieu, quelle joie de vous voir tous les deux!

Foraine sentait ses yeux s'emplir de larmes. De tous ceux avec qui elle avait grandi, ses parents compris, c'était Ruth qui lui avait le plus manqué.

— Jason, je t'ai déjà parlé de Ruth, c'est elle qui m'a appris presque tout ce que je sais.

— La dame de l'ordinateur?

— Oui, elle en a plein sa roulotte.

Ruth s'essuya les yeux avec son énorme main.

— Enfin, ça, c'est en plus. On m'appelle d'habitude la femme obèse. C'est ce que je suis, Jason.

Ne sachant que répondre sans la blesser, le petit garçon prit un air embarrassé.

— M'man parle de vous tout le temps.

— Et moi, je parle d'elle, fit Ruth en reniflant. Il ne se passe pas un jour sans que je pense à vous deux.

— Peut-être va-t-elle t'écouter, Ruth, intervint Lila. Je voulais emmener Jason faire un petit tour mais Foraine s'y oppose; elle est persuadée que je vais en faire un délinquant.

— On va monter sur la grande roue, dit Foraine en caressant les cheveux de son fils. D'accord, Jason?

— Tout de suite, m'man?

— D'accord, allons-y.

Elle se pencha pour embrasser Ruth.

— Je reviens te voir aussitôt après.

— Tu sais où me trouver. Ne lâche pas la main de ton fils. La foule est plus dense et plus brutale qu'autrefois et on se perd facilement.

— Grands dieux! protesta Lila. Ça n'est pas

272

pire qu'avant, et Foraine a grandi sans problème. Regarde quelle belle fille elle est devenue !

Elle s'inclina pour embrasser son petit-fils.

— Demande à ta mère de s'arrêter au stand des anneaux. Ton grand-père y est. Il a hâte de te voir.

Jason bondissait de joie.

— Tu viens, m'man ?

— J'arrive, répondit Foraine en riant.

Elle fit un signe de la main aux deux femmes et se laissa entraîner par son fils.

Les yeux brillants d'excitation, Jason quitta à regret la grande roue.

— On recommencera, hein, m'man ?

— Plus tard, Jason. Il y a des tas d'autres attractions.

— Quelle chance tu avais quand tu étais petite ! Tu allais sur toutes celles que tu voulais ?

— A peu près. Mais ça me paraissait naturel.

— Je ne comprends pas. Qu'est-ce que tu pouvais désirer de plus ?

Elle attrapa sa main et remonta l'allée centrale à pas lents.

— Ce que tu as, Jason, une vraie maison avec un jardin, des amis avec qui jouer, une école…

— Mais c'est rasoir, tout ça.

— Seulement pour ceux qui peuvent en profiter.

Elle jeta un œil sur la rangée de stands. Une petite fille aux cheveux emmêlés et au visage sale était assise sur les marches d'une baraque. Foraine ne la connaissait pas mais devant la tristesse de son expression, elle sut quel genre d'enfant elle était.

— Tu vois cette petite fille, là-bas, Jason ?

Il regarda dans la direction qu'elle lui indiquait.

— Oui.

— Elle est probablement du voyage.

— Comment tu le sais ?

— A la façon dont elle attend, toute seule, on voit qu'elle est d'ici. A la manière dont elle scrute la foule. Tu sais ce qu'elle pense, Jason ?

— Non ?

— Elle pense aux enfants qu'elle voit passer. Ceux qui donnent la main à leurs parents, comme toi. Ceux qui sont contents d'être là, parce que pour eux c'est une fête. Elle essaye d'imaginer dans quel genre de maisons ils vivent, s'ils apprennent la danse, s'ils jouent au football. Elle se demande si leurs parents les emmènent à l'église et combien d'enfants il y a dans leur classe à l'école. Et si on leur organise des goûters d'anniversaire.

— Tu n'as jamais eu de goûter d'anniversaire, m'man ?

— Eh bien, il est arrivé que les forains m'apportent un gâteau en chantant « Happy Birthday », mais ce dont je rêvais, c'était d'avoir des petites invitées, avec de très jolies robes...

Ses yeux s'embuèrent, à ces souvenirs qu'elle croyait oubliés.

— Malheureusement, je connaissais très peu de filles de mon âge.

— Oui, mais tu avais l'avaleur de sabres, le magicien et les danseuses du ventre.

— Ça, oui, admit-elle en riant.

— Hé, le gamin ! Est-ce que c'est ta maman qui t'a mis un bol sur la tête ou tu t'es coupé les cheveux tout seul ?

Dans le stand du Plongeon, Tojo le Clown, assis sur une sorte de plateau au-dessus d'un bassin rempli d'eau, les hélait.

— C'est à moi qu'il parle, m'man ?

— Malheureusement, oui. Son truc, c'est d'asticoter les clients jusqu'à ce qu'ils sortent leur argent, pour avoir le droit d'essayer de le faire tomber à l'eau.

— Je peux ?

— Tu peux pas, gamin. Faut d'abord que tu lâches ta maman.

Jason lâcha la main de sa mère comme si elle le brûlait.

— Tu vas voir si je peux pas.

Foraine reconnut l'homme qui vendait les balles destinées à être lancées contre Tojo.

— Jello ? C'est toi ?

Le vieil homme pouffa de rire.

— Foraine ?

Il ouvrit grands ses bras et l'étreignit avec affection.

— Tes parents m'ont prévenu de ton arrivée. Comment vas-tu, bon sang ?

— Très bien. Jello, voici mon fils, Jason...

— Alors, le petit môme, tu vas rester longtemps comme ça cramponné à ta maman ou bien tu viens jouer à la baballe ? cria le clown.

Jason lui jeta un regard noir.

— M'man, faut que je le fasse tomber à l'eau.

Foraine éclata de rire.

— D'accord, vas-y... Fais attention, Tojo, il est plutôt habile.

— C'est toi, Foraine ? cria le clown. De quels bas-fonds on t'a tirée ? Il paraît que ton mari a fichu le camp avec une pépée ? C'est pour en trouver un autre que tu es revenue ici ?

Nullement ébranlée par ces litanies sordides entendues depuis son plus jeune âge — quoiqu'elle dût admettre qu'un peu de vérité les rendait plus percutantes —, elle acheta à Jello trois balles et les tendit à Jason. Les sachant alourdies à dessein pour faire rater la cible, elle prévint son fils :

— Vise haut, Jason. Elles sont trafiquées.

Jason lança le projectile de toutes ses forces sans réussir.

— Tu as perdu toute énergie, Foraine ? Tu laisses ton gamin tirer à ta place ?

— Recommence, Jason. Vise plus haut cette fois-ci.

— Hé, Foraine, tu pourrais revenir parmi nous. Il nous manque une strip-teaseuse. Si ça ne t'ennuie pas de porter des glands sur les fesses !

Jason lança la balle et rata à nouveau sa cible.

— A toi, m'man. S'il te plaît, il faut qu'on le jette à l'eau !

— Je te vois très bien avec une ceinture ornée de glands, Foraine. Tu as dansé devant ton mari texan ? Tu lui as montré ce que t'ont appris Peg et Sas ?

Elle prit une balle et essaya de se concentrer.

— Il t'en faudrait une douzaine de plus pour me renverser, Foraine.

— Une me suffira, Tojo !

Avec un ample mouvement du bras, elle lança la balle et toucha le plateau qui bascula, envoyant le clown dans l'eau froide. Jason sauta de joie.

— Bravo, m'man ! Tu l'as eu !

— Il fallait bien que quelqu'un y arrive, grommela-t-elle en s'essuyant les mains.

— A plus tard, Jello, lança la jeune femme en entraînant Jason.

— A plus tard, Foraine, répondit le vieil homme en riant.

— Tu n'y arriveras pas deux fois ! s'écria Tojo qui, crachouillant, remontait sur son plateau. Si tu y parviens, je te promets une nuit inoubliable.

— On peut me rouler, marmonna Foraine entre les dents, mais il faut plus qu'un vulgaire clown.

Jason leva un regard stupéfait sur sa mère.

Elle soupira. Pour y arriver, il fallait un homme aussi rusé que Logan Brisco, un comédien digne de recevoir un oscar. En tout cas, un type plus malin que Tojo le Clown.

Ils s'approchèrent du stand où son père officiait ; son rire dominait le brouhaha. Le cœur de Foraine se serra. Ce n'était pas son rire normal… c'était celui d'un arnaqueur… un rire qui désarmait la foule et la livrait à sa merci.

— C'est ton grand-père.

— Allons le voir !

— Pas tout de suite, dit-elle en le retenant. Attendons qu'il soit tout seul.

Un jeune homme s'acharnait à lancer des anneaux qui immanquablement rataient leur but. Lorsqu'il n'eut plus d'argent, il jeta un regard désespéré sur la peluche qu'il convoitait pour sa petite amie.

— Je n'ai plus un sou, dit-il. Vous ne prenez pas de chèques ?

Le père de Foraine parut réfléchir à cette possibilité.

— Normalement, non, mais… bon, d'accord, je vais faire une exception pour vous.

Fébrilement, le jeune homme en libella un et le tendit au forain.

— Vous en voulez pour vingt-cinq dollars, c'est ça ?… Faut-il que vous en ayez envie !

Le garçon reçut assez d'anneaux pour gagner tous les prix suspendus au plafond, mais un seul atteignit son but.

Déconfit, le jeune homme et son amie s'éloignèrent.

— Attendez ! s'écria le père de Foraine. Ça nous arrive à tous d'avoir un mauvais jour.

Il décrocha un chien en peluche et le lui jeta.

— Et pour le chèque, ne vous inquiétez pas.

Il le déchira en petits morceaux qui voletèrent jusqu'à leurs pieds.

— Merci, monsieur. Vous êtes très aimable.

— Vous alliez faire opposition dès demain matin, non ?

Avec un petit rire qui tenait de l'aveu, le jeune homme remit la peluche à son amie et s'éloigna.

Foraine vit son père retirer le vrai chèque de sa manche et le ranger dans la caisse.

— Salut, p'pa, dit-elle.

— Foraine, te voilà enfin !

Il courut embrasser sa fille.

— Tu as encore grandi ?

— Non, p'pa, je ne pense pas.

— En tout cas, tu n'as pas pris de poids. Où est ton garçon ?

— Sous tes yeux, répondit-elle avec une pointe d'exaspération dans la voix.

— Non !

Il secoua la tête avec incrédulité.

— Ça ne peut pas être lui. Ce garçon a au moins dix ans. Mon petit-fils n'a pas plus de quatre ans.

Ne sachant s'il devait considérer cela comme un compliment ou une insulte, Jason fronça les sourcils.

— J'ai huit ans. Depuis hier.

— Ce n'est pas possible.

Foraine retint un fou rire.

— Eh si, papa.

— Eh bien, le mieux est de l'amener à Morris pour voir s'il est capable de deviner son âge. Sûr, il va gagner quelque chose... Viens avec moi. Si Morris y arrive, j'avale le sabre de Scratch.

Souriant mais sans enthousiasme, Foraine suivit son père et son fils, lequel mit les talents de Morris en échec et reçut un animal en peluche.

Ce jour-là, Foraine ne quitta pas Jason d'une semelle, non tant pour le plaisir que pour lui éviter de se trouver seul avec ses grands-parents. Lorsqu'ils quittèrent les montagnes russes, le soleil se couchait. En proie à un léger vertige, Jason traînait les pieds.

— Où on va dormir cette nuit, m'man ?

— Chez grand-père et grand-mère. On sera un peu à l'étroit mais...

— Dans la roulotte. Ça va être cool.

Sa voix manquait de son habituelle ferveur. Le petit garçon était épuisé et sa mère aussi.

Néanmoins, les pensées qui l'avaient harcelée toute la journée ne lâchaient pas prise. Ce n'était pas pour tirer à la carabine ni monter sur les montagnes russes qu'elle était ici, mais pour panser ses blessures. Pour tenter de comprendre comment, elle qui se croyait immunisée contre toutes les arnaques possibles, avait pu se faire avoir.

Le pire était qu'elle avait été prévenue. Logan avait lancé son pari tout au début. Le gagnant rafle la mise. Et il l'avait remportée.

A peine couché, Jason s'endormit et Foraine se retrouva devant la table qui durant des années lui avait servi de table de salle à manger, de bureau d'écolière, de maison de poupée, de planche à repasser. Son père sirotait une bière et sa mère préparait son grog habituel du soir.

— Raconte-nous où en est ce projet de parc, s'enquit son père sans baisser la voix, au risque de réveiller son petit-fils.

— Je te l'ai dit, p'pa. Il n'y en aura pas.

— Mais tu n'as pas dit pourquoi.

S'affalant contre le dossier de sa chaise, Foraine regretta d'avoir évoqué Logan. Parler sentiments n'avait jamais été chose facile avec eux. Son père était du genre pragmatique. Il s'en tenait toujours à l'essentiel et pour lui, elle était bien obligée de l'admettre, même si cela lui déplaisait, cela se résumait à l'argent qu'il empochait.

— C'était un escroc, p'pa. Ce projet n'était qu'une arnaque.

— Hmmm...

Il termina sa bière et reposa le verre sur le cercle humide qu'il avait laissé sur la table.

— Dommage. C'était une idée sensationnelle. Où est-il passé ?

— Si je le savais, je ne serais pas ici, j'aurais été lui faire rendre l'argent de mes concitoyens.

— Tu crois qu'il refait le même coup dans une autre ville? demanda sa mère.

Une légère nausée envahit la jeune femme.

— J'espère que non. Mais c'est fort possible. A moins qu'il ne se tienne à carreau le temps que le pot aux roses soit découvert et qu'on l'oublie. Il est très malin. Il a sans doute quitté le pays.

— C'était quoi son truc, finalement? reprit son père en se penchant avec une expression d'intense réflexion. Il choisit une ville qui, après avoir connu une certaine prospérité, est sur le déclin et persuade ses habitants qu'il va la transformer en site touristique qui va tous les enrichir?

— Oui. Il a même roulé des banquiers et Eric Hart, le chanteur de country.

— Il doit être rudement bon. Je regrette que tu ne nous l'aies pas présenté.

La réaction de Dooley réveilla l'amertume que suscitait en elle la vie que ses parents menaient.

— Pourquoi, p'pa? Pour te mettre dans le coup? Crois-moi, tu te serais fait avoir comme les autres.

— J'en doute, fit son père avec un petit gloussement satisfait. On ne roule que ceux qui le veulent bien.

Foraine regarda son père droit dans les yeux.

— C'est de la foutaise, et tu le sais parfaitement.

— Foraine! protesta Lila. Je ne veux pas entendre de tels mots sortir de ta bouche!

Foraine eut un rire amer.

— C'est curieux, maman. Ça t'a toujours été égal que je patauge dans la boue, que je vous voie dépouiller les gens ou même que je vous y aide, que je fasse les poches des badauds ou que j'écoute vos amis raconter leurs exploits sexuels, mais tu es toujours restée très stricte quant à mon vocabulaire.

— Je ne voulais pas que tu aies l'air d'une…

— D'une quoi? D'une gitane? D'une foraine? D'une moins-que-rien?

— Attends une minute! s'écria Dooley en tapant sur la table. Ne parle pas comme ça à ta mère!

Des larmes montèrent aux yeux de la jeune femme, qu'elle tenta de refouler.

— Pourquoi suis-je revenue, Seigneur?

Sa mère lui saisit la main et ce geste affectueux inhabituel la prit au dépourvu.

— Chérie, ici ce n'est plus chez toi. Tu t'es tellement éloignée que tu ne reconnais plus rien. Et il me semble que tu n'éprouves plus que du mépris pour nous.

Foraine s'essuya le coin des yeux et renifla.

— C'est étrange, mais on a beau partir le plus loin possible, on a toujours un pied coincé dans ses racines. Et quoi qu'on fasse, on trébuche.

— Tu lui as donné de l'argent? C'est ça qui t'embête avec ce Logan?

— Non, fit-elle avec un rire amer. Je ne lui ai rien donné de concret. J'ai fait bien mieux.

Mais elle ne pouvait avouer que ce qu'elle lui avait offert était beaucoup plus personnel — et qu'il le lui avait jeté à la figure.

— Alors, peu importe ce qu'il a pris aux autres. Ils le méritaient sans doute.

Elle regarda fixement son père, découvrant enfin l'homme envers qui elle s'était toujours montrée loyale.

— P'pa, je t'ai défendu pendant des années parce que je croyais que tu avais une conscience. Je me suis même persuadée que ce que tu faisais, tu le faisais pour moi. Pour nourrir ta famille. Pour survivre. Et je me suis dit la même chose de Brisco. Mais tu sais quoi? Nous autres, professionnels de l'arnaque, *nous* sommes nos premières victimes. Tous les alibis, les excuses, les justifications... ce ne sont que des escroqueries envers nous-mêmes.

— Tu n'en crois pas un mot, Foraine, grogna son père en ouvrant le petit réfrigérateur.

— Mais si. La vérité, c'est que personne ne mérite qu'on piétine sa fierté, qu'on détruise sa confiance ou qu'on bafoue son innocence. Personne ne mérite de se réveiller un matin pour découvrir qu'il s'est fait manipuler comme un vulgaire pion.

— Alors c'est ça, dit Dooley. Il t'a vexée et tu es ici pour nous punir.

Lila effleura son bras pour le calmer.

— Elle a eu raison. C'est à ça que servent les parents.

Foraine se remit à pleurer.

— Je ne suis pas venue pour vous punir de quoi que ce soit. Je voulais simplement faire une pause. Mais tous ces mensonges m'épuisent, papa. Ils ne te fatiguent pas, toi?

— Je t'ai déjà dit que nous voulions prendre notre retraite. Nous faisons de notre mieux. Nous l'avons toujours fait.

Mais ce n'était qu'un mensonge de plus. Foraine comprit que rien ne changerait jamais.

Elle se leva pour border Jason dans le petit lit où, enfant, elle dormait.

— Je vais dire bonsoir à Ruth, annonça-t-elle en s'essuyant les yeux. A tout à l'heure.

— Nous aurons préparé ton lit, lui répondit sa mère, soulagée de laisser tomber cette conversation pénible.

Lila n'avait jamais aimé que sa fille fasse des scènes, sauf si elles avaient été programmées et répétées.

Dans la roulotte de Ruth, les lumières étaient allumées; elle était sûrement installée devant sa batterie d'ordinateurs.

Foraine frappa doucement.

— Entrez.

A peine la porte franchie, elle se sentit vraiment

chez elle. C'était ici que Foraine avait été éduquée, qu'elle avait passé le plus clair de son temps, qu'elle avait trouvé amour et réconfort, qu'elle s'était sentie accueillie et acceptée. Elle se demanda si la petite fille aperçue sur les marches du Tir aux Canards était une élève de Ruth. Elle l'espérait. L'enfant avait l'air d'avoir besoin d'une femme comme elle dans sa vie.

— Salut, bébé, lança Ruth du fauteuil qu'elle remplissait tout entier. Je t'attendais. Tu es prête maintenant à me raconter ce qui te tracasse ?

— Qu'est-ce qui te fait croire que j'ai un problème ? demanda Foraine avec un sourire peu assuré.

— Oh, je ne sais pas. Traite-moi de médium si tu veux, mais ces yeux rouges ont une raison. En outre, tu n'aurais pas amené ton fils si tu n'avais pas eu réellement besoin de revenir.

Foraine se laissa tomber sur le divan et remonta ses jambes contre sa poitrine.

— Tu as le cœur brisé, ma fille, je le vois. N'oublie pas que c'est sur mes genoux que tu te réfugiais quand tu n'étais pas plus haute que trois pommes et que tu pleurais sans savoir pourquoi. Mais moi, je savais.

— C'est vrai.

Le rire de Ruth réchauffa le cœur de la jeune femme.

— Ne blâme pas tes parents, ma fille. Ils font de leur mieux.

— C'est ce qu'ils disent. Mais la vérité, c'est qu'ils n'auraient jamais dû avoir d'enfant.

— Probablement. Mais moi, je suis très contente qu'ils en aient eu un.

Foraine s'installa sur l'accoudoir du fauteuil et serra dans ses bras la femme qui semblait grossir d'année en année. C'était là qu'elle avait trouvé réconfort et compréhension. Revoir Ruth était la vraie raison de son retour.

— J'ai toujours regretté que tu ne sois pas ma mère.

— Moi en mère, il y aurait de quoi rire !

— Non, protesta Foraine avec gravité. Pas du tout. Toi seule m'as manqué.

— Et toi, tu m'as beaucoup manqué aussi, dit Ruth, mais en même temps j'étais très contente pour toi. Je formais de grands espoirs pour ton bonheur. Tu ne m'as pas trahie, j'espère ?

— Non. J'ai été heureuse. Vraiment heureuse. Mais récemment...

— Tu es tombée amoureuse de ce Logan, n'est-ce pas ?

Les épaules de Foraine s'affaissèrent.

— Oui. Mais pour lui, ce n'était qu'une tricherie de plus. C'est la chose la plus stupide que j'aie jamais faite. A part épouser Abe.

— Je ne t'ai jamais reproché d'avoir suivi Abe, dit Ruth. Tu n'étais pas heureuse ici. Ton âme était trop pure pour mener ce genre de vie, et il t'a donné le moyen d'en changer. A l'époque, tu n'étais qu'une enfant mais aujourd'hui tu es une adulte. Tomber amoureuse d'un baratineur alors que tu avais trouvé le bonheur auprès de gens honnêtes et bons... cela ne te ressemble pas, Foraine.

— Je sais, Ruth, j'y ai bien réfléchi. Est-ce que c'est parce qu'il me rappelle mon père ? Est-ce que mon inconscient a cherché un homme qui me ramène à ce que j'ai fui et que je hais ?

— Il se peut aussi que ce soit parce que tu t'ennuyais. Il y a de la gitane en toi. Tu as peut-être besoin d'une vie un peu plus excitante. Et c'est ce qu'il t'a apporté.

Explication qui perturba Foraine.

— Alors, ça signifie que j'ai mérité ce qui m'est arrivé ? Que je l'ai provoqué ? Exactement ce que dit papa.

— Dooley a dit ça ?

— Pas à propos de Brisco, mais des pigeons qu'il plume. Et c'est exactement ce que je suis. Le pigeon de Brisco. Mais je ne l'ai *pas* cherché, Ruth. Ça, non.

— Tu prétends ne plus avoir la passion des voyages ? Le besoin d'une existence excitante ?

Foraine hésitant à répondre, Ruth poursuivit :

— Alors explique-moi pourquoi tu pilotes, tes sauts à l'élastique, et cette moto que tu chevauches.

— Cela n'empêche pas que j'aie rejeté les mensonges et les trahisons, Ruth. Et je n'en veux plus. Je nous ai construit une bonne vie, à Jason et à moi.

— Alors pourquoi t'es-tu laissé avoir ? Tu es trop maligne pour ça, ma fille. Quelque chose en lui t'a donné envie de le croire. Quelque chose en toi avait besoin de ce qu'il est.

— Et qu'est-ce que ça signifie ?

— Que tu n'es qu'un être humain comme tous les autres, que tu n'es pas plus coriace. C'est pourquoi des gens comme Dooley et Lila continuent à l'emporter avec les mêmes arnaques. Ils offrent le rêve et l'espoir. Ils suscitent la confiance.

— Et ils méprisent ceux qu'ils ont dupés.

— Mais ils leur donnent aussi une bonne leçon, mon enfant.

— Il y en a qu'il vaut mieux ne pas recevoir, murmura Foraine. Le plus ahurissant, dans toute cette histoire, c'est qu'il m'a avoué qui il était réellement. Il disait qu'il voulait changer, et il avait l'air sincère... et puis il y a ce chien qu'il a adopté et qu'il aime vraiment. Et avec Jason il est très gentil et c'est lui qui l'a ramené à la maison lorsqu'il s'est enfui. Il a dit que je méritais un homme d'honneur et qu'il allait le *devenir*.

Un nouvel accès de larmes la secoua et le rouge de la honte envahit ses joues.

— Ruth, reprit-elle, je l'ai cru pour de bon.

Elle se cacha le visage de ses mains.

— Mais peu importe. Il est parti. Avec l'argent, les

espoirs et les rêves de la ville tout entière. J'ai essayé de les prévenir mais personne n'a voulu m'écouter. Et pourquoi l'auraient-ils fait puisque moi aussi j'ai fini par avaler ses mensonges ?

Ruth la regarda un bon moment sans parler.

— Peut-être va-t-il revenir, finit-elle par lâcher.

— Comment ?

— Si tout ce que tu racontes est vrai, je ne peux m'empêcher de penser que ce n'est peut-être pas fini. J'ai du mal à croire que tu aies pu te faire piéger à ce point, ma fille. Tu ne t'es peut-être pas trompée. L'histoire n'est peut-être pas terminée.

Luttant contre le chagrin, Foraine murmura :

— Je suis certaine que si. Sinon pourquoi aurait-il quitté la ville à l'aube ?

— Je l'ignore. Je regrette de n'avoir pas de réponses à te fournir.

Personne n'en avait, pensa Foraine en retournant à la roulotte de ses parents. Personne sauf Logan Brisco, et ce qu'elle désirait par-dessus tout c'était le retrouver, et lui faire avouer le plaisir qu'il avait pris à lui briser le cœur. Pourtant, à aucun moment elle n'avait aperçu dans ses yeux une quelconque trace de cruauté, pas même quand elle se méfiait de lui. Jamais elle ne l'aurait cru capable de blesser une personne aussi profondément.

Voilà pourquoi il était aussi efficace.

Elle se demanda si les habitants de Serenity commençaient à s'inquiéter. Si Joey avait contacté le FBI. S'ils avaient retrouvé la trace de Logan Brisco.

Ces pensées la tinrent éveillée la plus grande partie de la nuit. Pendant qu'elle essayait de se reposer à côté de son petit garçon, dans cette roulotte quittée avec tant de hâte des années plus tôt, elle se dit que peu importait finalement qui elle avait été et qui elle était devenue. L'essentiel était qu'elle pouvait sans honte se regarder dans une glace chaque matin en se disant qu'elle avait fait de son mieux. Elle était forte et avait survécu à des événements au moins aussi pénibles. Elle s'en remettrait, et la ville de Serenity aussi. Ce ne serait pas facile et il faudrait du temps pour cicatriser ses blessures. Mais elle avait trop progressé dans la vie pour qu'un individu tel que Logan Brisco pût l'abattre.

Comme l'aube teintait de gris clair l'intérieur de la vieille roulotte, elle en vint à la dernière des questions qui la taraudaient : pourquoi n'arrivait-elle pas à le haïr ?

C'était le point final de son arnaque, le point d'exclamation. Quel que fût le mal qu'il lui avait fait, elle ne pouvait le détester. Pire encore, elle l'aimait. Il était le premier homme, depuis Abe, à l'avoir ainsi fragilisée. De cela, surtout, elle aurait du mal à se remettre.

Jason se réveilla et se tourna vers sa mère.

— M'man, on fera des montagnes russes aujourd'hui ?

Elle lui sourit. Grâce à son fils, elle s'en sortirait.

— Bien sûr, chéri.

— On peut rester ici longtemps ?

— Peut-être encore deux jours. Jusqu'à ce que les stands soient démontés, pour aller ailleurs.

— Vraiment ? On n'est pas obligés de rentrer tout de suite ?

— Non, murmura-t-elle. Je ne suis pas pressée du tout.

19

Ils étaient là depuis trois jours lorsque Foraine découvrit que son père avait changé. Elle sentit qu'il avait envie de transmettre son expérience à son petit-fils.

Décidant que Jason n'avait rien à craindre avec ses grands-parents, elle le laissa sillonner les allées avec eux tandis qu'ils vérifiaient si tout était en ordre avant l'ouverture des portes. Leur joie la touchait et elle se rendit compte que l'enfant pouvait en tirer un réel profit.

Autre découverte d'importance : si elle leur était restée loyale c'est parce qu'elle les aimait. Et, à leur façon un peu spéciale, eux aussi l'aimaient.

— Crois-tu qu'on puisse faire confiance à un homme qui gagne sa vie en racontant des histoires ? demanda-t-elle à Ruth.

— Tu parles de Logan ?

— Oui, mais de papa aussi.

— Voyons. Tu sais très bien que ton père ne ferait aucun mal à Jason ni à toi. Il t'aime, et ta mère aussi.

— Je sais. Et c'est pourquoi je m'interroge sur Logan. Crois-tu qu'il éprouve des sentiments pour moi ?

— J'y ai beaucoup réfléchi, dit Ruth, et je pense que oui. Et partir lui a sans doute causé autant de chagrin qu'à toi.

— Qu'est-ce qui te fait croire cela ?

Ruth haussa ses larges épaules.

— Eh bien, chérie, si un homme n'arrive pas à changer, s'il ne connaît pas d'autre façon de vivre que mentir et tricher, le pire pour lui est de tomber amoureux. Et c'est peut-être pour cette raison qu'il est parti.

Foraine refoula les larmes qui menaçaient à nouveau d'envahir ses yeux.

— Il m'a dit : « Vous méritez un homme d'honneur. » Je suis certaine qu'il était sincère.

— Moi aussi. Il est sans doute plus digne de respect que tu ne le crois, et il s'est peut-être dit qu'il n'était pas assez bien pour toi.

Ruth rejoignit le Palais des Merveilles, et Foraine se dirigea vers la grande roue aux nacelles surplombant le monde de son enfance, spectacle qui aurait dû lui éclaircir les idées. Elle se rappela les mots de Logan : *Vous méritez un homme d'honneur, Foraine*.

Il parlait sérieusement. Elle en était certaine.

Tout en haut de la grande roue, sous les dernières lueurs du soleil couchant, elle s'abandonna à ses larmes, elle pleura sur ses rêves d'enfant, sur son cœur brisé alors qu'elle s'était juré de ne plus s'y laisser prendre, sur les espoirs que Logan avait fait naître en elle, sur la nuit de bonheur qu'ils avaient partagée, et que la vie lui avait offerte dans un accord parfait, comme si toutes ses déceptions et tous ses chagrins avaient été destinés à l'amener à cet instant, aussi vite enfui qu'arrivé.

Mais elle devait s'avouer qu'elle ne regrettait rien.

Le manège s'arrêta pour laisser descendre les passagers et elle contempla les lumières scintillantes à ses pieds. Les sons se mélangeaient : un air de rock bruyant montait de l'Himalaya, on entendait la guitare de musique country du Rodéo et une voix suave appelait les curieux au Palais des Merveilles, cacophonie qui lui rappelait son enfance chaotique, pleine de désirs insatisfaits. Enfance sans racines ni amitié. Jeunesse privée de confiance. Une quête perpétuelle de rêves insatisfaits.

Ce soir-là, dans la roulotte de Ruth, Foraine fit une découverte capitale.

— Il m'a donné ce dont j'avais besoin, murmura-t-elle.

Les doigts de Ruth s'arrêtèrent de tapoter le clavier devant elle.

— Quoi donc, bébé?

— Il m'a rappelé que je pouvais tomber amoureuse. Que je ne suis pas invulnérable. Et qu'après m'être débrouillée toute seule en répétant pendant des années que je n'avais besoin de personne, je m'étais trompée.

— Il n'y a rien de mal à désirer une présence à ses côtés.

Ruth fit pivoter son corps massif vers le divan où était assise Foraine.

— Regarde-moi, chérie. Je suis la plus grosse femme du monde. J'ai du mal à me déplacer. Je gagne ma vie en m'exposant aux curieux. Mais le soir, seule dans ma roulotte, il m'arrive souvent de désirer...

Ruth semblait incapable de poursuivre.

— Quoi donc, Ruth?

Elle ferma les yeux pour refouler ses larmes.

— J'ai toujours voulu le meilleur pour toi. Et tu l'as eu avec ton petit garçon. Mais tu mérites bien mieux. Logan a raison. Et il n'y a rien de mal à souhaiter aimer et être aimée.

Foraine essuya les larmes qui ruisselaient sur ses joues.

— Mais je me sens si désarmée.

— Je ne sais pas ce qui est pire, ne prendre aucun risque, ou bien s'exposer et éventuellement en prendre plein la figure. Personnellement, je préférerais me fabriquer des souvenirs.

— Des souvenirs, répéta Foraine dans un murmure. Pourquoi sont-ils si décevants ?

— Tu ne connais pas encore le dénouement de cette histoire. Peut-être sera-t-il heureux.

— Non, Ruth. Je ne le crois pas. Comment pourrais-je une nouvelle fois m'exposer à autant de déceptions ?

— Je suis sûre que tu le feras, Foraine. Et ce sera bien.

Mais c'est le cœur lourd que Foraine regagna la roulotte de ses parents, grimpa dans le petit lit à côté de son fils et s'endormit en le serrant contre lui.

Une semaine s'était écoulée ; les forains démontaient leurs installations pour gagner la Californie ; Foraine dut se résigner à admettre qu'il était temps de rentrer. D'affronter ses amis. De reconnaître qu'elle s'était montrée aussi idiote qu'eux. Plus encore, car après un examen des comptes, ce serait elle qui aurait probablement le plus perdu.

Quand toutes les attractions furent démontées et les stands chargés sur les remorques, il ne resta plus qu'un vaste terrain désert. Foraine remarqua l'air déçu de Jason.

— C'est fini, dit-il doucement. Et ça a passé si vite ! Comme de la magie. Mais à l'envers.

— Qu'est-ce que tu veux dire ?

— Ça commence par le meilleur. Et après... il ne reste plus rien.

Ses mots la touchèrent profondément et elle regretta d'avoir attendu si longtemps, de ne pas être partie avant que la magie ne se dissipe. Par ailleurs, les propos de Jason dénonçaient une maturité étonnante pour un enfant de son âge et elle avait beau vouloir protéger l'innocence de son fils, elle se dit que ce n'était pas plus mal ainsi.

— C'est ça aussi la vie, murmura-t-elle en lui ébouriffant les cheveux.

Pendant que l'avion prenait son envol, Jason resta un long moment pensif. Puis il se tourna vers sa mère.

— M'man, quand on sera à la maison, je pourrai appeler Logan pour lui dire qu'on est rentrés ?

Depuis leur départ de Serenity, Foraine n'avait pas dit un seul mot sur Logan et elle fit mine d'être absorbée par sa manœuvre.

— M'man ? insista Jason.

— Non, chéri, dit-elle finalement. Logan a quitté la ville.

— Juste après mon anniversaire ? Mais... pourquoi ?

Elle chercha désespérément les mots justes.

— C'est un peu comme la fête foraine, Jason. Le merveilleux vient en premier, et ensuite il n'y a plus rien.

— Il n'est pas comme ça.

Elle se mordit la lèvre. Elle aurait tant aimé lui épargner cela. Impossible. Un mensonge de plus n'arrangerait rien.

— Si, mon chéri. Il est comme ça.

— Il va revenir, affirma Jason. Il le faut. C'est mon ami.

Foraine ne répondit rien, mais ses joues s'empourprèrent et des larmes lui montèrent aux yeux.

— Chéri, je crois que nous ne reverrons plus Logan.

Elle lui jeta un coup d'œil. Son visage exprimait une intense colère.

— Et le parc ?

— Chéri, le parc, c'était une invention.

— Non !

Son cri la fit sursauter. Jamais son fils n'avait été dans un tel état de rage, pas même la nuit où il s'était enfui.

— C'est faux! Logan ne mentait pas. Il va revenir! Tu verras!

Ravalant ses larmes, elle garda le silence et Jason tourna la tête résolument pour éviter son regard. Lorsqu'elle voulut lui prendre la main, il la repoussa brutalement.

— Tu crois toujours que c'est un menteur, c'est ça? Après tout ce qu'il a fait!

— Jason...

— Eh bien, tu te trompes! cria l'enfant. Tu verras, il tiendra toutes ses promesses.

Jason pleura en silence le reste du voyage, les yeux fixés droit devant lui. Foraine eut du mal à garder une vision claire et c'est épuisée qu'elle posa son appareil.

En roulant sur la piste, elle tenta à nouveau de le calmer.

— Jason, tu sais que je t'aime et que je donnerais tout ce que j'ai pour t'éviter de souffrir. Je regrette vraiment.

— Tu as tort, m'man. Je sais que tu as tort.

Avant que les moteurs ne soient coupés, il sautait à terre et filait vers la camionnette.

Le soleil du Texas rayonnait au-dessus d'eux lorsqu'ils arrivèrent à leur maison. La pelouse était couverte de hautes herbes jaunies. Janice, qui travaillait dans son jardin, se précipita au-devant d'eux. Foraine n'eut pas le temps de mettre pied à terre qu'elle hurlait à travers la vitre:

— Foraine, où étiez-vous? Tout le monde vous cherche. Vous nous avez fait mourir de peur!

— Nous sommes allés rendre visite à ma famille, répondit la jeune femme. Pardon de vous avoir inquiétés.

— Pourquoi n'avez-vous prévenu personne? J.R.

et Betsy étaient malades d'inquiétude! On ne disparaît pas comme ça, sans donner une explication.

— Ça arrive, répondit laconiquement Foraine en attrapant ses bagages.

Elle se retint de demander des nouvelles de Logan devant son fils et lui tendit son sac.

— Rentre tes affaires. Je vais téléphoner à J.R. et Betsy pour leur annoncer notre retour.

— Après, j'irai chez Nathan, marmonna Jason en empoignant son sac.

— Allez vite appeler vos beaux-parents, conseilla Janice. Et ensuite venez chez moi, j'ai plein de choses à vous raconter.

Elle s'éloigna puis se retourna pour jeter :

— Je suis bien contente qu'il ne vous soit rien arrivé.

— Je regrette de ne pas vous avoir laissé de message, murmura Foraine. C'était vraiment stupide de ma part.

— Ah! tant pis. Tout va bien maintenant.

Janice lui fit un signe de la main et traversa le jardin.

Foraine pénétra dans la maison. Les rideaux étaient tirés, les lumières éteintes, et la chaleur à l'intérieur étouffante.

Pour la première fois elle n'éprouva aucun plaisir à rentrer chez elle.

Dans sa chambre, la vue du lit défait lui donna un choc. Logan y avait dormi la nuit précédant son départ, l'oreiller avait gardé la forme de sa tête et les draps étaient restés tels quels.

Qu'avait-il pensé? Qu'il faisait une erreur ou qu'il avait gagné son pari?

Un nouvel accès de larmes la secoua et elle se laissa tomber sur le bord du matelas.

Elle respira profondément pour retrouver son calme, puis composa le numéro de ses beaux-parents.

— Allô?

— Betsy, c'est moi. Nous sommes rentrés.

— Foraine, où étais-tu donc passée ? Nous étions morts d'inquiétude…

Les cris de Jason attirèrent son attention. Elle l'aperçut à travers la fenêtre ; un immense sourire éclairait son visage et il courait à toute allure, suivi de près par Nathan.

— Ce n'est pas ton genre, de partir sans même laisser un plan de vol. Où es-tu allée ?

— Heu… Betsy, je vous rappelle dans une minute, d'accord ?

— Foraine !

— Une minute.

Elle raccrocha et se précipita vers la porte. Jason déboula dans ses pieds.

— Jason, que se passe-t-il ?

— M'man, m'man ! C'est commencé ! Je te l'avais bien dit que c'était vrai !

— Quoi donc ?

— Le parc !

Hors d'haleine, il s'arrêta pour retrouver son souffle et reprit de la même voix stridente :

— Nathan dit qu'il y a des bulldozers et des grues et des camions, et qu'ils dégagent le terrain !

— Quoi ?

Elle se retourna vers l'ami de son fils.

— Nathan, ce n'est pas possible ! Il n'y a pas d'argent.

— Mais si ! Logan a eu tout l'argent qu'il fallait. Ça va être formidable ! Mon papa m'a emmené ce matin regarder les travaux. Ça fait déjà trois jours qu'ils ont commencé…

Foraine sentit le sang se retirer de son visage.

— Tu es sûr ?

— Certain, Foraine. Pour le moment, ils coupent les arbres ; la semaine prochaine, ils vont couper le sol.

— Tu veux dire, creuser ?

— Oui, c'est ça ! Et il y a le gouverneur qui va venir, et tout et tout !

Elle passa une main tremblante sur son front.

— C'est incroyable !

— Je te l'avais dit, m'man ! Je te l'avais dit !

— Viens, Jason, fit-elle en ramassant ses clefs. On va aller voir.

— Super !

Ils grimpèrent dans la camionnette. Foraine prit un démarrage foudroyant et fonça vers le terrain prévu pour le chantier.

— Hein que c'est super, m'man ! Logan a tout fait comme il a dit. Tu ne regrettes pas maintenant ce que tu…

— Jason, arrête ! jeta-t-elle sèchement. Laisse-moi en paix une minute. Il faut que je réfléchisse.

Jason se tut, la laissant en proie à un tourbillon de pensées contradictoires. Si Nathan disait vrai, toutes les conclusions qu'elle avait tirées étaient fausses. Et peut-être… peut-être…

Mais pas question de céder aux «peut-être». Pas encore. Pas tant qu'elle n'aurait pas de preuve tangible.

Elle roula à vive allure jusqu'à l'endroit où devait se dresser le parc.

— M'man ! Dépêche-toi !

Lorsqu'ils eurent dépassé le petit bois, le scène qui s'offrit à ses yeux la laissa bouche bée.

— M'man, regarde ! Un bulldozer !

Jason trépignait sur son siège, Foraine était muette de stupéfaction. Sur l'horizon se détachaient des bulldozers, des débroussailleuses et d'autres engins. Partout, des hommes s'activaient fébrilement.

— Ce n'est pas possible ! souffla-t-elle.

— Je te l'avais dit, m'man ! Je te l'avais dit !

— Mais… où est Logan ?

— Il ne doit pas être loin, m'man. Tu vas voir !

Jason sauta à terre. Foraine l'imita en cherchant

296

des yeux une personne qui puisse la renseigner. Parlant dans un talkie-walkie, un homme coiffé d'un casque se tenait à proximité. Elle rameuta tout son courage et s'approcha de lui.

— Excusez-moi. Pour qui travaillez-vous?

L'homme ôta son casque et s'essuya le visage d'un bras tanné par le soleil.

— Pour Logan Brisco et la ville de Serenity, ma'am. Nous dégageons le terrain pour le parc de loisirs.

Ahurie, Foraine examina les alentours.

— Vous êtes sûr? Je veux dire... vous avez été payés?

En riant, l'homme remit son casque.

— En tout cas, ma p'tite dame, s'il ne nous avait pas déjà donné un bon paquet, on serait pas là à travailler par cette chaleur.

Il jeta un coup d'œil sur la camionnette.

— C'est vous la personne responsable du plan d'occupation des sols?

Elle avait de plus en plus de mal à respirer; mille hypothèses s'enchevêtraient dans sa tête et son cœur cognait lourdement. D'espoir ou de peur? Elle n'en savait plus rien.

— Non. Heu... où est Mr Brisco?

— Aux dernières nouvelles, il était encore à Dallas mais son avion est attendu aujourd'hui. Nous avons rendez-vous à trois heures; il ne devrait pas tarder.

L'espoir fragile qui palpitait dans son âme l'effraya. Elle emmena un Jason euphorique chez Nathan puis se rendit à l'aéroport. La tête lui tournait comme si elle se trouvait à l'extrême bord d'un gouffre dans lequel la plus légère brise pourrait la faire basculer. Qu'elle se soit trompée, qu'il n'ait pas filé avec les économies de ses concitoyens, que leur nuit n'ait pas été une comédie, c'était trop espérer. Et pourtant...

L'aéroport était vide. Elle s'installa devant la

radio. Qui était le pilote ? Où avait-il trouvé un appareil ? Autant de questions sans réponse...

Au fond de sa tête, la petite voix horripilante qui l'avait harcelée toute la semaine revint se faire entendre. Et si c'était encore une supercherie ?

— De XRT 821 C à ZZX 432 B.

Souffle coupé, Foraine empoigna le micro.

— Foraine. Tu es là ?

Abasourdie, elle reconnut la voix qu'elle croyait ne plus jamais réentendre.

— Brisco ?

— Merci, mon Dieu, fit-il d'une voix rauque. Où donc étais-tu passée ?

— Où, *moi*, j'étais passée ? s'exclama-t-elle. C'est *toi* qui es parti en plein milieu de la nuit...

Elle s'arrêta, de peur qu'une autre personne soit sur la même fréquence, et reprit d'une voix plus modérée :

— Je pensais que tu étais parti pour de bon.

Un nouveau silence.

— Foraine, tu aurais dû avoir confiance en moi.

— C'est ce que j'ai fait, jusqu'à ce que tu disparaisses.

— J'ai attendu dix heures pour ne pas te réveiller et j'ai appelé de l'autoroute. Mais tu étais déjà partie et personne ne savait où.

— Que pouvais-je imaginer ? Un dimanche. Tu ne pouvais pas avoir rendez-vous avec des banquiers et tu ne m'avais pas prévenue.

— Je n'ai pas dormi cette nuit-là et j'avais tellement hâte de tout régler que j'ai décidé de ne pas attendre une heure de plus. Je voulais disposer d'une journée entière pour effectuer des recherches à la bibliothèque de Dallas, et peaufiner les derniers détails pour convaincre mes investisseurs. De plus, je savais qu'Eric Hart était à Dallas ; il devait y donner un concert. J'espérais le rencontrer.

Sous l'afflux des explications, le cerveau de Foraine

se paralysait mais elles étaient bien réelles et logiques, et Foraine les croyait…

Les yeux mi-clos, elle appuya son front sur le micro. Toutes ces souffrances. Tous ces doutes. Toutes ces angoisses. Parce qu'elle n'avait pas su croire en lui.

— Tu sais, Foraine, tu n'es pas la seule à pouvoir changer, et à tenir parole.

Une larme roula sur la joue de la jeune femme. Elle tenta de maîtriser sa voix et murmura :

— Où es-tu ?

— A quatre kilomètres de Serenity. Je vais me poser d'ici quelques instants.

Avec un petit rire de soulagement, elle questionna :

— Dans quel avion ?

— Celui d'Eric Hart, répondit-il avec un glousse-ment de satisfaction. Il s'engage pour trois millions de dollars, Foraine. Je l'ai convaincu dimanche der-nier et il est resté jusqu'au lundi à Dallas pour m'ac-compagner chez les banquiers. Il nous donne le droit d'appeler le parc « Hartland ».

— Tu m'épates, Logan.

— J'ai des tas de choses à te raconter. Es-tu prête à me guider pour l'atterrissage ? Je ne suis pas trop sûr de moi.

S'effondrant sur sa chaise, Foraine jeta d'une voix étranglée :

— Ne me dis pas que tu voles en solo !

— Si. Pour une raison que je ne m'explique pas, Eric est convaincu que je suis un pilote chevronné et il m'a loué son avion pour quelques jours. Le seul problème… c'est que j'ai oublié de l'avertir que mes atterrissages étaient encore un peu hésitants.

Il avait aussi omis de préciser qu'il n'avait encore jamais piloté seul et qu'il n'avait pas son brevet.

Il reprit à mi-voix :

— Tu m'as manqué, Foraine. J'ai essayé de te joindre une bonne centaine de fois. Je sais tout ce que tu as dû imaginer.

Elle murmura :

— Je suis désolée, Brisco.

— Non, c'est *moi* qui suis désolé. J'étais trop perturbé pour te prévenir. Mais ça ne recommencera pas. Je te le jure, Foraine.

Trop émue pour répondre, elle guetta l'avion par la fenêtre.

— Alors, qu'est-ce que tu en penses ? reprit-il. Cinquante dollars que je vais m'aplatir comme une crêpe.

— Pas de pari, Logan. Tu pilotes à l'instinct. Mon intuition me dit que tu sauras atterrir aussi bien.

Elle l'entendit rire de bon cœur et au même moment le petit appareil surgit à l'horizon.

Elle était certaine qu'il parviendrait à se poser sans son aide. Logan ne pouvait-il pas tout faire ?

Il amorça sa descente avec l'habileté d'un vieux pilote. Lâchant son micro, Foraine courut sur le tarmac pour l'accueillir.

Le cœur battant, agacée par les larmes qui à nouveau menaçaient, elle se demanda si elle redeviendrait jamais la jeune femme stoïque que rien n'arrivait à faire pleurer. Tant de choses avaient changé depuis que Logan était entré dans sa vie. Et pour la première fois, elle osa se dire que c'étaient de bonnes choses.

L'avion se posa délicatement sur la piste et roula jusqu'au tarmac. Le soulagement et une joie sans mélange envahirent Foraine. Il était là ! Il aurait pu s'enfuir mais ne l'avait pas fait.

Le souffle court, elle attendit l'arrêt des moteurs et l'ouverture de la porte. Jack apparut le premier. N'en pouvant plus, elle s'élança vers Logan dont le visage trahissait des émotions violentes et inhabituelles. Il ouvrit les bras et la serra contre lui de toutes ses forces.

— Seigneur, que tu m'as fait peur, murmura-t-il. J'étais follement inquiet à l'idée de ne plus jamais te revoir.

Sans attendre sa réponse, il lui donna un baiser désespéré, avide, que les larmes de Foraine recouvrirent de sel.

Au bout de quelques minutes il reprit :

— J'ai des tas de choses à te raconter.

— Vas-y.

Il s'adossa au bâtiment et, l'attirant contre sa poitrine, il essuya ses joues de son pouce.

— On peut commencer par les bagages que j'ai faits — plus d'une fois — pour filer et que j'ai défaits parce que je ne pouvais pas partir. Ou par le rêve d'être l'homme de ta vie et de vivre à Serenity jusqu'à la fin de mes jours. Ou encore par ce désir fou qui m'a pris de réaliser ce parc… pour toi… pour Jason… pour tous ceux d'ici.

Sa voix se brisa et son regard erra un moment sur la piste et les bâtiments.

— Mais la puissance du passé est terrible, Foraine, et lorsque rien n'est aussi facile qu'une escroquerie… lorsque la seule personne qui se soit souciée de vous était elle-même un escroc… lorsqu'on n'a jamais réussi que des arnaques…

— On se dit qu'on sera à jamais tel qu'on a toujours été, murmura-t-elle. Je suis passée par là.

— Me débarrasser de cette existence immorale est l'aventure la plus risquée dans laquelle je me sois lancé, Foraine. C'est plus effrayant que de filer d'une ville avant de se faire lyncher par la foule. Plus effrayant que d'esquiver des coups de feu en filant par une sortie de secours. Bon sang, bien plus effrayant que de tenir entre ses bras son ami en train de mourir.

Sa sincérité était évidente.

— Alors pourquoi l'as-tu fait ?

— Parce que je t'aime, répondit-il, les yeux embués. Et alors, je n'ai plus eu qu'un seul désir : te mériter. Et lorsque tu as disparu, j'ai envisagé la possibilité que tu ne veuilles pas de moi…

Sa voix se brisa. Il respira profondément et reprit :

— Tu ne peux pas imaginer tout ce qui m'est passé par la tête. J'ai craint que, le jour venu, tu n'aies vu la situation plus clairement et compris que tu ne voulais pas te lier avec un voyou de mon espèce ; j'ai supposé que mes aveux t'avaient dégoûtée et que tu basculais de l'amour à la haine...

Il redressa le menton d'un geste de défi.

— Et puis je me suis dit que de toute façon tu allais revenir, et qu'alors je serais là, et que je passerais le reste de ma vie à te rendre heureuse. Même si tu n'avais plus voulu de moi je serais resté, Foraine. Parce que je veux changer. Je veux offrir un parc à Serenity. Je veux mener à bien ce projet. Et surtout, je veux t'amener à m'aimer.

— C'est trop tard, murmura-t-elle, le visage inondé de larmes.

Il la regarda d'un air désespéré.

— Tu es sûre, Foraine ?

Elle ne put retenir un sourire.

— Oui, Brisco. Tu vois, « un jour », c'est maintenant. Et mon amour, tu l'as tout entier.

Il enfouit son visage dans le cou de la jeune femme et elle, le serra contre elle comme il n'avait cessé de rêver qu'un jour quelqu'un le ferait.

— Je n'ose espérer que tu acceptes de m'épouser, chuchota-t-il en s'écartant légèrement pour la contempler.

Elle essuya une dernière larme et sourit.

— Oh, je pourrais me laisser convaincre si tu le demandes au bon moment et au bon endroit.

— Quand et où ?

— N'importe quand, n'importe où. A partir de cette seconde.

En riant, il la souleva et l'emporta dans le hangar où Jack les suivit de sa démarche tranquille.

Logan utilisa tout son talent de persuasion pour convaincre Hugh Berkstrom, le plus gros investisseur de la ville et l'homme qui se vantait d'avoir été le premier à avoir saisi l'excellence du projet de Logan, que le mariage du siècle ne pouvait avoir lieu ailleurs que sur la pelouse de sa propriété.

A peine les jeunes gens eurent-ils été déclarés mari et femme que les parents de Foraine se ruèrent sur Logan pour lui démontrer par A plus B combien leur idée d'installer des stands de jeux dans un coin du parc était géniale.

— Et si vous m'accordez quelques minutes d'entretien, mon garçon, insista Dooley, je vous donnerai un millier d'idées pour gagner plein d'argent. Il faut vraiment que nous ayons une conversation.

Logan désigna Foraine qui dansait avec Joey.

— C'est avec votre fille qu'il vous faudra discuter. La ville vient de la nommer agent de contrôle. Elle est chargée de veiller à la régularité des activités de Hartland. C'est elle aussi qui s'occupera de louer les emplacements et de contrôler les embauches...

Le visage de Lila s'affaissa.

— Elle n'aura pas le temps de faire tout ça, avec l'extension de l'aéroport. Elle aura besoin d'aide.

— Foraine peut mener de front beaucoup plus d'activités que vous ne le pensez. De toute façon, elle sera aidée.

— Mais elle se méfie de tout le monde, dit Dooley. Si vous lui laissez cette responsabilité, elle n'embauchera que des pauvres types qui n'y connaissent rien.

— A Hartland, nous voulons des employés honnêtes, reprit Logan. Il n'y a personne de plus qualifié qu'elle pour ce travail, ni de plus désireux de le mener à bien... Elle est juste, ajouta-t-il avec un rire léger. Soumettez-lui vos propositions. Elle les examinera et vous fera part de sa décision.

Il s'éloigna, laissant ses beaux-parents complètement abattus. Il aperçut Ruth, assise dans sa voiture de golf, Jason sur ses genoux, qui regardait en souriant Foraine danser.

— Elle est vraiment belle, n'est-ce pas ?

— Epoustouflante. Vous avez intérêt à être gentil avec mon bébé, Logan.

— Comment pourrais-je faire autrement ? Ne vous inquiétez pas, Ruth. Je veux consacrer le reste de ma vie à son bonheur.

Ruth prit sa main.

— Je vous crois.

Se faufilant entre les danseurs, il tapa sur l'épaule de Joey qui s'écarta à contrecœur et enlaça sa femme.

— Je craignais de ne pouvoir te reprendre, soupira-t-il drôlement.

Elle sourit.

— Alors, que te racontaient mes parents ?

— Leurs projets personnels. Je leur ai conseillé de s'adresser à toi.

— Oh ! Voilà pourquoi ils ont l'air accablés, dit-elle en riant de bon cœur.

Logan aperçut son beau-père qui, dans un coin de la pelouse, discutait au milieu d'un groupe d'invités.

— Dis-moi, est-ce que ton père organise des paris sur des parties de cartes ?

— Seulement si elles sont biseautées.

— Eh bien, à mon avis, il ne repartira pas les poches vides de la réception.

Foraine jeta un coup d'œil dans sa direction et constata qu'il avait déjà sorti un jeu de ses poches.

— Ô Seigneur !... Il ne cessera jamais ? Nous ferions mieux de renvoyer nos invités avant qu'il ne les ait dépouillés jusqu'à leur dernier *cent*.

Ils s'éclipsèrent vers la camionnette de Foraine — décorée de mousse à raser, de papier hygiénique et de boîtes de conserve — et filèrent vers l'aéroport où les attendait l'avion. Logan l'avait rempli de roses blanches.

— Nassau, nous voilà ! s'exclama-t-il en portant

son épouse, toujours revêtue de sa robe de mariée. C'est formidable, tous les habitants de Serenity se sont cotisés pour nous offrir notre lune de miel, je ne leur ai rien extorqué !

— Ils ont fait cela pour que tu puisses te reposer. A l'allure où tu fonctionnes, ils ont craint que tu ne t'effondres avant que le parc ne soit terminé.

— Oh, je déborde d'énergie, protesta-t-il. Et le repos n'est pas du tout ce que j'ai prévu pour notre lune de miel.

Il la déposa sur le siège et recouvrit ses genoux de pétales de roses. Enivrée par leur arôme, elle ferma les yeux et sourit. Logan récita la check-list comme elle le lui avait appris ; l'appareil commença à rouler, puis s'éleva dans le ciel ensoleillé.

— Qu'allons-nous faire exactement à Nassau ?

Un sourire malicieux éclaira le visage de son mari.

— Oh, je ne sais pas encore. J'ai entendu dire qu'il y avait beaucoup d'argent là-bas, Foraine. Montague a toujours rêvé d'aller y exercer ses talents. Et j'ai une idée formidable...

Le sourire de Foraine s'effaça.

— Il n'en est pas question.

Il renversa la tête en arrière et éclata de rire.

— Je t'ai bien eue, non ?

L'air malicieux, elle se rapprocha de lui.

— Je peux lire en toi, Logan Brisco. Tu sais cela, n'est-ce pas ?

— Et pourtant, tu m'as épousé. Qui donc a dit qu'on ne pouvait pas rouler un arnaqueur ?

Il glissa ses doigts dans les cheveux de sa femme et l'attira vers lui.

— Ne t'inquiète pas, chérie. Les seules arnaques auxquelles je me livrerai désormais auront pour but de t'attirer dans mon lit.

— Je parie cent dollars que je me ferai piéger chaque fois.

Avec un sourire diabolique, Logan enclencha le pilote automatique et entreprit de défaire un à un les boutons de la robe blanche.

— Ça y est, dit-il en riant. Le gagnant rafle la mise.

Aventures et Passions

BITTNER Rosanne
Pionnière au Montana
3970/6 Inédit
Tendre trahison
4127/7 Inédit
Lors d'un séjour dans le Connecticut, Audra rencontre Lee Jeffreys, dont elle tombe éperdument amoureuse. Mais la guerre de Sécession éclate, rendant leur bonheur impossible. Un livre bouleversant dans un contexte tragique, proche d'*Autant en emporte le vent*.

BLAKE Jennifer
Sérénade en Louisiane
3169/5
Les chaînes de l'amour
3240/5
Un éden sauvage
3347/6
Le vengeur créole
3415/5
Le temps d'une valse
3758/5

BRADSHAW Emily
La puritaine et le voyou
4089/5 Inédit

BRANDEWYNE Rebecca
La passion du conquistador
3285/6
Pour échapper aux intrigues perverses de Don Rodolfo, Aurora est prête à s'enfuir au bout du monde !

Les amants hors la loi
3397/6
Un mari en héritage
3543/5
La prisonnière du drakkar
3907/5 Inédit
A l'ombre des jacarandas mauves
4149/4 Inédit

BUSBEE Shirley
Le quiproquo de minuit
2930/5
Au-delà du pardon
2957/5
L'appel de la passion
3056/8
Sous le sceau de l'amour
3287/7

CAMDEN Patricia
Sous la coupe du Sultan
3704/6 Inédit
Le fils du diable
3868/5 Inédit

COPELAND Lori
Hannah l'indomptable
3260/2
Les traîtrises de l'amour
3414/5
La piste de la vengeance
4061/4 Inédit

COULTER Catherine
Esclave du Viking
4023/5 Inédit

CRISWELL Millie
Un fiancé sur commande
4195/4 Inédit
A trop jouer avec le feu, on risque de se brûler. C'est ce qui arrive à l'impétueuse Cassandra, lorsque pour échapper au fiancé choisi par son père, elle passe une petite annonce...

DEVERAUX Jude
La saga des Montgomery
- Les yeux de velours
2927/5
- Un teint de velours
3003/5
- Une mélodie de velours
3049/4
- Un ange de velours
3127/4
- Princesse sans trône
4105/5 Inédit

Les dames de Virginie
- Kidnappée par erreur
3180/5
- La fiancée délaissée
3181/5
- Mariage forcé
3182/5
- Le pays enchanté
3372/5
Duel de femmes
3447/4
L'homme au masque
3523/4
Les entraves de l'amour
3643/5
La duchesse infidèle
3683/6 Inédit
Un mari par procuration
3794/4
Directrice d'une agence matrimoniale, Carrie tombe amoureuse d'un de ses clients en voyant sa photo...

La tentatrice
3889/5 Inédit
L'éveil d'Amanda
4045/4
La brute apprivoisée
4274/4

FEATHER Jane
La favorite du sérail
3448/6
La nuit de Saint-Pétersbourg
3560/6 Inédit
La favorite afghane
3664/7 Inédit
Un cœur à vendre
4172/6 Inédit

FINCH Carol
Aveuglée par l'amour
3777/6
Séduction au clair de lune
3946/6 Inédit
Amante d'une nuit
4273/6 Inédit

GARLOCK Dorothy
Le métis apache
3594/5

Aventures et Passions

GARWOOD Julie

Sur ordre du roi
3019/5
Un ange diabolique
3092/5 Inédit
Un cadeau empoisonné
3219/5
Désir rebelle
3286/5
La fiancée offerte
3346/5
Le secret de Judith
3467/5
Un mari féroce
3662/6 Inédit
Le voile et la vertu
3796/5
Prince charmant
4087/5 Inédit

HAEGER Diane

La femme cachée
4126/5 Inédit

Un conte de fées ! C'est ce que croit vivre Tessa lorsqu'elle rencontre Chandler Tate, un séduisant milliardaire qui l'épouse sur-le-champ. Mais son mari dissimule un terrible secret.

Interdits d'amour
4297/6

En 1857, Charlotte épouse Edward, un séduisant officier anglais de l'Empire des Indes, tué peu de temps après, au cours d'une révolte. Désespérée, Charlotte retourne en Angleterre. Quelques années plus tard, elle découvre qu'Edward est toujours vivant et qu'il s'est marié avec une autre...

HAGAN Patricia

Violences et passions
3201/5
Folies et passions
3272/5
Gloires et passions
3326/6
Fureurs et passions
3398/5
Splendeurs et passions
3541/5
Rêves et passions
3682/6 Inédit
Honneur et passions
3756/5
Triomphe et passions
3847/5
L'esclave blanche
4171/6 Inédit

Vendue comme esclave par son propre mari, la belle Erin ne parvient pas à se résoudre à cette trahison. Mais est-ce vraiment Ryan, si tendre et si passionné, qui a fomenté cet horrible piège ? Ou n'est-ce pas sa mère, la tyrannique Mme Youngblood, qui déteste Erin ?

HANNAH Kristin

Pépites d'or
4004/7 Inédit

HAZARD Barbara

L'aventurier des Bermudes
3703/7 Inédit
Coup monté
3811/6

HENLEY Virginia

La colombe et le faucon
3259/5
La fleur et le faucon
3416/6
La rose et le corbeau
3522/5
Les amants secrets
3641/7 Inédit
Mariage à l'essai
3866/7 Inédit
La travestie de Venise
3969/7 Inédit
Le chevalier bâtard
4104/6
Cœurs farouches
4255/4
La gitane irlandaise
4337/6

JOHANSEN Iris

Prince de cœur
3757/7
Le guerrier de minuit
4217/4

Les Normands viennent de débarquer en Angleterre, semant la mort et la destruction sur leur passage. Parmi eux, le chevalier Thibault Dumont, un colosse d'une force et d'une habileté redoutable. Lorsque le meilleur ami de Thibault est blessé au combat, ce dernier fait appel aux talents de guérisseuse de Brynn. Une entente fragile se noue entre le guerrier et la jeune femme, mais Brynn est déjà mariée à une brute odieuse.

JOHNSON Susan

Proposition malhonnête
3542/5
Le séducteur sauvage
3642/6 Inédit
Les enchères de la passion
3705/7 Inédit

JOYCE Brenda

Le fier conquérant
3222/5
Des feux sombres
3371/5
Candice la rebelle
3684/7 Inédit

KLEYPAS Lisa

Par pure provocation
3945/5 Inédit
L'ange de minuit
4062/4 Inédit

Condamnée à mort pour le meurtre de son fiancé, un pervers qu'on a retrouvé égorgé, Tasia parvient à s'enfuir de Russie et gagne l'Angleterre. Sous un nom d'emprunt, elle entre comme gouvernante au service de Lord Stokehurst. Celui-ci succombe peu à peu au charme exotique de la mystérieuse jeune femme.

Aventures et Passions

LANDIS Jill Marie
L'héritage de Jade
3449/6
La sudiste criminelle
4088/4 Inédit
La danseuse de saloon
4215/3 Inédit

LINDSEY Johanna
Samantha
2533/3
La révoltée du harem
2956/6
Capturée par des corsaires sur la côte barbaresque, Chantelle se retrouve prisonnière du dey de Barikah...

Les feux du désir
3091/5
La Viking insoumise
3115/5
Un si doux orage
3200/4
Un cœur si sauvage
3258/4
Epouse ou maîtresse ?
3304/3
Captifs du désir
3430/4
Une fiancée pour enjeu
3593/5
Paria de l'amour
3725/4
Fuyant sa famille, Jocelyne va s'installer aux Etats-Unis. Elle y rencontre Colt Thunder, dont le sang cheyenne a fait un paria.

Les frères Malory
- Passagère clandestine
3778/5
- Le séducteur impénitent
3888/4 Inédit
- Tendre rebelle
4003/4 Inédit
Magicienne de l'amour
4173/4 Inédit
Si tu oses me quitter
4318/4 Inédit

LONGSHORE Martha
Les indices de la passion
4299/4 Inédit

LOWELL Elizabeth
Poker menteuse
3726/5
Aventure dans les Rocheuses
3988/4 Inédit
Mise à l'épreuve
4128/4 Inédit
L'insoumise
4196/5 Inédit

McKINNEY Meagan
L'enchanteresse perverse
3239/5
L'ange de la vengeance
3373/5
Le corsaire des Caraïbes
3490/5
Le secret de la passion
3795/6
Le secret de la veuve
3923/6 Inédit

McNAUGHT Judith
Les machinations du destin
3399/7
Compromise
3521/6
La scandaleuse
3741/5
Fiancée contre son gré au désinvolte duc de Claymore, Whitney la rebelle est bien décidée à se battre pour préserver sa liberté.

L'amant de l'ombre
3810/7
Que faire lorsque votre fiancé vous a abandonnée et qu'un beau ténébreux demande à être consolé d'une expérience conjugale malheureuse ?

MASON Connie
Larmes de pluie
4272 Inédit

MATTHEWS Patricia
L'écume des passions
2116/4
La promesse sauvage
2987/5

Les trois amours de Rachel
3160/6
Le déchaînement des passions
3348/5

MICHAELS Fern
Passions captives
3492/7
Dans la tourmente du désir
3575/8

MILLER Linda Lael
Pendue ou mariée
3614/4
L'épouse yankee
3867/5 Inédit

MORSI Pamela
La liaison scandaleuse
4021/5 Inédit
Pour la jarretière d'Esmeralda
4150/4 Inédit

NERI Penelope
Séductrice en guenilles
3562/8
La captive du Sahara
3644/7 Inédit
A la poursuite des diamants perdus
4151/6 Inédit

O'BANYON Constance
L'amante masquée
3428/6 Inédit

ORWIG Sara
La belle d'Albuquerque
3890/4 Inédit
La belle de La Nouvelle-Orléans
3968/6 Inédit

OSBORNE Maggie
Une épouse de trop
4106/5 Inédit
Chasseuse de primes
4319/4

Aventures et Passions

POTTER PATRICIA
Le flambeur du Mississippi
3468/6
Sans foi ni loi
3561/5
Par amour ou par défi
4338/5

QUICK AMANDA
La séductrice inattendue
3491/5
La dame voilée
3612/5
Etrange passion
3921/4

REDD JOANNE
La fiancée du désert
2926/4
Le rêve chimère
2980/5
Danse avec le feu
3429/4
La fiancée apache
3663/6 Inédit

ROBARDS KAREN
Désirs fous
2928/5
La lune voilée
2979/5
Mississippi belle
3070/4
Esclave de personne
3327/5
Les sortilèges de Ceylan
3466/5

ROGERS ROSEMARY
Amour tendre,
amour sauvage
952/4
Le grand amour de
Virginia
1457/4
Le métis
2392/5
Esclave du désir
2463/5
Le désir et la haine
2577/7
Insolente passion
4114/6

RYAN NAN
Esclave de soie
2929/5
Le prince aztèque
3071/5
La légende de l'amour
3247/5
Le ravisseur indien
3574/6
L'amour pour mission
3846/5 Inédit

SMALL BÉATRICE
La captive d'Istanbul
3613/6
Chassé croisé
3776/7

SMITH BOBBIE
Capture mon cœur
3922/6 Inédit
L'espion des Caraïbes
4216/5 Inédit

SPENCER LAVYRLE
N'aimer qu'une fois
3906/6 Inédit
Cache-cache amoureux
4046/6 Inédit
Les embruns du cœur
4298/5

STUART ANNE
Désirs masqués
3845/5 Inédit
Séducteur sans scrupule
4002/5 Inédit

SUTCLIFFE KATHERINE
Un défi amoureux
3592/4
La belle du pénitencier
4320/3

TRENT LYNDA
Coup de patte
3509/6

WEYRICH BECKY LEE
Le vent brûlant de
Bombay
3036/5
Le chardon et la rose
3110/6
La proie du pirate
3158/5
Lune gitane
3202/5
L'esclave de l'empereur
3905/5 Inédit

WIGGS SUSAN
Le renégat
3944/6 Inédit
Le lys et le léopard
4022/6 Inédit
Le mercenaire amoureux
4194/6 Inédit

WOODIWISS KATHLEEN
Quand l'ouragan s'apaise
772/4
Le loup et la colombe
820/4
Cendres dans le vent
2421/7
Qui es-tu, belle captive ?
2998/6
L'inconnue du Mississippi
2509/7
A la cour du tsar
4047/6

Amour et Destin

Des femmes exceptionnelles découvrent dans l'amour le sens de leur vie. Elles iront jusqu'au bout de leur quête, quel qu'en soit le prix. Héroïnes modernes, elles ont décidé de prendre en main leur destin et de l'assumer, dans un monde trop souvent hostile.

BENNETT ELIZABETH
Le balancier du cœur
3598/6 Inédit
Cœurs et âmes
3971/5 Inédit
Que cache la mort de Miranda, célèbre et richissime présentatrice de télévision, qui lègue toute sa fortune à sa sœur ? Cassie va tenter de découvrir les secrets des hommes d'affaires qui l'entouraient. Mais elle tombe bientôt dans les bras de son séduisant beau-frère. Est-ce un piège tendu à Cassie pour détourner son attention ?

BENZONI JULIETTE
Le Gerfaut
– Le Gerfaut
2206/6
– Un collier pour le diable
2207/6
– Le trésor
2208/6
– Haute-Savane
2209/5

BINGHAM CHARLOTTE
Ombre et lumière
3493/7 Inédit

BLAKE JENNIFER
Les secrets du passé
3323/6
Délices et fureurs
3525/6
Le parfum de la passion
3759/6

BRISKIN JACQUELINE
Paloverde
2831/7 Inédit
C'est écrit dans le ciel
3139/7
Cœurs trahis
3431/7

BROWN SANDRA
French Silk
3472/7 Inédit
Des secrets bien gardés
3617/6 Inédit
Substitution ?
3666/6 Inédit
Texas !
– Le destin de Lucky
3282/3 Inédit
– Le destin de Rocky
3432/3 Inédit
– Le destin de Sally
3563/3 Inédit
Le souffle du scandale
3727/7 Inédit
Rééducation
sentimentale
4090/3 Inédit
L'engrenage
4214/6 Inédit

CLARKE BRENDA
Au-delà du monde
3618/5
Qui était cet homme auprès de qui elle a vécu durant vingt-cinq ans ? Rowland l'a-t-il vraiment aimée ?

COOKSON CATHERINE
Le bonheur secret d'Emma
3343/5
Les tourments
d'Annabella
3487/7
Les oiseaux rêvent aussi
4169/4

DAILEY JANET
Le mal-aimé
1900/4
Prisonniers du bonheur
2101/4
Le triomphe de l'amour
2430/5

DEJONG LINDA RENÉE
Illusions brisées
3395/6 Inédit
Ombres au paradis
4322/4
Pour accomplir une vengeance familiale, Jenna accepte d'épouser Ryker Thorsen, un riche propriétaire de vignobles californien, beaucoup plus âgé qu'elle. Jenna a juré de le tuer. Mais Ryker se montre plein de prévenances pour sa jeune femme et la comble de cadeaux. Bien vite cependant, le paradis californien se transforme en enfer : derrière les apparences se cachent des haines sordides et de sombres calculs. Et puis, il y a Cord, le fils de Ryker, qui a été autrefois l'amant de Jenna et qui l'évite désormais.

DELINSKY BARBARA
Une femme trahie
3396/7 Inédit
La quête de Chelsea Kane
3450/6 Inédit
Empreintes
3576/6 Inédit
Un moment d'égarement
3728/7
Le mystère de Mara
3972/7

DE MAREZ MARNIE
L'épouse indésirable
3686/5 Inédit
Un mari sous contrat
4019/5 Inédit
L'amant du bout
du monde
4321/3 Inédit

DEVERAUX JUDE
Entre ses mains
3544/6 Inédit
La patience récompensée
3843/2 Inédit
Accords parfaits
3942/3 Inédit

Amour et Destin

EDMONDS Lucinda
Sous le charme
4001/8 Inédit
A dix-sept ans, Maddie a hérité
de la grâce et du talent de sa
mère, danseuse étoile. Lorsque
Maddie est acceptée dans le
corps de ballet de l'Opéra de
Londres, ses rêves s'écroulent...

FIELDING Joy
Les amours déchirées
3545/5

HART Catherine
Eblouissement
4300/4 Inédit
Demoiselle de compagnie d'une
adorable vieille dame, Andrea
est aussi une voleuse qui profite
de sa situation pour dérober
bijoux et objets précieux. Elle a
cependant une excuse : ce butin
doit servir à payer la rançon de
son neveu, enlevé par son scélé-
rat de père. Mais la police inter-
vient à la suite d'une plainte et
Andrea doit déjouer les pièges
que lui tend le très séduisant
inspecteur Brent, chargé de
l'enquête.

HEATH Lorraine
Entre deux flammes
4044/6 Inédit

HEGGAN Christiane
Trahisons
4129/6 Inédit
Fausse accusation
4301/4 Inédit
Diana a adopté le bébé de sa
meilleure amie. Huit ans plus
tard, le père de l'enfant se
manifeste. Travis Lindford est
l'héritier d'un palace qui porte
son nom mais sa mère refuse de
lui confier les rênes de ce presti-
gieux établissement tant que sa
descendance n'est pas assurée.
Or, Travis, à la suite d'une opération est devenu stérile. Diana
refuse de rendre l'enfant et
Travis engage une procédure.
Peu après, il est assassiné.

HOAG Tami
L'homme des marais
3706/5 Inédit
JAGGER Brenda
L'amour revient toujours
3390/5

KRENTZ Jayne Ann
Le petit-fils prodige
3707/5 Inédit
Un mariage blanc
3797/5 Inédit
Talents cachés
3943/6 Inédit
Qui aurait pu croire à une telle
rencontre ? Serenity est épicière,
spécialisée dans les produits
bio. Calec, un jeune loup de la
finance. Pourtant, Serenity va
découvrir les drames secrets de
cet homme, mais aussi ses
talents cachés. Seul, le grand
amour peut unir ces êtres que
tout semble séparer.

LAEL MILLER Linda
Héritage en Australie
4091/5 Inédit

LAIMAN Leah
La richesse du cœur
- La richesse du cœur
3887/4 Inédit
- Pour le pire et pour le
meilleur
4192/3 Inédit
- Les amours contrariées
4339/3 Inédit
Sam et Drew travaillent dur
pour lancer le produit miracle
inventé par Sam. Mais l'incendie
de leur usine va ruiner tous
leurs efforts. Lorsque Drew
tente de se suicider, Sam, désespérée, accepte de passer une
nuit avec Grainville, un milliardaire qui, en échange, lui propose de l'aider à renflouer l'entreprise. Ayant appris ce qui est
pour lui une trahison, Drew se
sépare de Sam.

LAKER Rosalind
Reflets d'amour
2129/5 Inédit
Le sentier d'émeraudes
2351/6
Splendeur dorée
2549/5

LANGAN Ruth Ryan
Tout ce qui brille...
4193/6 Inédit
D'Hollywood à Las Vegas,
l'ascension et les amours d'une
jeune chanteuse de jazz, qui
atteint la gloire grâce à son
exceptionnel talent.

LAROSA Linda
Princesse Alexandra
3358/7

MACOMBER Debbie
L'amour par petite
annonce
3865/5 Inédit
Des anges passent
3987/5 Inédit
Toutes les blessures
cicatrisent
4271/4 Inédit
Veuve depuis deux ans, Linette
vit repliée sur elle-même.
Cédant aux injonctions de sa
belle-sœur, elle accepte enfin
une invitation à une soirée, où
elle rencontre Cain. C'est le
coup de foudre réciproque. Mais
lorsqu'elle apprend que Cain a
fondé une organisation spécialisée dans la libération de victimes d'enlèvement, Linette préfère rompre, trouvant ce métier
trop dangereux. Pour rien au
monde elle ne veut revivre le
drame qui l'a brisée...

MANSELL Jill
Malentendus
3685/6 Inédit
Pour la magie d'un baiser
3779/6 Inédit
Trois femmes en quête du bonheur...

Troublante différence
3904/7 Inédit

Amour et Destin

MARTIN Marcia
Passion du Sud
4270/7 Inédit

McNAUGHT Judith
L'homme qui haïssait
les femmes
3665/4 Inédit
Où tu iras, j'irai
3760/6 Inédit
Lorsqu'un inconnu vous demande de tout abandonner pour le suivre à Porto Rico, on a certes le droit d'hésiter...

Tourbillons
4246/7

MORSI Pamela
Amour pour rire
4043/5 Inédit
Fille d'un pasteur, en Oklahoma, Tulsa se croit laide. De plus, le médecin sur lequel elle a jeté son dévolu, vient de l'éconduire. Grave humiliation, à laquelle son ami Luther décide de remédier : pour faire cesser les commérages, les jeunes gens prétendront qu'ils sont fiancés.

O'DAY-FLANNERY Constance
Les saisons de l'amour
4148/5 Inédit
Un mariage raté, avec un homme qui la battait, a laissé Ginny traumatisée. Elle a presque renoncé au bonheur lorsqu'elle rencontre Matt, un ancien champion de base-ball.

PEARSON Michael
Une femme d'argent
3359/5

PLAIN Belva
Les trésors de la vie
3524/7

QUIN-HARKIN Janet
Grace au ciel
3812/5 Inédit

RENICK Jeane
Fais-moi confiance
3597/6 Inédit
L'enfant de la dernière chance
3742/6 Inédit
Le regard de Leanna
3844/6 Inédit
Neige, amour et rock'n roll
4103/5 Inédit

RIKER Leigh
L'enfant caché
4130/4 Inédit
Aux yeux de tous, Jenny est la fille de Lansing, vedette des circuits automobiles internationaux. Sara, sa mère, n'a jamais révélé la vérité sur sa naissance. Des années plus tard, l'homme qu'elle a aimé en secret et qui est le véritable père de Jenny ressurgit du passé.

ROBERTS Nora
Les trois sœurs
- Maggie la rebelle
4102/5 Inédit
- Douce Brianna
4147/5 Inédit
Brianna tient une petite auberge dans l'ouest de l'Irlande. Elle s'apprête à passer l'hiver dans le calme et la solitude, puisque les touristes ont déserté son cottage, lorsque arrive Grayson Thane, un séduisant écrivain américain. Conquis par le charme du lieu, il s'installe chez Brianna pour travailler à son nouveau roman.

SAINT AMAND Marianne
Pour un air de blues
4238/2 Inédit

SAWYER Meryl
Méfiez-vous
des inconnus
3780/8 Inédit
Promets-moi l'amour
3903/6 Inédit

SMITH Deborah
L'amour par Miracle
3564/7 Inédit
Le saule bleu
3645/7 Inédit
Le rubis de Pandora
3886/6 Inédit

SPENCER Lavyrle
Doux amer
2942/7 Inédit
Demain le bonheur...
3798/8 Inédit
Chambre à part
3919/7 Inédit
La voix du cœur
4020/4 Inédit
Méprise
4213/2 Inédit

THIERY Alain
La chirurgienne
3880/6

THOMAS Rosie
Célébration
3357/5
La belle conquérante
3510/9

WEBB Peggy
Un amour de dauphin
3920/5 Inédit

La passion d'Aigle Noir
4060/6 Inédit
Tout juste diplômée de la faculté de médecine, Kate Malone a accepté le poste qu'on lui propose dans une réserve indienne de l'Oklahoma. Dès son arrivée, elle s'éprend d'Aigle Noir, le fils du chef de la réserve. Mais leur liaison dérange la population de la réserve, qui n'est guère favorable aux mélanges raciaux, et un incendie criminel ravage bientôt le dispensaire de Kate.

Amour & Suspense
ROSE & NOIRE

BARLOW Linda
Ultime trahison
4324/3

COLE Martina
Une femme dangereuse
4093/7 Inédit

ERSKINE Barbara
Le secret sous la dune
4219/6

GERRITSEN Tess
Qui a tué Peggy Sue ?
3954/3

GREY Jillian
Tous coupables !
4108/4 Inédit

Dix ans après le meurtre de ses parents, Erika retourne dans sa ville natale, décidée à les venger.

HARRELL Janice
Passé imparfait
4131/3 Inédit

HOAG Tami
La nuit du Bayou
3930/6
Nocturne pour un péché
4018/7
Crescendo pour un péché
4218/6 Inédit

HOWARD Linda
Un fascinant regard
4198/4 Inédit

Dotée de pouvoirs télépathiques, Marlie est bouleversée par de sanglantes visions de meurtre. Elle propose ses services à la police, qui enquête sur un tueur en série.

KAISER R. J.
Un inconnu dans mes bras
3947/4

MICHELS Christine
Le baiser du danger
4132/4 Inédit

MILLS Deanie Francis
Passion mortelle
4276/4 Inédit

Dessinatrice, Candy reconnaît pour la police. Après un reportage diffusé à la télévision, elle est sauvagement agressée. Peu après, elle rencontre Zach, un homme à la fois inquiétant et attirant...

NICHOLAS Deborah
Sonate pour une espionne
4153/5 Inédit

Critique musicale, Suzanne reconnaît lors d'un concert un morceau, jusqu'alors inédit, composé par son beau-père. La partition dissimule un message codé...

PAPPANO Marilyn
Un jeudi mortel
4174/5 Inédit

POTTER Patricia
Une ombre dans l'île
3933/4

RANDALL WISDOM Linda
Au risque de t'aimer
4197/2 Inédit

ROBARDS Karen
Soudain, cet été-là
3864/5
Seule avec mon ennemi
3931/4
Cours dans la nuit !
4041/4

A trente-six ans, Summer McAfee n'aspire plus qu'à la tranquillité. Elle va pourtant se laisser entraîner dans une folle aventure par un ex-flic mis sur la touche. Comment sauver sa peau, tout en aidant cet homme mystérieux et si attirant, c'est ce que se demande Summer...

Le prédateur sous la lune
4152/4 Inédit
Troublante confusion
4152/4 Inédit

ROBERTS Nora
Un secret trop précieux
3932/4
Ennemies
4080/4
L'impossible mensonge
4275/6 Inédit

Une lettre suffit à bouleverser la vie de Kelsey Briden : sa mère, qu'elle croyait morte, vit toujours et a été condamnée à dix ans de prison pour meurtre ! Que s'est-il donc réellement passé ? Il faudra à Kelsey une incroyable ténacité – et l'aide du séduisant Gabe Salter – pour le découvrir.

SAWYER Meryl
Une nuit à Marrakech
3998/5
Un baiser dans l'ombre
4042/5
La dernière nuit
4323/4

STUART Anne
Tu ne l'entendras pas venir
4092/4 Inédit

L'amour rend-il vraiment aveugle ? En dépit des indices qui s'accumulent, Claire refuse de croire que l'homme qu'elle aime soit un assassin.

J'ai aimé un assassin
4175/4 Inédit

TILLIS Tracey
Mascarade mortelle
3956/3
Danger sur Michigan
4107/3 Inédit

Peu avant de mourir, le père de Mike lui demande de retrouver une jeune femme, Julie Connor. Mike découvre qu'il s'agit d'une jeune journaliste trop curieuse, menacée par la Mafia.

WOODS Sherryl
Imprudences
4302/3 Inédit

Grands romans

La littérature conjuguée au pluriel, pour votre plaisir. Des œuvres de grands romanciers français et étrangers, des histoires passionnantes, dramatiques, drôles ou émouvantes, pour tous les goûts...

ADLER PHILIPPE
Bonjour la galère !
1868/1
Les amies de ma femme
2439/3
Mais qu'est-ce qu'elles veulent ces bonnes femmes ? Quand il rentre chez lui, Albert aimerait que Victoire s'occupe de lui mais rien à faire : les copines d'abord. Jusqu'au jour où Victoire se fait la malle et où ce sont ses copines qui consolent Albert.

AMIEL JOSEPH
Question de preuves
4119/5

ANDREWS™ VIRGINIA C.
Fleurs captives
Dans un immense et ténébreux grenier, quatre enfants vivent séquestrés. Pour oublier leur détresse, ils font de leur prison le royaume de leurs jeux, le refuge de leur tendresse, à l'abri du monde. Mais le temps passe et le grenier devient un enfer. Et le seul désir de ces enfants devenus adolescents est désormais de s'évader... à n'importe quel prix.

- Fleurs captives
1165/4
- Pétales au vent
1237/4
- Bouquet d'épines
1350/4
- Les racines du passé
1818/5
- Le jardin des ombres
2526/4

La saga de Heaven
- Les enfants des collines
2727/5
C'est l'envers de l'Amérique : la misère à deux pas de l'opulence. Dans la cabane sordide où elle vit avec ses quatre frères et sœurs, Heaven se demande comment ses parents ont eu l'idée de lui donner ce prénom : «Paradis».
- L'ange de la nuit
2870/5
- Cœurs maudits
2971/5
- Un visage du paradis
3119/5
- Le labyrinthe des songes
3234/6
Ma douce Audrina
1578/4
Etrange existence que celle d'Audrina ! Sur cette petite fille de sept ans, pèse l'ombre d'une autre : sa sœur aînée, morte il y a bien longtemps dans des circonstances tragiques et qu'elle est chargée de faire revivre.

Aurore
Un terrible secret pèse sur la naissance d'Aurore. Brutalement séparée des siens, humiliée, trompée, elle devra payer pour les péchés que d'autres ont commis. Car sur elle et sur sa fille Christie, plane la malédiction des Cutler...
- Aurore
3464/5
- Les secrets de l'aube
3580/6
- L'enfant du crépuscule
3723/6
- Les démons de la nuit
3772/6

- Avant l'aurore
3899/5
Ruby
4253/6
Perle
4332/5

ARCHER JEFFREY
Le souffle du temps
4058/9

ARVIGNES GEORGES
Quelques mois pour l'aimer
4289/2

ASHWORTH SHERRY
Calories story
3964/5 Inédit

AVRIL NICOLE
Monsieur de Lyon
1049/2

La disgrâce
1344/3
Isabelle est heureuse, jusqu'au jour où elle découvre qu'elle est laide. A cette disgrâce qui la frappe, elle survivra, lucide, dure, hostile, adulte soudain.

Jeanne
1879/3
Don Juan aujourd'hui pourrait-il être une femme ?

L'été de la Saint-Valentin
2038/1
Sur la peau du Diable
2707/4
Dans les jardins de mon père
3000/2
Il y a longtemps que je t'aime
3506/3
L'amour impossible entre Antoine, 14 ans, et Pauline, sa belle-mère.

Grands romans

BACH RICHARD
Jonathan Livingston
le goéland
1562/1 Illustré
Illusions/Le Messie
récalcitrant
2111/1
Un pont sur l'infini
2270/4

BALDACCI DAVID G.
Le pouvoir d'exécuter
4267/7
Ayant surpris par hasard le
meurtre d'une jeune femme, un
vieux cambrioleur est contraint
au silence par les services
secrets américains, qui veulent
éviter qu'un scandale n'écla-
bousse le président des Etats-
Unis. un suspense haletant.

BAYROU FRANÇOIS
Henri IV
4183/6
La vie et l'œuvre du souverain
préféré des Français, par un his-
torien également ministre de
l'Education nationale. Volonté
de coexistence pacifique,
redressement financier d'une
France au bord de l'abîme, lutte
contre la corruption, développe-
ment agricole et industriel,
réforme de l'enseignement, le
parallèle avec notre époque est
troublant et passionnant à la
fois.

**DE BEARN
MYRIAM & GASTON**
Gaston Phébus
- Le lion des Pyrénées
2772/6
- Les créneaux de feu
2773/7
- Landry des bandouliers
2774/5

BELLETTO RENÉ
Le revenant
2841/5
Sur la terre comme au ciel
2943/5
La machine
3080/6
L'Enfer
3150/5
Dans une ville déserte et terrassée
par l'été, Michel erre. C'est alors
qu'une femme s'offre à lui, belle
et mystérieuse...

BERBEROVA NINA
Le laquais et la putain
2850/1
Astachev à Paris
2941/2
La résurrection de Mozart
3064/1
C'est moi qui souligne
3190/8
L'accompagnatrice
3362/4
De cape et de larmes
3426/1
Roquenval
3679/1
A la mémoire de
Schliemann
3898/1
Chroniques de Billancourt
4076/3
Dans les années vingt, un petit
peuple misérable d'émigrés
slaves s'agglutine autour des
usines Renault, entre nostalgie
et désespoir...

BEYALA CALIXTHE
C'est le soleil qui m'a
brûlée
2512/2
Tu t'appelleras Tanga
2807/3
Le petit prince de
Belleville
3552/3

Maman a un amant
3981/3
Loukoum, douze ans, est un
Africain de Belleville, gouailleur
et tendre comme tous les
gamins de Paris. Mais voilà que
sa mère décide soudain de
s'émanciper. Non contente de
vouloir apprendre à lire et à
écrire, elle prend un amant, un
Blanc par-dessus le marché !
Décidément, la liberté des
femmes, c'est rien de bon...

Assèze l'Africaine
4292/4
L'itinéraire tragique d'Assèze,
une jeune Camerounaise de son
village aux mirages de Douala,
puis aux «clandés» surpeuplés
de Paris. Mêlant avec une magie
singulière poésie, lyrisme et
humour, Calixthe Beyala fait
surgir une foule de personnages
d'où émerge le couple étrange
que forment Assèze et Sorraya,
les sœurs ennemies.

BLAKE MICHAEL
Danse avec les loups
2958/4

BORY JEAN-LOUIS
Mon village à l'heure
allemande
81/4

BOUDARD ALPHONSE
Saint Frédo
3962/3

BOUILLOT FRANÇOISE
La boue
4139/3

BOURDIN FRANÇOISE
Les vendanges de Juillet
4142/6

BRAVO CHRISTINE
Avenida B.
3044/3

BRIAND CHARLES
Le seigneur de
Farguevieille
4074/4

Grands romans

BROUILLET Chrystine
Marie LaFlamme
- Marie LaFlamme
3838/6
En 1662, à Nantes, la mère de
Marie est condamnée au
bûcher. Pour sauver sa fille, elle
lui fait épouser un riche et cruel
armateur, Geoffroy de St
Arnaud. Mais Marie aime Simon
et, pour conquérir sa liberté,
elle est prête à tout. Même à
s'embarquer pour la Nouvelle-
France, qui va devenir le
Canada...

- Nouvelle-France
3839/6
- La renarde
3840/6

BYRNE Beverly
Gitana
3938/8

CAILHOL Alain
Immaculada
3766/4 Inédit
Histoire d'un écrivain paumé, en
proie au mal de vivre. Un
humour désespéré teinte ce premier roman d'un auteur borde-
lais de vingt ans, qui s'inscrit
dans la lignée de Djian.

CALFAN Nicole
La femme en clef de sol
3991/2

Des CARS Guy
1911-1993. D'abord journaliste,
il entama, avec L'officier sans
nom une carrière littéraire qui
en fera l'écrivain français le plus
lu dans le monde.

La brute
47/3
Accusé de meurtre et traduit en
justice, un sourd-muet, aveugle
de naissance va être condamné.

Le château de la juive
97/4
La tricheuse
125/4

L'impure
173/4
En route pour l'Extrême-Orient,
une femme, belle, rencontre
l'amour. Mais le destin va l'en-
sevelir dans une île des Fidji, au
milieu des morts vivants.

La corruptrice
229/3
La demoiselle d'Opéra
246/4
Les filles de joie
265/3
La dame du cirque
295/3
Cette étrange tendresse
303/3
L'officier sans nom
331/3
La maudite
361/4
Entre un père despotique et une
redoutable gouvernante, une
jeune fille reçoit une éducation
rigide. Elle n'aura que plus tard la
révélation de sa dualité sexuelle.

L'habitude d'amour
376/3
La révoltée
492/4
Une certaine dame
696/5
L'insolence de sa beauté
736/3
La justicière
1163/2
La vie secrète de
Dorothée Gindt
1236/1
L'envoûteuse
2016/5
Le crime de Mathilde
2375/4
L'histoire d'une étonnante cap-
tation d'héritage et d'une
femme qui ne vécut que pour un
seul amour.

La voleuse
2660/4
Le grand monde
2840/8
L'amoureuse
3192/4

Je t'aimerai éternellement
3462/4
La femme-objet
3517/3
L'amant imaginaire
3694/6
Hôtesse dans un établissement
très spécial, Solange se préserve
en s'inventant un amant imaginaire qui fait rêver ses amies.

La visiteuse
3939/3 **CATO** Nancy
Tous nos jours sont des adieux
3154/8

CHAMSON André
La Superbe
3269/7
La tour de Constance
3342/7

CHEDID Andrée
La maison sans racines
2065/2
Le sixième jour
2529/3
Le choléra frappe Le Caire, et
l'instituteur a dit : «Le sixième
jour, si le choléra ne t'a pas tué,
tu es guéri.»

Le sommeil délivré
2636/3
L'autre
2730/3
Les marches de sable
2886/3
L'enfant multiple
2970/3
Le survivant
3171/2
La cité fertile
3319/1
La femme en rouge
3769/1

CLANCIER
Georges-Emmanuel
Le pain noir
651/3

Grands romans

CLÉMENT CATHERINE
Pour l'amour de l'Inde
3896/8

Le roman vrai des amours de Nehru et de lady Edwina Mountbatten, l'une des plus grandes dames de l'aristocratie anglaise, femme du dernier des vice-rois des Indes britanniques.

COCTEAU JEAN
Orphée
2172/1

COELHO PAULO
L'Alchimiste
4120/4

Rêvant d'un trésor enfoui au pied des pyramides, un jeune berger andalou découvre, grâce à l'enseignement d'un maître alchimiste, que l'objet de sa quête repose sous un sycomore, près de l'église de son village. Un conte aux résonances spirituelles.

COLETTE
Le blé en herbe
2/1

COLOMBANI
MARIE-FRANÇOISE
Donne-moi la main,
on traverse
2881/3
Derniers désirs
3460/2

COLLARD CYRIL
Cinéaste, musicien, il a adapté à l'écran et interprété lui-même son second roman Les nuits fauves.
Le film, 4 fois primé, a été élu meilleur film de l'année aux Césars 1993. Quelques jours plus tôt Cyril Collard mourait du sida.
Les nuits fauves
2993/3
Condamné amour
3501/4
Cyril Collard : la passion
3590/4 (par Guerand & Moriconi)
L'ange sauvage (Carnets)
3791/3

COMBE ROSE
Le Mile des Garret
4333/2

CONROY PAT
Le Prince des marées
2641/5 & 2642/5
Le Grand Santini
3155/8

CONNOR ALEXANDRA
Les couleurs du rêve
4207/5

CORMAN AVERY
Kramer contre Kramer
1044/3

DeMILLE NELSON
Le voisin
3722/9

DENUZIÈRE MAURICE
Helvétie
3534/9
La Trahison
des apparences
3674/1
Rive-Reine
4033/6 & 4034/6

DHÔTEL ANDRÉ
Le pays où l'on n'arrive
jamais
61/2

DIWO JEAN
Au temps où la Joconde
parlait
3443/7
L'Empereur
4186/7

DJIAN PHILIPPE
Né en 1949, sa pudeur, son regard à la fois tendre et acerbe, et son style inimitable ont fait de lui l'écrivain le plus lu de sa génération.

37°2 le matin
1951/4
Bleu comme l'enfer
1971/4
Zone érogène
2062/4

Maudit manège
2167/5
50 contre 1
2363/2
Échine
2658/5
Crocodiles
2785/2

DOBYNS STEPHEN
Les deux morts de la
Señora Puccini
3752/5 Inédit

DORIN FRANÇOISE
Elle poursuit avec un égal bonheur une double carrière. Ses pièces (La facture, L'intoxe...) dépassent le millier de représentations et ses romans sont autant de best-sellers.

Les lits à une place
1369/4
Les miroirs truqués
1519/4
Les jupes-culottes
1893/4
Les corbeaux et les renardes
2748/5
Nini Patte-en-l'air
3105/6
Au nom du père
et de la fille
3551/5
Pique et cœur
3835/1
La Mouflette
4187/4

Drôle de ménage à trois : la Mouflette, c'est Ophélie, un bébé de six mois. Elle, c'est sa grand-mère, la quarantaine épanouie, qui vit une seconde jeunesse auprès d'un nouvel amour. Lui, c'est un homme indépendant, qui supporte mal les enfants. Mais avec de l'humour, on parvient à supporter les situations les plus intenables.

Composition Interligne B-Liège
Achevé d'imprimer en Europe (Angleterre)
par Cox & Wyman à Reading
le 14 février 1997.
Dépôt légal février 1997. ISBN 2-290-04421-0

Éditions J'ai lu
84, rue de Grenelle, 75007 Paris
Diffusion France et étranger : Flammarion

4421